U0466877

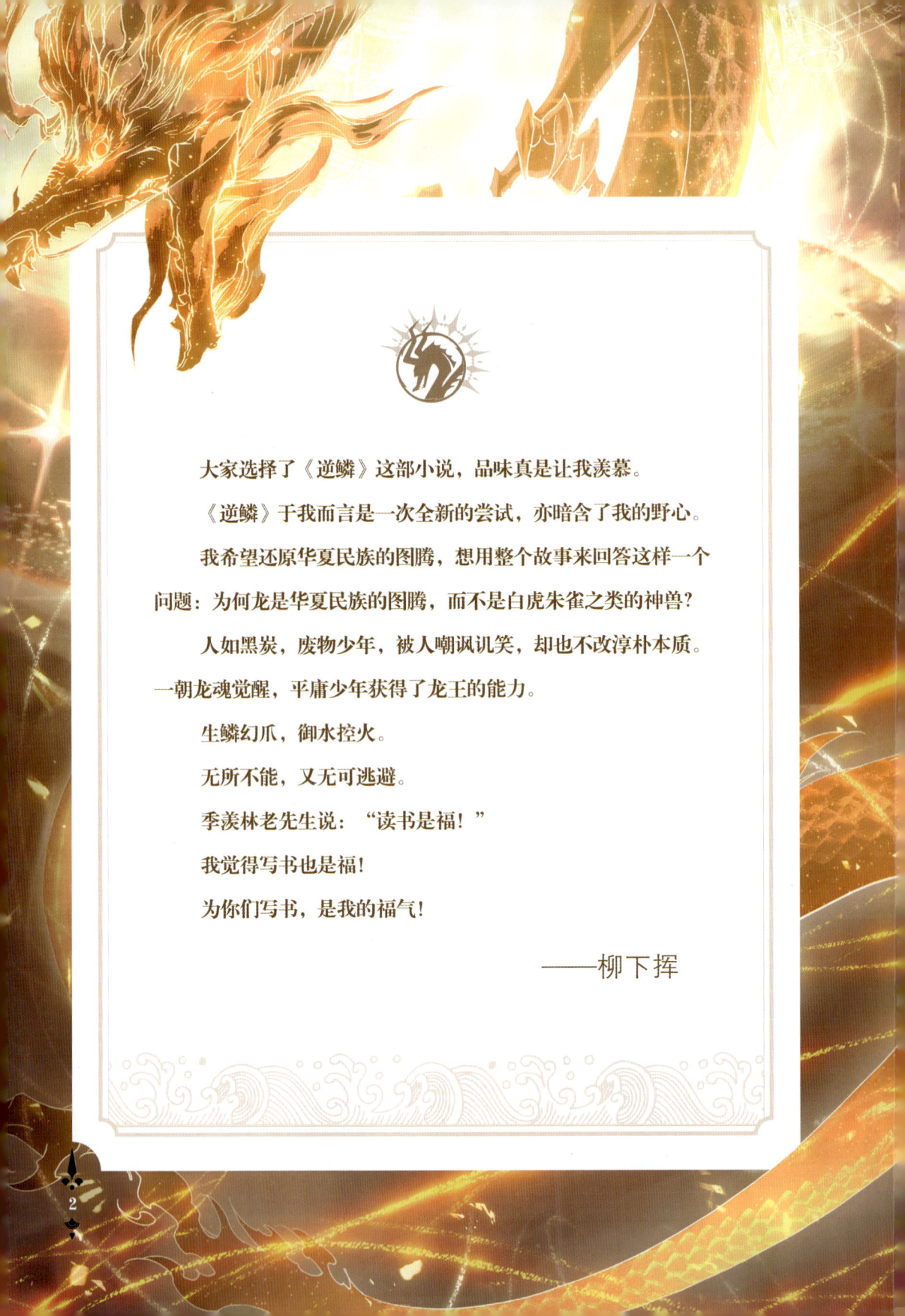

大家选择了《逆鳞》这部小说，品味真是让我羡慕。

　　《逆鳞》于我而言是一次全新的尝试，亦暗含了我的野心。

　　我希望还原华夏民族的图腾，想用整个故事来回答这样一个问题：为何龙是华夏民族的图腾，而不是白虎朱雀之类的神兽？

　　人如黑炭，废物少年，被人嘲讽讥笑，却也不改淳朴本质。

　　一朝龙魂觉醒，平庸少年获得了龙王的能力。

　　生鳞幻爪，御水控火。

　　无所不能，又无可逃避。

　　季羡林老先生说："读书是福！"

　　我觉得写书也是福！

　　为你们写书，是我的福气！

——柳下挥

柳下挥/著

逆鳞
NI LIN
①

时代出版传媒股份有限公司
安徽文艺出版社

图书在版编目（CIP）数据

逆鳞.1/柳下挥著.—合肥：安徽文艺出版社，2018.12
 ISBN 978-7-5396-6527-6

Ⅰ．①逆… Ⅱ．①柳… Ⅲ．①长篇小说－中国－当代 Ⅳ．①I247.5

中国版本图书馆CIP数据核字(2018)第269427号

NILIN 1
逆鳞1
柳下挥 著

出 版 人：朱寒冬
责任编辑：李　芳　　　　　　装帧设计：曹希予

出版发行：时代出版传媒股份有限公司　www.press-mart.com
　　　　　安徽文艺出版社　　　　www.awpub.com
地　　址：合肥市翡翠路1118号　　邮政编码：230071
营 销 部：(0551)63533889
印　　制：湖南天闻新华印务有限公司　电话：(0731)88387856

开本：710mm×1000mm　1/16　　印张：18　　字数：300千字
版次：2018年12月第1版
印次：2018年12月第1次印刷
定价：34.80元

(如发现印装质量问题，影响阅读，请与出版社联系调换)
版权所有，侵权必究

目录
CONTENTS

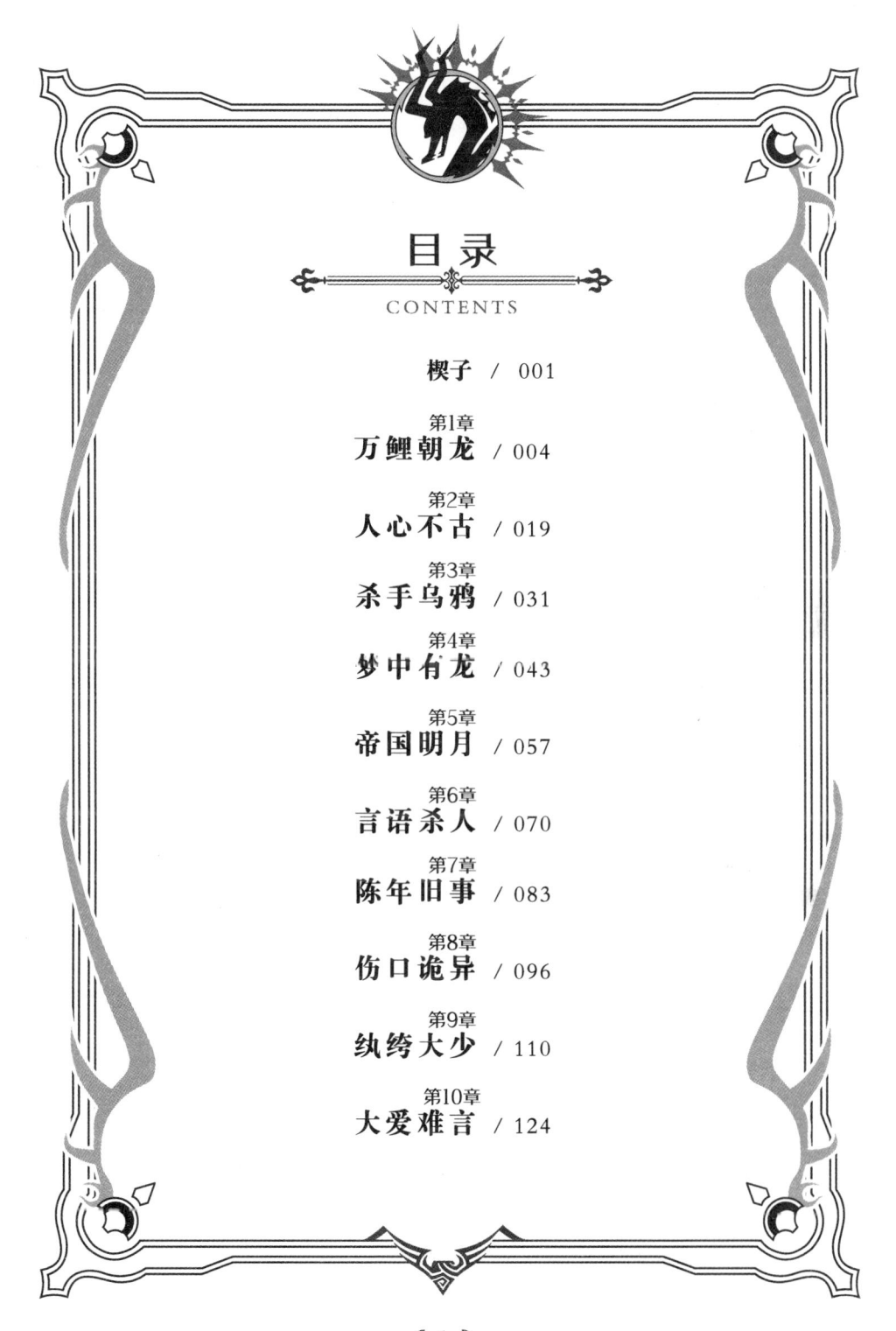

楔子 / 001

第1章
万鲤朝龙 / 004

第2章
人心不古 / 019

第3章
杀手乌鸦 / 031

第4章
梦中有龙 / 043

第5章
帝国明月 / 057

第6章
言语杀人 / 070

第7章
陈年旧事 / 083

第8章
伤口诡异 / 096

第9章
纨绔大少 / 110

第10章
大爱难言 / 124

第11章
食尸血鸦 / 138

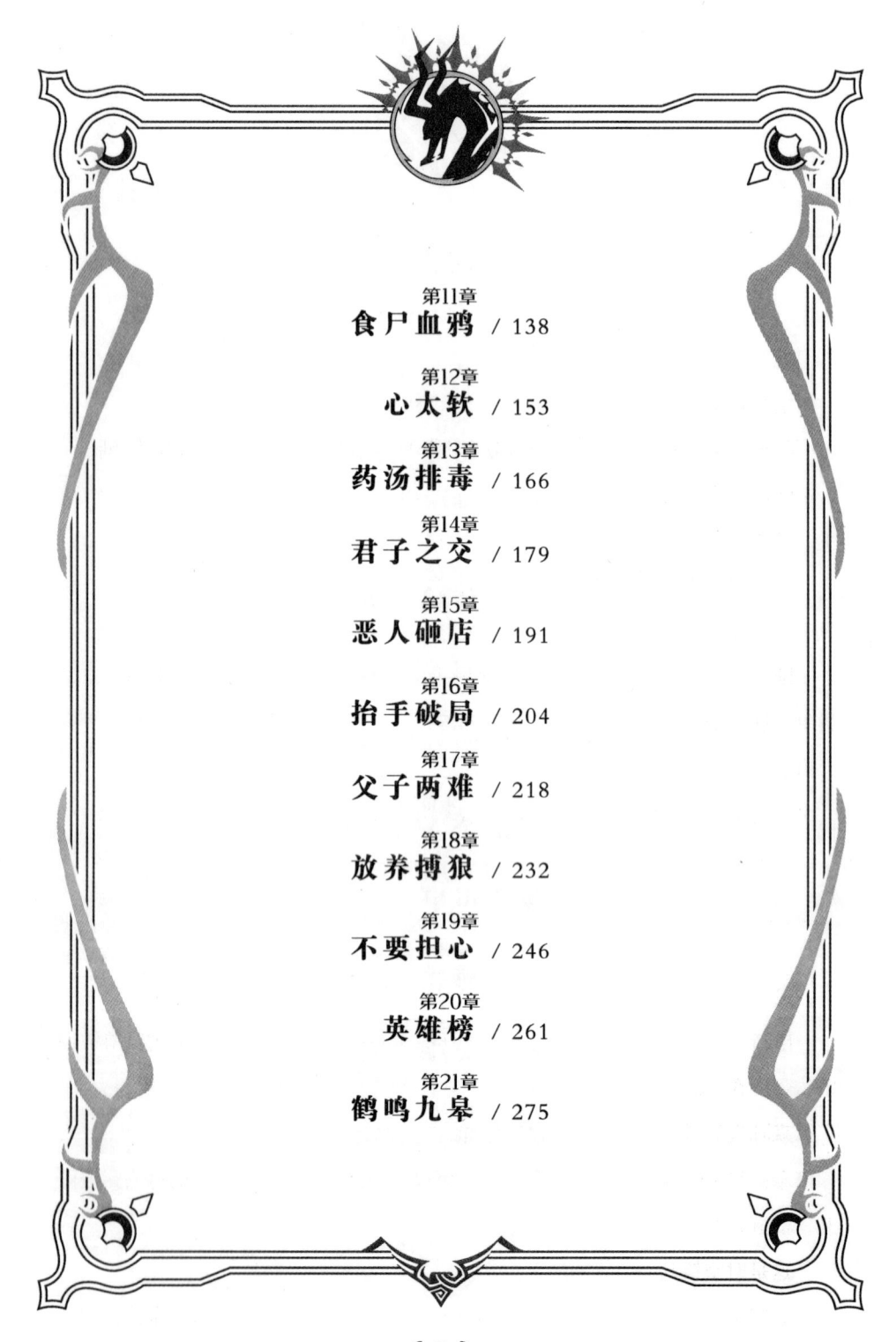

第12章
心太软 / 153

第13章
药汤排毒 / 166

第14章
君子之交 / 179

第15章
恶人砸店 / 191

第16章
抬手破局 / 204

第17章
父子两难 / 218

第18章
放养搏狼 / 232

第19章
不要担心 / 246

第20章
英雄榜 / 261

第21章
鹤鸣九皋 / 275

·楔子·

雨水如瀑布一般倾倒，雷电将天幕撕裂出一道又一道白色的口子。

黑云翻滚，狂风呼啸，整个世界仿佛都要被这场大雨淹没，犹如末世降临。

陆家茶室，陆家家主陆行空站在巨大的窗前，看着外面诡异的天气，表情凝重，说道："贵人出生时多是风雨天，小瑜那边怎么样了？"

"父亲，小瑜不会有事的。"陆清明安慰道，"家里准备充分，秦小洛是西风帝国最好的产婆，皇室的皇子也都是由她接生的。"

陆行空指了指天上交织在一起的黑团和白团，笑着说道："双龙戏珠，大生异象。这小子一出生就带来这么大的动静，以后那还得了？我陆行空的孙子会有大出息。"

"别是一个惫懒的家伙就好。"陆清明调侃道。

"他敢！"陆行空神色一凛，眼里闪烁着慑人的冷光，冷冷地道，"我陆家不要废物。"

"轰——"

又一道雷电拖着长长的尾巴在天空闪过，震得人耳膜生痛，身体颤抖。

陆行空和陆清明若不是都有真气护体，怕是都要被这突兀地奔袭到眼前的惊雷给轰倒在地。

森林里万兽齐喧，深渊里群魔俯首。

暴雨漫天，天空中突然出现了点点繁星，银河似银链，从时光的尽头穿梭而来，横亘长空。

这是时空错乱，是妖邪逆天。

天空中交织着的黑团和白团急速而下，在陆家的屋顶炸裂开来，金黄色的光芒照耀天地，瞬间消失不见。

"哇——"

婴儿凄厉的啼哭声从产房里传出，然后御医秦小洛惊喜的叫声响了起来，秦小洛道："夫人生了，生了啊——"

陆行空大喜，笑容还没完全在脸上绽放，他就听到了秦小洛尖厉的喊叫声，不禁问道："这是怎么回事？"

"我去看看。"陆清明出声道，大步朝着产房跑去。

"情况如何？"陆行空沉声问道。

"皮肤漆黑如炭，眼睛直到现在还没办法睁开。七窍流血，心跳极度微弱，怕是……"陆清明眼眶湿润，难以言语。

"啪——"

陆行空一巴掌拍在面前的几案上，名师打造的千年紫檀几案瞬间化为灰烬。

"贼老天欺我陆氏！"

"父亲！"

陆行空闭眼不语，良久，沉声问道："今天有一个丫鬟生了一个女儿？"

"是的，那是小瑜的侍女。"陆清明骤然瞪大眼睛，满脸惊诧，说道，"父亲，您——"

"换了！"

"父亲，那可是我们陆家的骨肉，是您的亲孙子——"

"我说过，我们陆家不要废物。"陆行空厉声喝道，"难道你想让外界知道我们陆家生了一个畸形儿？你想让他们知道我陆行空的孙子，你陆清明的儿子被雷劈了？"

"可是小瑜那边……"

"她累了，应该好好歇息。"

陆行空的声音低沉了许多："你去陪陪她吧。"

陆清明低着头朝外面走去，原本高大的身躯被这残酷的现实给压弯了。

"她叫陆契机。"陆行空出声道。

"什么？"

"那个女孩子叫作陆契机，这是我给她准备的名字。"陆行空说道，"明日一早，让她出去接受赞美和荣光吧。"

"是的，父亲。"陆清明声音嘶哑地说道。

他知道，父亲的决定就是既定的事实。

他的儿子……

不，他从来没有过儿子。

他的女儿叫作陆契机。

第1章
万鲤朝龙

有人说李牧羊是一个废物。这让李牧羊格外愤怒，这应当是家族秘密，怎么会被人泄露出去传得尽人皆知？

暖风拂面，草绿花红。

三三两两的年轻人在草丛中奔跑跳跃，或轻歌曼舞，或摔跤游戏。大家欢声笑语，畅快淋漓。

文试将近，每一个学子都绷紧了神经为考上自己梦想中的名校努力。

距离文试还有一个月零七天的时间，学校组织了这场游湖活动，为的就是让学子们放松一下心情，然后以最饱满的精神状态冲锋陷阵，最终金榜题名。

在落日湖的一角，一个漆黑的少年正躺在草丛中酣然大睡。

这个少年即使是睡着的时候，脸上的表情也无比丰富。他先是欣喜，继而害羞，然后是纠结和羞愧……

一个月前，他和九班的美女徐佳蕊在帝都垂花楼吃八宝野鸭时相谈甚欢。

半个月前，三班的气质女神张新琦邀请他放学后一起去兽面亭温习功课备战文试，他欣然答应。

就在刚才，号称学校女神的一班学生崔小心拦住他，想约他晚上一起看梨园世家的《大情帝国》。

他嘴上说考虑考虑，其实内心深处也没准备拒绝。

李牧羊只想牧一只羊，没想过牧一群羊。所以，桃花这么旺盛让他相当困扰，他不想成为一个花花公子。

"哐当——"

响亮的金铁撞击声传来。

一个半旧铁桶被人一脚踢进湖里，在湖面转了几下，然后"咕咚咕咚"地沉了下去。李牧羊猛地睁开眼睛，一脸茫然地看着站在他面前的几个同学。

"李牧羊，我觉得你不应该叫李牧羊，你上课睡，下课睡，郊游也睡，你这样是不是不适合牧羊啊？"一个长相俊逸的男生一脸嘲讽地说道，他故意提高音量，吸引周围同学的注意。

"张晨，你说得这么含蓄做什么？猪虽然也整天睡觉，但是至少皮肤雪白，看起来很可爱。你再看看李牧羊，漆黑干瘦，就像一块烧过的焦炭，他怎么能够和猪比？"身材健硕的扬军阴阳怪气地说道，引起了大家的嘲笑声。

"李牧羊，你不是要钓鱼吗？"一个小胖子提起一根架在湖边的用竹子制作而成的简易鱼竿，笑呵呵地说道，"看来你没什么收获嘛，桶里空荡荡的，你连一条鱼也没有钓着吧，真是遗憾啊！刚才大家伙儿还说李牧羊钓了一下午肯定收获不小，我们晚上可以吃一次全鱼宴饱餐一顿呢。你也太让人失望了吧！"

李牧羊揉了揉眼睛，偷偷地用衣袖擦掉嘴角的口水。

他的这个动作引起了围观同学更加亢奋的笑声。

"怎么了？"李牧羊一脸茫然，"你们想干什么？"

"李牧羊，我们就是想来看看你睡得怎么样了。"张晨用手拨了拨他的长刘海，居高临下地看着坐在草丛里面的李牧羊，说道，"今天你睡得还好吧？"

"还好。"李牧羊无比坦诚地点了点头。这一觉睡得确实很舒服，就是那个问题他还没有想出答案，有些心急，他到底要不要和崔小心一起去看大戏呢？

"你梦到了什么？"

李牧羊的黑脸变红，他垂着脑袋，羞涩地说道："我不能说。"

"说吧。"张晨露出一副猫戏老鼠的样子，这是他们经常玩的游戏，他们是猫，李牧羊则是他们御用的那只小老鼠，"你放心，我们不会笑话你的。"

"我不能说。"李牧羊再次摇头。

"你是不是梦到我们的崔大美女了？"

人群后面，一个长发披肩、身穿白色连衣裙的漂亮女孩子微微挑眉，显然并不喜欢他们把战火引到自己身上。

李牧羊若有所思地看着张晨，说道："你不成熟。"

"什么？"张晨一下子瞪大了眼睛，难以相信自己听到的，"你说什么？"

这家伙吃错药了？

李牧羊是班里的怪胎，因为他皮肤漆黑，看起来像一块木炭，所以大家都喜欢叫他"黑炭"或者"黑子"。

又因为李牧羊嗜睡如命，上课睡，下课睡，出门游玩的时候还在睡，所以大家给他取了一个外号叫"睡神"。

李牧羊因为黑得大气和睡得持久，所以成了学校里面的名人。大多数人见到他都会说："嘿，那是我们学校的黑炭。"还有人会说："他可能睡了，能从上午第一节课睡到上午第四节课，老师把戒尺敲断了他都没有醒。"

李牧羊是班级里面的"班宝"，是"吉祥物"。大家心情好的时候就逗逗他，心情不好的时候就欺负他。

今天张晨的心情很不好，因为他刚才偷偷地向崔小心表白，但是被崔小心拒绝了。

还有一个多月就是文试了，文试过后班级里面的学生都要各奔东西。张晨如果现在不能够和崔小心建立男女朋友关系，恐怕就只能眼睁睁地看着这朵娇花随风飘逝在他的生命里。

张晨越想越难过，刚想找一些事情来发泄火气，就恰好看到了躺在角落里睡得香甜的李牧羊。

可是，现在就连这只小老鼠都敢反击嘲笑自己，这是以前从来都没有发生过的事情。

"你不成熟。"李牧羊重复了一遍刚才的话，这句话虽然只有简简单单的四个字，但是杀伤力惊人。

张晨的脸色变得阴沉起来，他眼神凶恶地看着李牧羊，一字一板地说道："你想死？"

李牧羊揉了揉因为睡觉而变得乱糟糟的头发，说道："随便就说出这种威胁的话，难道会显得你很成熟吗？我倒是有一个问题想问了，奈何桥每天都有人走，其中有几个是你亲自送过去的？"

"揍他！"张晨大声怒吼，一马当先地朝李牧羊冲了过去。

张晨身材高大，目如朗星，身体因为经常击鞠和踢鞠而变得强健结实，奔跑起来威风凛凛，仿佛他一个冲撞就可以把干瘪黑瘦的李牧羊给撞飞出去。

所有人都是这么想的。

在这一刻，李牧羊就像是在大海里面颠簸的一艘小船，在虎王面前颤抖的一只小羊，只需要大海一个猛浪，虎王一个飞扑，他当场就将魂飞魄散。

李牧羊站在原地不动，看起来像是吓傻了一般。

他瞳孔如墨，密密麻麻的血丝在他的眼白处蔓延。

初始时血丝很细小，肉眼难见，但是很快就连成一片，变得清晰而恐怖。

一眼看去，他的瞳孔就像是被红色汁水包围了。那漆黑的瞳孔是苍穹上的黑洞，周围是翻涌起伏的血海。

李牧羊握起拳头，手背上生出一块鳞片，鳞片很薄，就像是一块透明的鱼鳞。鳞片上面闪烁着紫光，将手背上那一小块的黑色皮肤映成了紫红色。

李牧羊就好像是有什么不满需要发泄，有什么天大的委屈难以诉说，心里充满了戾气。

张晨奔跑靠近，然后一拳砸向李牧羊的面门。

李牧羊伸手去挡。

"啪——"

"啊——"

有人惊呼出声，还有人吓得闭上了眼睛。

李牧羊那细胳膊细腿怎么可能挡得住张晨的钢拳铁臂？

张晨脸上露出得意的笑容，他看着近在咫尺的那张让人厌恶的黑脸，眼中满是鄙夷。

"这只可怜的小老鼠竟然胆敢戏猫？"

在拳头接触到李牧羊的瞬间，张晨脸上的笑容凝固了，他感觉有一股难以抵抗的力量朝着他的拳头涌来。

他心里生出一丝恐惧，面对这诡异的力量，他难以招架，毫无抵抗之力。

张晨的身体高高地飞起，然后重重地落在远处的草丛里。

"砰"的一声之后，全场落针可闻，除了远处那柳枝轻轻摇摆的声音和不解风情的虫鸣，整个落日湖再没有任何声音。

李牧羊竟然一拳把张晨给打飞了出去？

这一幕发生得太快，太突然，让人根本就反应不过来。

在张晨冲锋的同时，他身边的两个小伙伴也行动了。

他们俩准备配合张晨组成一个椭圆形的包围圈围攻李牧羊，虽然他们心里觉得张晨一个人就可以轻易击倒李牧羊。可是，让张晨一个人动手，那不是显得张晨很野蛮，很暴力吗？这不利于维护张晨校园男神的形象。

他们三个人要是一起上，那么不仅看起来威风霸道，而且显得很团结。

张晨的两个小伙伴才跑到一半，张晨就被打飞了，局势的瞬间变化让他们有些手忙脚乱起来。

他们放弃了直冲横撞的计划，从李牧羊的身边绕了过去，然后远远地看着李牧羊的背影发呆。

"刚才发生了什么事情？"他们都忙着跑，没来得及看。

李牧羊疑惑地看着自己的拳头。

刚才到底发生了什么事情？为什么他突然有了那样狂暴愤怒的情绪？这完全不像他啊！

以前他本着能忍则忍的处事原则，只要对方不是太过分，他就都会乐呵呵地配合，因为只有那样，他受到的伤害才会最小、最轻，谁让自己打不过他们呢？

他真的不明白，手无缚鸡之力的自己究竟是怎么一拳把张晨打飞的？他根本就没使什么力啊。他真想走过去把张晨拉起来，再打一拳，看看之前到底是什么情况。

张晨呻吟出声，艰难地从地上爬了起来。他看向李牧羊的眼神带着三分惊诧、七分恐惧。

李牧羊一瞬间爆发出来的力道让他吃惊。李牧羊怎么会有这样的实力？

他最讨厌扮猪吃老虎的家伙了！

"嚓——"

"嚓——"

"嚓——"

李牧羊从草丛里，一步步走到张晨面前。

"你是不是想吸引崔小心同学的注意？"李牧羊出声问道。

这一次轮到他居高临下地看张晨了，这种感觉果然棒棒的，他的黑脸都因此英俊了许多。

张晨的嘴巴张了张，却什么话也说不出来，他这样子，就像是不小心跳到岸上快要渴死的食草鱼。

他喜欢崔小心，这在班里并不是秘密。因为他是蹴鞠队队长，是学校里面的风云人物，所以这件事情在学校已经广为流传。

他虽然没有回头张望，但也知道崔小心就站在人群的后面，她总是喜欢站在人群的最后面，和所有人都保持一定的距离。

他能否认李牧羊的话吗？不能。

"你用错方法了。"李牧羊一脸遗憾地看着张晨，轻轻摇头，叹息着说道，"崔小心是那种聪明矜持又自傲的女生，她喜欢的是那种温文尔雅、聪明内敛，又有强大控场能力的男生。你时不时地跑来嘲讽我几句，欺负我一番，以为这就是在表现你的强大和耀眼？"

如百合花一样美丽的女孩子张嘴欲言，但是终究什么话都没有说。她的眼神如一把犀利的刀，正一片片地剥开李牧羊的皮肉。她想看看他的心里到底在想些什么。

女孩子在心里想着：这个家伙不仅长得难看，人也很讨厌呢。

"其实这在崔小心同学的眼里完全是上不得台面的小伎俩，让人鄙夷和不屑。你把我当成可以任意欺辱的小丑，而在崔小心同学的眼里，你欺负我时，也不过是一个小丑在表演一场滑稽的戏。"李牧羊指了指自己的脸，说道，"你看看我的脸，你比我帅，比我白。"

他继续道："你比我高大，比我聪明，学习比我好。哦，对了，你还会蹴鞠和击鞠，我看到你蹴鞠时学校里无数女生疯狂喊你名字的场景，就不禁希望自己能够成为你。"

他停顿了下，然后道："有一位哲人说过，看一个人的境界，就看他的对手是谁。你把我这样的人选作自己的对手，或者说你欺负的对象时，你就把你自己拉到和我一样的层次了，你觉得这样的你能够讨得崔小心同学的喜欢？幼稚！"

"李牧羊，你——"

"我很平凡。"李牧羊咧开嘴笑了起来，和皮肤一样漆黑的眼珠显得很灵动，有着难以言说的魅力，这是他整张脸或者说整个身体唯一的亮眼之处。

李牧羊道："但是你很可怜。"

张晨彻底被激怒了，他扑过去一把掐住李牧羊的脖子，嘶吼着说道："李牧羊，你说谁可怜？你说谁可怜？！"

"他们打起来了！打起来了！"

"快来人啊！把他们俩扯开——"

"老师，有人打架——"

"你使点力啊！"李牧羊眼里的红光再起，他盯着张晨低吼，"你使点力啊，就像以前把我踩在脚下时一样。"

"噗——"张晨嘴里喷出一口鲜血，可能是因为内伤严重，也有可能是因为憋气。

疯狂的张晨终究还是被人给拉开了，他一脚踢飞李牧羊钓鱼的鱼竿，冷笑着说道："李牧羊，你这种废物有什么资格可怜我？你文不成，武不就，长相又丑陋，每次考试都是全年级倒数第一！你就是钓鱼，也没有一条鱼咬钩。你以为自己能有什么大出息？你这辈子就只能混吃等死。"

李牧羊揉了揉被掐红的脖颈，笑着说道："你刚才被我一拳打飞了。"

"……"

张晨用手指点了点李牧羊的脑袋，转身大步离开。张晨身后的那群小喽啰愣了一阵子，像是从来都没有见过李牧羊似的，把他认真审视了一番后，就紧跟在张晨身后跑开了。

热闹结束，人群散去，李牧羊独自坐在湖边的草丛中发呆。

他总是一个人，和以前一样。

"李牧羊。"女孩子的声音清亮，如翠鸟滑翔时在空中留下来的音符。

李牧羊转身看去，发现崔小心仍然站在原地。

这次和往常有些不一样。

"不管你是认可我说得对还是批判我说得不对，这些与你留下来和我说话相比都不重要。你知不知道？你只是留下来和我说话，别人就会用异样的眼神看我，或惊奇，或妒忌，或羡慕。一堆烂泥上面突然开出了美艳的花朵，确实是很新鲜的事。于我而言，这终究是一件占便宜的事。我要是你，就假装刚才什么事情都没有发生过。"

不用回头，李牧羊都知道班花留下来和自己说话其他同学脸上会露出怎样的表情。

崔小心没想到李牧羊会说出这样一番话，她好看的眸子里迅速浮现出一层迷雾后，瞬间又变得清澈明亮，沉吟片刻后，她说道："你猜对了两件事情，也说错了两件事情。"

"看来你愿意和我长谈下去了。这是我们第一次好好聊天吧？"李牧羊笑着说道。

"第一，我不喜欢张晨，在我的眼里，他确实像一个哗众取宠的小丑。

"第二，我确实喜欢你说的温文尔雅、聪明内敛却又有强大控场能力的男生。有能力，却又不会时刻炫耀自己的能力，这是我喜欢的类型。"

李牧羊点了点头，说道："那我说错的事情是什么？"

"第一，我没有觉得你是小丑，你只是一个普通人，和许许多多的普通人一样。你没做错什么，只是……"

"只是命运对我太不公平了。"李牧羊自嘲地笑着，说道，"家穷人丑，脑浆如糨糊，文不成武不就，今后只能接受命运的安排，成为一个混吃等死的废物，你是不是想这么说？"

崔小心的眼睛一亮，她没想到，这个整天被人嘲讽欺负，声名远播却又低调沉默，看起来没有任何过人之处的黑炭同学，竟然有如此敏锐的洞察力和如此犀利的言辞。

"我随便说说。"李牧羊把一根甘蔗草剥皮后放在嘴巴里咀嚼，甘甜的草汁让他的心情愉悦了一些，"你继续。"

"烂泥上面能够开出鲜花，这是必然的事情。因为它虽然看起来毫不起眼，其实内部有丰富的可以供鲜花生长和绽放的能量。它竭尽全力，用上面的花朵证明自己存在的价值。"

"你觉得我和那堆烂泥一样，还可以再拯救一下？"李牧羊咧开嘴巴笑了起来，说道，"那你愿意……"

"我不愿意。"崔小心干脆利落地拒绝了，"我要去西风大学，你又将去哪里？我们不是同一个世界的人，我们的未来不会有任何交集。"

西风大学是西风帝国最好的高校，而李牧羊这个全年级倒数第一就只可能上西北风大学——所有钱就可以报名的野鸡大学。

"你说得对。"李牧羊笑容苦涩，说道，"这也是我喜欢你却没有向你表白的原因。"

"什么？"

"这不是很正常的事情吗？我和那些处于青春期的男生一样，总是对学校里面的漂亮女孩子充满了向往。我们喜欢徐佳蕊，喜欢张新琦，也喜欢你。我们希望能够像你们一样耀眼夺目，希望能够走在你们的身边，幻想过你们坐在我们身边绽放出如花一般的笑颜。可是，漂亮的女孩子总是把目光放在更加优秀的男孩子身上。我们只能远远地看上一眼，倘若哪个漂亮的女孩子突然靠近，就那么不冷不热地和我们说上几句话，对我们而言就是天大的恩赐了。"

李牧羊仰头看着天上的云朵，接着说道："我们还能怎么样呢？"

崔小心安静了好一会儿，声音里终于多了一些复杂的情感，她说道："祝你好运。"说完，她转身朝大部队聚集的地方走去。

游湖活动结束了，等待他们的是一场残酷的厮杀。

"崔小心——"李牧羊突然出声喊道。

崔小心转身看过去,她不明白这个以前与她没有任何交集的男生还要对她说些什么。

其实他说什么都没用,她不可能因为同情而接受一份感情。

"我拒绝。"李牧羊出声说道。

"什么?"

"你邀请我和你一起去看大戏,我拒绝。"李牧羊朗声说道。

崔小心的脸在阳光的照耀下像是透明的白玉,她冷冷地盯着李牧羊,说道:"白痴。"

夕阳西下,被殷红色光线包裹的落日湖有一种梦幻的美。

李牧羊收起鱼竿,准备随着大部队回家。

"啵——"

波光粼粼的湖面,突然跃起了一条色彩斑斓的锦鲤,打破了之前的宁静。

这就像是打开了什么开关,无数条锦鲤随之从落日湖里面跳了起来。它们成千上万,连绵不绝,铺天盖地!那些彩色的鱼鳞连成一片遮掩了半个落日湖。在肉眼看不到的地方,还有更多的锦鲤朝着这里奔涌而来,仿若朝圣。所有锦鲤都朝着李牧羊离开的方向冲去,就像是追随自己的信仰。

如果有阅历的老人看到这一幕,一定会惊呼出声:万鲤朝龙,这是千年难遇的万鲤朝龙啊!

有人是天潢贵胄,有人是折翼的天使。

李牧羊听母亲说,他出生的时候被雷劈过,差点儿来不及看这个花花世界一眼就一命呜呼了。

这让李牧羊心生疑惑,他上辈子到底做了多少伤天害理的事情才会遭到这样的天罚?

李牧羊三岁的时候才能够睁开眼睛视物,七岁的时候才能够摇摇晃晃地走路,十岁的时候开口说话,直到十四岁还手无缚鸡之力,没办法和其他少年一样习剑练武。

有人说，天神给你关上一扇门的时候，会给你留一扇窗。

武不成就好好地读书吧，说不定也能够像那些大儒一般，多喝几碗烈酒就能写出几首流芳百世的诗词。可是每当李牧羊捧起书本的时候，脑袋就变得昏昏沉沉的，最后只能枕着那些方块字进入了梦乡。

同桌喊，没用。

老师骂，也没用。

一个新来的老师甚至因为李牧羊在课堂上睡觉而敲断了一根戒尺，那可是合金制成的戒尺啊。

但是，李牧羊依然如故，嗜睡如命！

只要让他睡觉，那什么事情都可以商量。

如果没有睡好，他就特别暴躁。

譬如今天游湖的时候，他之所以和张晨发生那么激烈的冲突，正是因为他睡眠不够，做美梦的时候被人吵醒了。

不管事实如何，至少李牧羊心里是这么想的。

"哗——"

李牧羊从澡盆里钻出脑袋，然后大口大口地喘息着。

这样过了很长时间，他仍然有一种心脏剧烈跳动的感觉。

我不是一个废物吗？之前那一拳又是怎么回事儿呢？李牧羊在心里想着。

他认真地端详着自己的手臂，皮肤倒是一如既往的细腻，只是被热水泡成了紫红色。

"哐当——"

房门被人大力推开，一个可爱至极的女孩子冲了进来，女孩子满脸急切地问道："哥，又有浑蛋欺负你了？"

女孩子长得很甜美，她的眼睛大大的，自带美瞳效果，除了那墨玉一般的眼珠，几乎看不到其他。鼻子微挺，小嘴红润，皮肤如初雪，仿佛只要被手指轻轻碰到就会融化。

她穿着一身白得耀眼的轻纱，系在她头上桃红色的丝带因为她跑得太快而轻微摇曳着。尽管她现在正处于气愤的状态，却仍然让人有一种想上前掐掐她脸的冲动。

李思念，李牧羊的妹妹，比李牧羊小三岁。两人同在复兴高中读书，李牧羊读高三，李思念读高二。

当然，和李牧羊这个"废物"哥哥不同，李思念自小就聪明伶俐，是一个孩子王，每年都以最优异的成绩获得全年级第一。

她上高中前连续跳了两次级，因此她虽然比李牧羊晚三年上学，却只比李牧羊低了一级。

李思念上高中后学校也建议她跳级，但是被李岩和罗琦给拒绝了。

李岩和罗琦就是李牧羊和李思念的父母，他们认为高中三年是读书时最重要的三年，在这三年时间里李思念得准备更加充分一些，以后才能够考上西风帝国最好的大学。

李思念是有名的小美女，还是复兴高中的校花之一。她能够在第一时间知道李牧羊被人欺负的事情，李牧羊一点儿也不觉得意外。

李牧羊双手抱胸，苦笑着说道："李思念，我都跟你说过多少次了，进来的时候要敲门。"

李思念从来都没有敲门的习惯，每次进李牧羊的房间都是横冲直撞。为此，李牧羊也不知道牺牲了多少本来不及藏起来的《花花后宫》。

李思念每次看到李牧羊在看这种"不良书籍"时，都会大义凛然地抢走，说要上交父母。

奇怪的是，父母从来都没有和李牧羊谈起过这个问题。

"哦。"李思念脸色微红，扫了李牧羊一眼后，又退了出去。

离开的时候，李思念还不忘把沐浴间的门给关上。

"咚、咚、咚。"

外面响起了敲门声。

"哥哥，我可以进来吗？"李思念在门口喊道。

李牧羊一脸无奈，说道："你进来吧。"

李思念再次推门进来，着急地问道："哥，哪个浑蛋欺负你了？"

"没有谁欺负我，是我欺负了别人。"李牧羊说道。这次他倒不是和妹妹吹牛，他确实一拳把张晨给打飞了，有很多人可以给他做证。

"哥，你欺负了哪个坏蛋？"李思念脸色缓和了一些，出声问道。

李牧羊一脸感动，心想：思念果然是我的亲妹妹啊。

他笑呵呵地看着李思念，说道："张晨想欺负我，结果反而被我给欺负了回去。我没有吃亏，事情也已经过去了。"

"哼！"李思念仰起头，冷哼出声，齐额刘海随着她的动作轻轻摇摆，"又是张晨那个浑蛋，我一定饶不了他。"

李牧羊赶紧劝说道："思念，事情已经过去了，更何况你哥这次也没有吃亏，你就不要去找他麻烦了，你是女孩子。"

李牧羊担心李思念的安全。毕竟，李思念只是一个柔弱的女孩子，李牧羊可不想让张晨把对自己的怒气发泄到自己的妹妹身上。他宁愿自己受一些委屈。这也是他不愿意和人发生冲突，不愿意把自己在学校里被人欺负的事情说给家人听的主要原因。

"不行。"李思念态度坚决地说道，"谁也不许欺负我哥。"

"思念！"

"哥，我给你买了烤红薯。"李思念从自己的书包里掏出一个小盒子，盒子还没有打开，李牧羊就闻到了一股浓郁的红薯香味。

"来，哥你趁热吃。"

李牧羊满心感动，把盒子里的大红薯一分为二，递了一半给李思念，说道："思念，我们一人一半。"

"你吃吧，我不吃。"李思念摇头，"吃红薯会放屁。"

"……"

校蹴鞠馆，一场校园内部的友谊赛正在进行。

张晨作为复兴高中的校蹴鞠队队长，踢球是每天的必修课。而且，他喜欢在自己抛洒汗水时听到那些女孩子清脆甜美的加油呐喊声。

"张晨，加油——"

"张晨，你是最棒的——"

"张晨，我爱你——"

张晨忍不住再次朝着观众席看过去，那里有一群女孩子在给自己加油，其中那个全场最活跃、长相最甜美的女孩子是他以前从来都没有见过的。

"多漂亮的学妹啊——"

"多好听的声音啊——"

"她蹦蹦跳跳的样子多么可爱啊，她就像是一个小天使。"

因为他频繁向观众席张望，所以队友传过来的球被其他人给抢走了好几次。

球赛暂停，一群队员围了过来，对着他挤眉弄眼。

张晨和队友调侃了几句，然后朝着观众席走过去。观众席上的粉丝立即尖叫起来，有人送来茶水，有人送来汗巾，还有人准备好了爱心便当。

"谢谢，谢谢你们。"张晨被众多粉丝照顾着，满脸笑意地道谢。

他看到刚才那个叫得最响、跳得最高的小姑娘躲在人群后面，娇滴滴地看着他，一副不好意思靠近的模样。

小姑娘只是个新人嘛，他完全可以理解。

张晨穿过人群，朝着那"小白菜"走了过去。

"你叫什么名字？"张晨声音浑厚，脸上带着温和的笑意。

"我叫思念。"女孩子抬头看了张晨一眼后，立即低下了头，就像一只受惊的小兔子。

"思念，好名字！"张晨笑得更加迷人了。

多好的女孩子啊，刚才她抬头又低头的瞬间，他的心脏"怦、怦、怦"地跳得厉害。

她的样子让张晨想起了一首诗：最是那一低头的温柔，像一朵水莲花不胜凉风的娇羞。

"谢谢。"李思念的脸蛋早就红了。

"你怀里抱着的是什么？"

"是我煲的汤。"

"真的吗？现在会煲汤的女孩子可不多，那个能够让你煲汤的男生还真是令人妒忌啊。"

"这是送给你的。"李思念抬起头，露出星辰一样明亮的眸子，坚定地和张晨对视着。

"真的吗？"张晨抿嘴笑了起来，"原来我就是那个幸运的人。"

"我的手艺不太好。"

"你会煲汤已经很难得了。"

"汤可能不是很好喝。"

"这不重要，礼物贵在心意。"

"你真的会把它喝完吗？"

张晨开心地笑了起来，说道："当然。我怎么能够浪费佳人的一片心意？"

李思念把怀里抱着的汤碗递了过去，温柔地嘱咐道："小心烫。"

"谢谢。"张晨感觉自己的心都要融化了，他接过汤碗，说道，"这是我收到的最好的礼物。"

他仰起头，"咕咚咕咚"地喝了起来。

喝着喝着，他不禁皱起了眉。

想起李思念说的"我的手艺不太好"，他又仰头继续。

喝着喝着，他连肠胃也抽搐了起来。

想起李思念说的"汤可能不是很好喝"，他又拼命坚持。

喝着喝着，他连心脏也痛了起来。

想起自己对李思念说的"我怎么能够浪费佳人的一片心意？"他就想坚持到底，但是，"哇——"他猛然转身，对着身后的草地狂吐起来。

第2章
人心不古

张晨吐得撕心裂肺，吐得肝肠寸断，恨不得把前天的早餐都吐出来。

他先是弯着腰，然后单膝跪地，等到实在吐无可吐之后，他的身体一阵发软，接着便趴在了地上。

张晨全身的力气都被抽空了，现在的他就像一个废人，鼻涕横流，嘴角还残留着汁液，模样惨不忍睹。

"你、你没事吧？"李思念满脸担忧，眼眶泛红，快要哭了，"你怎么会这样啊？我很用心煲的汤，难道真的就那么难喝吗？"

张晨抬头看向站在自己面前的"小白菜"，想要给她一个安慰的笑容，可是现在的他笑起来比哭还难看，他声音嘶哑地说道："你、你到底在这汤里面放了什么？"

"放了什么？"李思念一脸天真无邪，认真地想了想，说道，"我放了排骨、当归、山药、苦参、鱼腥草、夜明砂、五灵脂……"

"五灵脂？"张晨的胃再次抽搐起来，他捂着胸口一阵干呕，愤怒地说道，"那是……那是复齿鼯鼠的干燥粪便，你竟然把粪便放在汤里面？！"

"五灵脂也是一种中药啊，它可用于瘀血内阻、血不归经之出血，对妇女的某些病有奇效。你喜欢踢球，身上难免有一些磕磕碰碰的地方，我用五灵脂帮你活血化瘀，这有什么不对吗？"

"你、你……"张晨颤抖地指着李思念，却一句话也说不出来。

啦啦队的其他成员看到偶像吐成这样，都围了过来。

"小晨晨，你没事吧？我好心痛啊。"

"张晨，你怎么了？你是不是生病了？"

"喂，你是谁啊？你给我们张晨喝了什么？"

这些粉丝原本就妒忌李思念长得漂亮，李思念的灵动是由内而外的，极其吸引人。这些粉丝看到张晨对她特别照顾，拒绝了她们的茶水就已经很不爽了，没想到张晨喝了她的汤后竟然狂吐不止，正所谓趁人病，要人命，她们心疼张晨的同时自然要抓住机会站出来发出正义的指责。

"我就是……"李思念一脸胆怯，突然提高音量，说道，"我只是给他喝了一碗五灵脂汤而已。"

"你说什么？"粉丝们愤怒了，准备上前动手。

李思念的脚尖一挑，被张晨丢到地上的汤碗就重新回到了她的手里。

她有些惋惜地看着碗上面的草屑，叹息一声，说道："这是我最喜欢的汤碗呢，可惜被人给糟蹋了。"

她握碗的手指猛一用力，那青铜汤碗就发出"咔嚓"一声，变成了碎片。

那些刚刚围拢过来的女孩子见状，又如潮水一般退开。

李思念把汤碗的碎片丢在张晨的身上，从口袋里抽出一块手帕仔细地擦拭手上的汤渍。

手帕很白，她的手比手帕更白。

然后，在众人的注视下，李思念昂着头朝外面走去。

走到蹴鞠馆门口的时候，李思念突然转身，露出一个甜美的笑容，嗲声嗲气地说道："你要乖乖的，不许再欺负我哥哥。"

"你哥哥是谁？"有人问道。

"李牧羊。"

"……"

"砰——"

张晨一巴掌拍在桌子上，怒声喝道："李牧羊，你给我起来！"

李牧羊仍在熟睡，完全没有反应。

张晨知道李牧羊的习惯，然后更加用力地拍打桌子。

"砰、砰、砰……"

这时正是午休时间，班里的人看到张晨带着一群人冲到李牧羊身边，都将目光投向了张晨和李牧羊。

崔小心正在专心致志地看《西风变法》，听到张晨用力拍桌子的声音，抬头看了一眼，微微挑眉。

她倒不是想要替李牧羊打抱不平，而是不喜欢被这样的噪音骚扰。

在全班学生期待的目光中，李牧羊终于醒了，他从书堆后面抬起头，看着站在自己面前的张晨，说道："你又想来欺负我了？"

张晨眼眶一红，差点儿当场大哭出声。

这到底是谁在欺负谁啊？我要是来欺负你……

我现在看起来像是要欺负别人吗？

他努力压制着心中的火气，气势汹汹地盯着李牧羊，质问道："李牧羊，你怎么那么卑鄙？"

"卑鄙？"李牧羊抓了抓睡乱的头发，想让头发稍微服帖一些，但是那撮头发"异军突起"，极具个性，无论李牧羊如何努力，它们都高高地昂着"脑袋"不肯低头。

李牧羊只得用一只手压着，时间久了，他自然会把它们压平。他仰头说道："我每天不是在睡觉就是在为睡觉做准备，除了被你们欺负时有一些观赏价值，其他时候没有任何存在感。你怎么好意思用这样的字眼来形容我？"

"李牧羊，你这个卑鄙小人，两面三刀，扮猪吃老虎……"张晨越想越气，越气肠胃抽搐得越厉害，他感觉自己快要疯掉了，"你明明身怀绝技，却偏偏装作弱不禁风。你要当真弱不禁风，当初游湖的时候怎么可能那么厉害？更可恨的是你让自己的妹妹……让自己的妹妹去陷害我喝汤……"

"李思念？"李牧羊眉头紧皱，目光犀利地盯着张晨，问道，"你把她怎么样了？"

小丫头虽然从很小的时候起就嚷嚷着要保护他，而且每一样都比他强上百倍，但是，毕竟是一个女孩子，是他的妹妹。倘若张晨敢对她使用什么小手段，他一定会冲上去和张晨拼命。

"我把她怎么样了？你怎么不问她把我怎么样了？"张晨暴跳如雷，但还没有跳起来，又赶紧捂着肚子蹲了下去。

"噗——"

一阵响亮的排气声后，他的肚子舒服了许多。

不过，肚子舒服了，心里却不舒服了。

张晨见全班同学瞪大眼睛看着自己，还有人捂着鼻子扇风，就恨不得找一个地缝钻进去。

他从小就是在鲜花和称赞声中长大的，几时受到过这样的侮辱啊？！

"兄弟们，给我揍他！"张晨怒声吼道。

跟在张晨身后的蹴鞠队的几个队员听到张晨的话，立即围拢过来，准备把李牧羊给好好地教训一顿，替队长出气。

李牧羊伸出一只拳头，在空中晃了晃，他看着张晨，说道："你之前被我一拳轰飞了。"

"……"

那些见过李牧羊一拳轰飞张晨的场面的队员立即后退，没见过李牧羊一拳轰飞张晨的队员看到其他的队员后退，也跟着后退。

别人都退了，那李牧羊一定很厉害了。

于是，除了张晨还站在李牧羊的身边外，其他人都躲得远远的。

李牧羊一只手捏着鼻子，另外一只手抽出课本扇风，很是恼怒地对张晨说道："我闻到一股鱼腥草、夜明砂、五灵脂混合的气味。屁里藏毒，你让大家评评理，咱们俩到底谁卑鄙？"

张晨的鼻子一酸，泪珠大颗大颗地落下。

他哭了。

李牧羊是一个善良的人，在他的记忆里，他不仅一次都没有欺负过别人，而且还一直被别人欺负着，这为减少帝国青少年犯罪事件做出了多大的贡献啊！如果那些精力旺盛、容易冲动的少年不是每天有事没事就在他身上发泄一番，恐怕就要对别人做出更极端可怕的事情了。所以，他又不由得想起那个问题，他这个像天使一样的良民，怎么会遭雷劈呢？

直到现在，被雷劈过这件事依旧让李牧羊耿耿于怀，让他从骨子里生出一种强烈的自卑感。

你想想，老天刚刚把你送到这个世界，又追悔莫及地想把你给劈回去，这事搁谁身上谁都会觉得受到了侮辱吧。

也正是因为被雷劈过，所以李牧羊打出生起身体就很不好。

别人家的孩子是泡在蜜罐里长大的，李牧羊是泡在药罐里长大的。

从他刚刚记事起，家里就经常会过来一个江湖郎中一样的老道士。

这个老道士长年累月地穿着一身脏兮兮的道袍，袖子油腻腻的，里面就像是藏了一只烧鸡。他每次过来时都会提着一大包药材，先钻进厨房里面一通忙碌，然后端着一碗比他的衣袖更加恶心的中药让李牧羊喝下去。

李牧羊一开始是拒绝的，老道士也不勉强，打了一个响指后，李牧羊就自己傻乎乎地接过药碗喝了下去。

李牧羊一直觉得自己被人控制着喝药时心里很不是滋味，却又年少无知，没有找到合适的词语来形容自己当时的感觉。

后来他无意间发现了一个词语，这个词语让他有一种全身酥麻的感觉，那就是"犯贱"！

等到李牧羊十一岁的时候，老道士先是在他的身上一通乱摸，然后满脸欣慰地对他的父母说道："老道幸不辱命，总算是保住了小少爷的性命。天雷入体，凡人以弱小的躯体承受下来就已经是一个奇迹了。小少爷福大命大，来日的富贵自然是不可估量的。虽然老道保住了他的性命，可是他的身体还是和常人有很大的差距，习武练剑是不可能了，而且脑袋……"

"脑袋坏了？"李牧羊的父亲李岩焦急地问道。

"那倒没有。"老道士摇头说道，示意李岩无须惊慌，随后又说，"只是因为被天雷劈过，小少爷伤到了大脑，可能会变得有些痴傻，不过事在人为，小少爷洪福齐天，或许随着年龄的增长，慢慢康复了也说不准。"

"那还是脑袋坏了。"李岩面如死灰，"大师，你就不能再想想办法？这孩子命苦，一出生就受了那么大的劫难，你能不能帮忙再看看？你在江南再住上几年，我保证每日好酒好肉，不，我保证让你住得舒舒服服的。好不好？"

"尽人事，听天命。"老道士笑着拒绝，说道，"老道近日有一劫，也需要去做些准备了。我们后会有期。"

老道士走了，李牧羊很想念老道士，因为只有老道士一个人把糕点铺老板的孩子叫作"小少爷"，李牧羊很喜欢这个称呼，可惜，后来再也没有人这么叫他了，更多的人都叫他"小黑炭"。

任何一件事情你做上三年，你都能够成为这个领域的行家。李牧羊喝了十几年的中药，所以轻易就从张晨放出来的那个屁中闻出了各种刺激性中药的气味。

"世风日下，人心不古。张晨，我没想到你会用如此恶毒的手段来报复我。每次都是你先欺负我，游湖时的那件事情能够怪我吗？你跑来打我，我就那么挡了一下，你就飞出去了，这能怪我吗？"李牧羊说不下去了，因为他发现张晨哭了。

张晨是真的哭了啊，就跟谁把他拖出去凌辱了千八百遍似的，眼泪"哗啦啦"地从他眼中流了出来。

李牧羊愣了愣，小声问道："你怎么了？"

"你别说了。"张晨抹着眼泪说道，"我求你，你别再说了。"

李牧羊满脸警惕，说道："你不会是故意这样，想打悲情牌吧？"

"李牧羊。"张晨捂着肚子，身体都直不起来了，"不带你这么把人往死里欺负的。"

李牧羊扫视四周，看到全班所有人的视线都聚集在他俩身上。

李牧羊有些惊慌，赶紧解释道："同学们都看到了，刚刚是他先来欺负我的，我什么事情都没有做。"

"你说张晨屁里藏毒。"有人打抱不平地说道。

这一刻，有不少人开始同情张晨了。

虽然平时他们很不喜欢张晨，觉得张晨总是喜欢出风头，还经常欺负班里面的同学，但是，他们见过侮辱人的，没见过把人侮辱成这个样子的。

"他的屁里确实有五灵脂的气味,不信你们闻闻。"李牧羊一脸认真地说道,他原本就是一个认真的人,睡觉的时候认真,解释的时候同样认真,"他谁都不找,偏偏站在我身边不走,不就是为了报复我上次让他出糗的事吗?"

张晨感觉自己再次被人捅了一刀。

"铛——"上课铃声响了。

教帝国史的老师赵明珠踩着铃声走进教室,站到讲台上面正准备上课,就发现自己的爱徒张晨正泪流满面地站在李牧羊的身边,不由得怒从心起,大声吼道:"李牧羊,你又做了什么坏事?"

李牧羊见赵明珠对自己发火,对自己的猜测更笃定了,他眼神冰冷地盯着张晨,说道:"我就知道你是故意打悲情牌。"

"……"

李牧羊抬头正视赵明珠,出声道:"赵老师,我什么都没有做。"

赵明珠更加气愤,她教书十年,从来没有见过李牧羊这样愚蠢不堪又不思进取的学生。她快步走到李牧羊的面前,一巴掌拍在他的书桌上,尖着嗓子吼道:"李牧羊,你当我傻啊?你什么都没有做张晨会站在你面前哭成这样?你有点儿智商好不好?你也把我们想得有些智商好不好?"

"老师,我真的什么都没有做。"李牧羊苦笑着说道,"张晨冲到我的面前拍我的桌子,还骂我卑鄙……"

"那你还不反省反省自己做了什么卑鄙的事?"赵明珠打断了李牧羊的解释,说道,"你是什么样的人,难道我还不清楚吗?我第一天见到你,就知道你是这种黏糊糊的性子。"

赵明珠是江南名师,转到复兴高中教高三的帝国史,为的就是帮这些已经一只脚跨入高等学府的学子添几根柴,加一把火,让他们考出更好的成绩。

她没想到的是,在她转到这所学校的第一天就发生了一件让她很不愉快的事情,有人竟然敢在她的课堂上睡觉。

这是对她的极度不尊重,是对她的极端藐视和挑衅。

赵明珠勃然大怒,喊了几声没有得到回应后,抓着戒尺敲了整整一节课,连戒尺都被她敲断了。

赵明珠问李牧羊能不能不要在她的课堂上睡觉，没想到李牧羊竟然摇了摇头，说："不能。"

从那时起，她就对这个学生越来越看不顺眼了，只要有机会就会嘲讽他几句，把他立成坏学生的典型。

不过，无论她如何侮辱、打击李牧羊，李牧羊都是嬉皮笑脸地傻笑几声，然后再一次进入梦乡。

"赵老师，我想你对我有些误会，你不知道当时的情况。"

"误会？"赵明珠冷笑连连。

她转身看着班里的那些学生，问道："我有没有误会李牧羊？"

没有人敢应声。

虽然谁都能看出来赵明珠是想揪着李牧羊不放，但是谁愿意在这个时候站出来帮李牧羊说话，得罪女魔头？

"李牧羊，你知道我们西风帝国的开国皇帝是谁吗？知道影响整个大陆的'新月之治'是从哪一年开始的吗？知道'文成武德'是指的哪两位圣贤吗？"

"李牧羊，你什么都不知道，整天就是吃了睡睡了吃，我就奇怪了，你父母出钱就是让你来学校睡觉的？你既然那么喜欢睡觉，干脆就直接回去好好睡个够。这样，既不会有人吵你，又不浪费你父母的血汗钱。"

"赵老师……"

"你给我出去。"

"老师……"

"出去！"

"老师，你错了。"一个轻柔的声音在气氛凝重的教室里面突兀地响起。

"这次是你错了。"那声音轻柔却又坚定，就像是一根鱼刺，你若是把它吞下，就会浑身难受，咽喉出血。

赵明珠猛然转身，怒声喝道："刚才是谁说我错了？"

赵明珠看清说话的人是谁后，态度顿时变得温和了许多，她笑着说道："崔小心，你刚才说什么呢？这里没你什么事，你快坐下吧。"

崔小心是好学生，是班级里面的第一名，也是全年级的第一名，如果不出什么意外，她一定可以跨进西风大学的大门。

赵明珠喜欢她，喜欢这个学习用功又有天赋的女孩子。

最关键的是，她还那么漂亮，总是让赵明珠想起年轻时候的自己。

"赵老师，我说这次是你错了。"身穿复兴高中校服的崔小心站得笔直，再次开口说道。

赵明珠脸色变得难看起来，冷酷严肃地说道："崔小心，坐下。"

"老师，你要向李牧羊道歉。"崔小心并没有退却的意思，冷静地说道，"虽然这起冲突和李牧羊有关系，但他是其中的受害者。"

赵明珠眼神狐疑地看看崔小心，再看看李牧羊，然后露出一副痛心疾首的模样，说道："崔小心，你怎么能帮李牧羊这种人说话？"

"老师，我没有帮谁说话，只是说了我应该说的话。"崔小心态度坚决，并没有被赵明珠的气势压倒，"我只是说了我看到的，我亲眼看到的。"

崔小心扫视全班，所有和她对视的人都羞愧地低下了头。

"他们不敢说，班里总要有人站出来说。不然的话，是非黑白就永远说不清了。这件事情很简单，是张晨先来拍李牧羊的桌子，打扰了教室里所有同学午休。李牧羊并没有对张晨做过什么。至于张晨为什么哭，那你要自己问张晨。"

赵明珠没问张晨为什么哭，反而目光灼灼地盯着崔小心，问道："崔小心，你和李牧羊是什么关系？"

"我们是同学关系。"

"崔小心同学，你要注意影响啊。"赵明珠严肃地说道，"游湖回来后就有人跟我说你和李牧羊关系密切，我当时还不相信……小心，李牧羊已经自暴自弃了，以他现在的学习态度，他是不可能考上任何大学的。你和他不同，你是要去西风大学的，要去整个帝国最好的学校。越是关键时刻，你就越不能有一丝一毫的松懈。其他同学也一样。"

赵明珠摆了摆手，说道："小心，你坐下吧。张晨，回到自己的位置。李牧羊，你站到门口去。"

"赵老师……"崔小心还想再帮李牧羊辩解。

"崔小心同学。"李牧羊出声阻止，他咧开嘴巴笑了笑，露出一点儿也不在意的模样，说道，"没关系的，我在外面也能睡。上课了，我就不耽搁同学们的宝贵时间了，祝你们都能够考出好成绩。"说着，李牧羊朝教室外面走去。

李牧羊就是这样一个人，他不希望父母伤心，思念涉险，所以他从来都不和他们说自己被人欺负的事。

他不想让崔小心因为自己和赵明珠发生冲突，所以就假装对这不公正的裁决一点都不在乎。

自己是一堆烂泥，怎么能够影响别人的前途呢？

崔小心看到李牧羊对自己露出一个灿烂微笑后，在全班同学的注视下落寞离开，突然觉得心里异常难受。

这件事情和自己没有关系，自己却像是受到了极大的委屈。

崔小心咬了咬唇，推开椅子朝着外面跑去。

"崔小心，你干什么？"赵明珠在崔小心身后喊道。

"我去给李牧羊补习功课。"崔小心的声音从远处飘来。

兽面亭里，崔小心点了一杯碧水茶。李牧羊没有看菜单，对服务生说道："也给我一杯碧水茶。"然后，他双手交叉，放在桌子上，眼睛直直地看着坐在对面的崔小心。

直到现在，李牧羊都没办法相信自己的眼睛。

复兴高中最不被看好的学生和复兴高中的女神崔小心坐在一起喝碧水茶，这是他做梦时才敢想的。

李牧羊看着崔小心，出声问道："你真的要帮我补习功课？"

崔小心挑了挑眉头，看着李牧羊，说道："人若不自爱，又怎么能够奢望别人爱你？人若不自重，又怎么可能得到别人的尊重？我知道你不笨，从我们那天的谈话中，我就知道你很聪明。你只要努力一些，不在上课的时候睡觉，你的成绩也不会这样，老师也不会对你有这么大的成见，同学们也不会觉得你拖了他们的后腿。"

李牧羊看着崔小心，问道："你不怪我拖班级的后腿吗？"

"我怪过。"崔小心毫不犹豫地说道，"有好几次我们班都应该是全年级第一，但是你拖了班级太多的平均分，不然的话，赵老师也不会如此生气。"

"……"

"你不觉得，作为一个男生，不缺手没断腿，而且还如此年轻，整天这么浑浑噩噩得过且过，是很不负责任的吗？"

虽然崔小心是在责怪自己，是在批评自己不求上进，但是这一刻的李牧羊还是觉得非常开心，他从崔小心的眼里看到了关心，看到了担忧，看到了燃烧着的期望。

这样的眼神，他只在父母和妹妹的眼里看到过，他没想到，这一刻，他会在一个原本和自己不熟悉的女孩子的眼睛里看到。

"我被雷劈过，"李牧羊开口说道。

他决定向崔小心坦白自己的经历，虽然这件事让他感到无比尴尬和丢脸，可能会让对方笑话。

崔小心表情错愕，她的脸一阵红一阵白，眼里满是失望，她生气地说道："李牧羊，你真是没救了。"说完，她就准备起身走人。

她实在是太生气了，心中更多的是失望。在追出来的那一刻她只是有一些犹豫，但这一刻她就只剩下深深的后悔。

他被冤枉、被罚站和自己有什么关系？自己为什么要自讨没趣掺和进这件事？崔小心，崔小心，你要更加小心谨慎才行。

李牧羊惊惶失措，他不知道自己说错了什么或者做错了什么，他只是想要告诉崔小心自己不是不求上进，不是不思进取，自己也不想浑浑噩噩，与之相反，自己比任何人都想要学习，比任何人都想要努力。

只是，只是他被雷劈了。

除了自己的妹妹李思念，李牧羊完全没有和别的女孩子相处的经验，更何况这是自己一直暗暗爱慕着的"女神"。

李牧羊也跟着起身，他笨拙地解释道："崔小心同学，你不要误会，我没有说你是雷……"

"……"

"不是，我的意思是你说的话一点儿也不雷……"

"……"

李牧羊越急，说出来的话就越让崔小心生气。

崔小心越生气，李牧羊就越着急。

崔小心已经走到了门口，伸手握住了门上的铜把手。只要她推开那扇大门，李牧羊和她就再也不会有任何交集了，正如她之前说过的那样。

李牧羊舍不得，因为崔小心是唯一一个关心他的同龄女孩子。

这种关心和妹妹的关心是不一样的。

妹妹给的是亲情，而崔小心给的是友情。

李牧羊渴望拥有这份友情，因为他从小到大都没有过朋友。

"崔小心——"李牧羊开口喊道。

崔小心有些犹豫，终究还是转身看了过去。

李牧羊喉结滚动，显得局促不安。尽管只是说几句话，他也因为情绪过于激动而有一种疲惫不堪的感觉。

他看着崔小心的眼睛，声音沙哑，神色带着几分腼腆，他结结巴巴地说道："我刚才，忘记说了，你戴珠钗的样子，真好看。"

第3章
杀手乌鸦

现在正是上课时间，两个穿着复兴高中校服的学生出现在兽面亭确实有一些扎眼。所以，原本准备用一杯碧水茶和半部传记打发一个下午时光的客人们都有意无意地把视线落在了李牧羊和崔小心的身上。而且，除了时间不对，那么漂亮的崔小心会和李牧羊这样一个皮肤漆黑的丑少年走在一起，在他们看来，当中应当有很多值得他们研究的东西。

有一对情侣就在干这么无聊的事情。

"看来，这又是一出典型的癞蛤蟆想吃天鹅肉的戏码，男生可能要表白，这种女强男弱的时候，男生可千万不要轻易张嘴啊。"

"哦，女孩子生气了。"

"女孩子走了，被男孩子喊住了。女孩子叫什么？崔小心？好名字。不过，男孩子露出这副模样，是要再次挽留吧，真是一个不自量力的倔强家伙啊。"

"什么？他说的是什么？你戴珠钗真好看？恕我眼拙，没想到他竟然是深谙此道的高手。"

"……"

崔小心眨了眨眼睛，手依旧握着铜把手，脚步却停了下来。

她没有把大门推开。

崔小心转身，看到李牧羊表情纠结，眼神慌乱，张嘴欲言，最终却又什么都没有说出来。他是要向自己表白吗？如果是，那么不管他怎么说，自己都是不会接受的。他不会这么自讨没趣吧？

"我刚才，忘记说了，你戴珠钗的样子，真好看。"李牧羊对崔小心说道。他因为过于紧张，说话都变得有些结巴。

这让他有些懊恼，他担心自己的结巴会破坏那句话的效果。李思念可是一再嘱咐，什么话他都要自然随意地说出来，不要让人觉得刻意。他今天的表现应该不会让人觉得很刻意吧？

崔小心在门口站了片刻后，竟然转身朝着李牧羊走了过来。

这让兽面亭里的众多客人大跌眼镜，他们真没想到那个黑少年竟然有这样的好本事，一句话就能够让一个愤怒的美少女缴械投降。

崔小心重新在李牧羊面前的椅子上坐好，就像是什么事情都没有发生过一般。服务生送来了她点的碧水茶，她对着服务生点头致谢，用的是帝国标准的贵族礼仪。或许，这一点儿细节就连她自己都没有察觉。

而李牧羊还搞不清楚眼前的状况，站在那儿不知道下一步应该要做些什么。

崔小心端起碧水茶抿了一口，然后对李牧羊说道："你也尝尝，江南的碧水茶虽然有点儿甜，没有了碧水茶应有的青涩芬芳，但也独具风格，已经算是很不错的碧水茶了。"

李牧羊听话地坐了下来，端起碧水茶喝了一口后，点头说道："这茶是挺不错的。"

他平时喝得最多的是中药，碧水茶他在家里是没得喝的，因为那个老道士说这会刺激心脏。所以，只要是比中药好喝的东西都让他无比满足。

崔小心将视线落在杯子里旋转着的花瓣上面，轻声问道："你是第一次对女孩子说这种话吧？"

李牧羊黑脸微红。但是，因为他的脸太黑，所以别人一点也看不出来。

李牧羊不好意思地说道："我还对我的妹妹说过。我惹她生气后，只要夸她长得漂亮，眼睛像是极南地区里的明珠，皮肤像是帝国北疆的白雪，穿的每一件衣服都搭配得恰到好处，引领了江南的时尚风潮，她就会立即和我冰释前嫌，扯着我的衣袖问我：'真的吗？你说的是真的吗？'"

"当女孩子因为某一件事情生气的时候，男孩子千万不要和她继续在这件事情上纠缠，更不要为自己辩解，可以找一个更好的话题。这是我妹妹教我的。"

崔小心抬起头来，认真地观察着李牧羊的面部表情。

李牧羊在说起自己的妹妹时，声音里面仿佛加了浓浓的蜜，那种叫作幸福的东西都快要从他眼中流淌出来了。

崔小心看得出来，他们兄妹的感情非常好。

崔小心的心受到了触动，她想起了天都城那个身材高挑、不善言辞，却总是在自己有危险的时候把自己挡在身后的人。

她柔声问道："你很爱你的妹妹，是吗？"

"是的。"李牧羊点头说道，"但我感觉她更爱我。"

崔小心嘴角浮现出一抹笑意，她说道："那你一定很宠爱她吧？"

李牧羊摇头，叹息着说道："事情原本应该是这样的，哥哥应该照顾自己的妹妹，有好吃的先给她吃，有好玩的先给她玩。如果有人欺负她，哥哥就要去替她教训那个人；如果她去欺负别人，哥哥就要好好教育她。但很明显，我是一个不称职的哥哥。大多数时候，都是妹妹在照顾我。

"她比我聪明太多，也比我优秀太多。她很小的时候就嚷嚷着要保护我，并且一直为此而努力。在我的学习成绩年级里垫底的时候，她轻轻松松就拿下了年级第一名。她很高调地告诉别人，说她哥哥不是笨，就是不想学而已。她在看到我被人推倒在地后，就跟着一个老道士学了一种叫作破气术的功夫，冬练三九夏练三伏，一年三百六十五天从不间断。"

在老道士给李牧羊治病的时间里，李思念一旦得空，就拉着老道士油腻腻的衣袖请求他传授自己功夫。

老道士对待李思念可比对待李牧羊亲热多了，每次过来都会给李思念带好吃的，看到李思念放学回来老脸都笑出褶子来。他不忍心拒绝李思念的任何要求，在和李牧羊的父母沟通过后，就收了李思念做自己的记名弟子。

后来，李牧羊亲眼看到李思念一拳打断了院子里面的一株碗口粗的树。李牧羊也想学，他强忍着恶心拉着老道士的衣袖要拜师，还学着妹妹的口气撒娇，说道："道士爷爷，道士爷爷，你教我……"

"你好好说话！"老道士甩衣袖，厉声喝道。李思念闻言，笑得在地板上直打滚。

"破气术？"崔小心想了想，笑着说道，"这名字有点儿耳熟。"

"江湖郎中行踪不定,你听说过这个名字也不奇怪。"李牧羊笑着说道,"如果有人嘲讽我的智商,她就用自己的成绩嘲讽回去;如果有人欺负我羸弱无力,她就用自己的拳头还击回去。我这个哥哥是不是做得很失败?"

崔小心摇头,说道:"恰恰相反,你是一个很成功的哥哥,因为你有一个那么爱你的妹妹。"

"她很爱我,在你之前,她是唯一一个愿意对我好的女孩子。"

李牧羊直视崔小心清澈明亮的眼睛,说道:"虽然我不愿意看到你为了我这样一个废物学生和赵老师发生冲突,但是你那样做了后,我无法否认心里的感动。每次我独自一人走出教室,听到身后有急促的脚步声传来时,我是多么期待,那脚步声是因我而来。"

崔小心再一次被李牧羊感动了,她觉得这家伙把脸蒙上的话,有演苦情戏的天赋。

"你知道我为什么转身回来吗?"崔小心漫不经心地问道,漂亮的手指头把玩着那把用精钢打造成的银色汤勺。

"不知道。"李牧羊摇头。

"因为我从来没有见过称赞别人时比你表现得更拙劣的男生。"崔小心直言不讳地说道。

李牧羊脸色赤红,再一次变得结结巴巴起来,他急忙解释道:"我、我是因为没有什么经验,这样的事情不是很难做到吗?"

"这样的事确实是很难做到。"崔小心说道,"可是,男同学总是喜欢挑战自己,他们挑战得多了,自然也就熟能生巧了。"

"……"

"现在,你和我讲讲你的故事吧。"崔小心看到李牧羊哑口无言的模样,眯着眼睛笑了起来,她说道,"你如果不是很赶时间,就讲一下你被雷劈了的故事吧,我还真是很好奇呢。毕竟,这样的事情不是每一个帝国人都能够遇到的。"

于是,李牧羊向崔小心说了自己出生时被雷劈的事。

"你出生的时候被雷劈了?"崔小心瞪大眼睛,惊呼出声。

这件事情太过匪夷所思，所以哪怕是性格沉稳、见多识广的崔小心也发出了这样的惊呼声。

兽面亭所有人的视线都转移过来了，然后大家的表情纷纷变得诡异起来。

"那小子为了讨女孩子欢心真是不择手段呢。"

"被雷劈了还能活？他当我们是白痴啊？"

"这也不是没有可能，不然你怎么解释他长得那么黑？"

"……"

崔小心也知道自己的声音太大了，给李牧羊带来了一些不必要的困扰，她面带歉意地说道："李牧羊，我不是故意这么大声的，我就是觉得这种事情实在让人很难想象。"

"我明白。"李牧羊点头，满心苦涩地说道，"别说你没办法接受了，这都过了十几年，我不也没办法接受这样的现实吗？"

"这件事情是真的？"

"千真万确。"李牧羊无比真诚地点头。

崔小心相信了，她能够从李牧羊的眼神里读到他的坦诚和痛苦。

崔小心可以理解，不管是谁，都不会觉得被雷劈了是一件愉快的事情。

"所以你的身体一直很不好？"

"嗯，据说我刚刚出生的时候全身是血，差点儿没活下来。后来我父母从外面请了一个江湖郎中回来，这个江湖郎中就是我说的教我妹妹破气术的那个老道士，老道士每天都逼我喝各种各样的中药，我一直喝了十几年才把身体给调养成这样，不过直到现在心脏还是没有养好，我不能喝有刺激性的茶水，不能吃有刺激性的食物，不能做太过激烈的运动，没办法习武，就连帝国普及的五禽戏，我也没办法练。"

李牧羊看着崔小心，一脸无奈地说道："老道士离开的时候说我的大脑受到了冲击，我总是感到困乏疲惫就是因为这个。这种伤非人力可以医治，只能够听天由命。我不是不想好好学习，只是每当我打开课本时，困意就一阵阵地袭来。我试过各种办法，把自己的头发绑起来系在梁上，在自己的大腿上扎针，用辣椒水抹太阳穴，这些一点儿用处都没有。我被困意打败了，后面的事情你就知道了，我自暴自弃了。"

崔小心对李牧羊充满了同情，说道："可是，我们还有一个月就要文试了。如果你不做些准备，结果也不用我多说吧。你想过以后的生活吗？你总不能睡上一辈子吧？"

"我想过，每天都在想。可是，我能怎么样呢？"

崔小心咬牙说道："从今天开始，我帮你补习功课，就在这里。"

李牧羊摆手拒绝，说道："崔小心，我非常感谢你的这番好意，但是我不能在这个时候拖累你。李思念以前也想帮我补课，想要帮我把学习成绩提上来，但是她失败了。"

"我不相信。"崔小心一脸坚定地说道。她原本就是一个固执的女孩子，只要是她认定的事情，她就一定不会轻易放弃。

"我不信这个世界上会有人类无法解决的事情，也不信这个世界上有人类难以征服的领域。从今天开始，我就在这里帮你补习，从最基础的开始，你想学什么我教你，你有什么不懂的我来解答。虽然时间短了一些，但是，你跟着我补习，总比什么事情都不做就直接放弃要强上许多。"

"可是我怕……"

"没有可是。"崔小心打断了李牧羊的话，说道，"你不要觉得这会影响到我的学习，我已经准备好了，我一定会读西风大学。"

这个女孩子自信的模样真的很耀眼。

"李牧羊，你的答案呢？"

"那就拜托你了。"李牧羊沉声说道。

两人相视而笑，一股暖流在李牧羊的心中激荡。

这样的感觉真好。

"小姐，你们要的水果。"

身穿兽面亭制服的服务生端着水果托盘走了过来。

李牧羊看了那人一眼，这个服务生是一个面容清秀的小帅哥，和刚才送来碧水茶的不是同一个人,他笑着说道:"谢谢。"

他学崔小心用帝国贵族礼仪时,崔小心感觉眼前一亮。

崔小心看着李牧羊,仿佛坐在她面前的确实是一个尊贵的帝国将士。

"你点水果了吗?"崔小心出声问道。

"没有。"李牧羊摇头,"难道这不是你点的吗?"

"我没有点。"

崔小心的脸瞬间变得苍白,她心中有一种不好的预感,张嘴想要说些什么,可是终究还是晚了一步。

那个手持水果托盘的年轻服务生脸上浮现出残忍的笑意,拿起手里锋利的水果刀就朝崔小心的脖颈扎去。

那是人最脆弱的部位之一,只要他扎到,那个身体还散发着清香的漂亮女孩子就将香消玉殒。

她就是他此次江南之行的任务目标。

"危险!"李牧羊察觉到了危险的气息。这种感觉就像是在荒无人烟的山里,有一只恐怖的怪兽在觊觎你。

李牧羊心跳加速,全身的汗毛都竖了起来。

他坐在崔小心的对面,所以一眼就看到了服务生手里的刀,他的第一反应就是朝着对方扑过去。

或许还有其他的选择,但此时他没有更好的选择。

逃避?那倒是一种不错的选择。可是,这样的想法根本就没有在李牧羊的脑海里出现过。

他张嘴想叫,却喊不出声。他的心跳得厉害,仿佛随时都会跳出他的胸腔。他很害怕,怕得要死。可是,他仍然张开手臂朝着那个杀手扑了过去。他要把杀手扑开,他想用自己的身体挡住崔小心。

杀手在出手前,就留意到了这边的情况。除了那个帝国明月外,这里就只有一个皮肤漆黑的少年。

作为帝国排名前二十的杀手,乌鸦有高超的身手和犀利的目光。他相信自己的判断，那个丑陋少年只是一个普通人，甚至比普通人还要弱一些。之前那个少年只不过是说了几句话而已，额头就出现了细密的汗珠，站立着的双腿也在不停地抖动。

他目睹了李牧羊挽留崔小心时发生的所有事，而且比任何人都看得更加仔细。他在心里轻蔑地想：不知死活的东西。

他原本并没有打算对李牧羊怎么样，毕竟他只收了一个人头的钱。他们杀手，可没有买一送一的业务。

在他的预测里，这个白痴在看到自己动手时大概就已经吓得动弹不得了，他根本没想到这个白痴还能够在这个时候冲过来玩一出英雄救美。

英雄哪有好下场的？美人哪是那么好救的？

李牧羊还没有冲过来，乌鸦就已经把左手端着的水果托盘朝着李牧羊的脑袋盖了过去。

"哐当——"水果托盘砸在李牧羊的脑袋上，李牧羊被这么一下给拦了下来，冲势也没有了。

乌鸦把水果托盘盖在李牧羊脸上的同时，右手也没有闲着。他手里的水果刀挽出一个漂亮的刀花，朝着崔小心的咽喉滑去。他要在崔小心雪白的脖颈上面雕刻出一朵樱花，那朵樱花一定会很红，娇艳欲滴。

"嚓——"水果刀干净利落地插进了皮肉里。

"嚓——"刀刃割破了皮肉，发出了清风翻动树叶的声音。

乌鸦是一个杀手，而且是一个高手，所以从来都不会失手。

最后，乌鸦一刀刺穿了李牧羊的手掌。

乌鸦难以置信，他看着这幕，心里骂道：我怎么会刺穿那个黑炭的手掌呢？

他懊恼极了，实在难以接受这样的结果。他已经把水果托盘砸在了那个浑蛋的脑袋上，按照他的预估，那家伙应该已经头破血流，倒地不起才对。

那一刀瞄准的是崔小心的脖子，因为只有她才值得杀手乌鸦亲自出手。普通人的血只会"玷污"他的手掌和衣服。他是一个很挑剔的杀手！

可是，他手里的水果刀怎么就偏偏刺进了那个废物的手心里？这不是他想要的结果。

水果刀还插在李牧羊的手心，鲜血顺着刀刃汹涌渗出。

直到那鲜红的血滴落在地上，李牧羊才确定自己挡下了那一刀。他咧开嘴巴笑了起来，得意地说道："我挡下来了。"

他竟然没有感觉到疼痛，整个人还沉浸在自己替崔小心挡了一刀，救下了崔小心的喜悦之中。他不知道自己是怎么做到的，就像乌鸦不知道自己那一刀为什么会刺进他的手掌。他就是那样毫不犹豫地扑了上来，赤手空拳地抓向乌鸦手里的那把水果刀，然后，水果刀就到了他的手里。

哦，不，是手心里。

李牧羊不明白这其中的关键，但是，乌鸦是懂得的。

李牧羊正如他之前看到的那样，只是一个普通的少年，是一个情绪激动一点就气喘吁吁、额头出汗的废物。

而他是乌鸦，是鸟土，是帝国排名前二十的杀手。他对自己的定位是至少能够进前十的人物。

他那一刀用的是"樱花斩"，刀子刺出后，会先如樱花花瓣一般飞旋一圈，然后在对方身上雕刻出一朵樱花。

那个时候，因为他的速度太快，动作又过于敏捷，对方根本就感觉不到身体上面的疼痛。直到细微的血丝从伤口渗出，那朵樱花才会真正地显现出来，一切才算大功告成。

他对自己的樱花斩有信心，更对自己出手的速度有信心。可是，这样一个废物怎么就把自己的刀子给抓在手里了呢？

"我挡下来了。"

乌鸦听到李牧羊的话，觉得这是对自己的挑衅。这是自己的杀手生涯中最大的耻辱。

"你挡不下来。"乌鸦声音冰冷地说道。

他说话的同时，将那把水果刀从李牧羊的手心拔了出来。

"嚓——"刀子拔出来了，同时带出了大股的鲜血。直到这个时候，李牧羊才因为疼痛发出了惨叫声。

他的手掌中间出现了一个孔洞，那个孔洞就像是一个黑洞，吞噬了他，让他的整个身体都陷入了无尽的痛苦里面。

因为过于疼痛，李牧羊的身体在不断地抽搐。

"嚓——"乌鸦再次出刀，朝着崔小心的脖颈刺去，用的仍然是他最喜欢也最美的樱花斩。

"嚓——"李牧羊再次前扑，又一次把乌鸦的水果刀抓在了手里。

"咯噔——"乌鸦的心猛地一跳，他满脸惊恐地盯着李牧羊。

如果说第一次是运气，是偶然，那这第二次又是怎么回事？

这一次他特意加快了速度，而且对李牧羊有了防备，但李牧羊仍然挡下了他的樱花斩，虽然是很愚蠢地用自己的手掌来挡的。

尽管只是这样，也足以引起乌鸦的怀疑，乌鸦暗道：这小子不会是一个隐世高人吧？或者说他是隐世高人的弟子？

乌鸦早就听说帝国的江南城屹立千万年而不倒，一直保持着热闹繁华的盛世景象，藏龙卧虎，底蕴深厚，但听过就不在意了，江南城那么大，他可能一辈子也遇不到这里的隐世高人，难道说自己就这么不走运地碰到了一个？

"李牧羊！"崔小心惊呼出声，抓起面前的茶杯就朝乌鸦的脸上砸了过去。

乌鸦一拂衣袖，那泼出来的碧水茶竟然就化作一团热气消失了。茶杯被抽开，转变方向朝着崔小心的身体砸了过去。

从乌鸦行刺到现在，这一幕幕都是在电光石火间发生的，旁边的客人们都不知道这边到底发生了什么事情。

"咔嚓——"直到茶杯砸在墙壁上摔得粉碎，那些客人才惊呼着想要逃跑。

"杀人了！杀人了！"

"报官！快去叫捕快！"

"别杀我！我什么都没看见，我根本就不知道你的嘴角有一颗紫色的痣。"

"你找死！"乌鸦被崔小心的反击给激怒了。

他被那其貌不扬……好吧，他不得不承认，李牧羊还是黑得很耀眼的。他被那样一个废物连续挡下两次，已经觉得很屈辱了，现在就连他的刺杀目标也无视他的存在开始做出激烈的反抗，这让他很难接受。

他是一个杀手，也是一个艺术家。

他希望自己杀人的时候对方没有任何痛苦，甚至希望对方在停止呼吸前的那一刻都不知道自己已经离死亡不远了，他希望他们的脸上还保持着笑容。

他对自己很苛刻，力求每一件事情都做到最好，包括杀人，但是今天的出师不利已经完全破坏掉了他心中的美感。

他后悔自己今天出门执行任务前没有看一眼皇历，不然的话，他一定会选择一个更合适的时间。他想，他如果稍微看上那么一眼，就会看到帝国皇历上面写着：今日忌杀人。

乌鸦低喝一声，他身上的兽面亭服务生制服无风自动，他手里的水果刀竟然发出了一米多长的白色光芒。

那把刀变成了一米多长的巨剑，然后他举着巨剑朝着崔小心劈了过去。

他要把崔小心给劈成两半。

如果那个废物敢再次伸手阻拦，他就要把那个废物也劈成两半。

这一次，他开始期待李牧羊舍身忘死了。

一剑斩二人，那个废物就当是他斩那千金大小姐，同时搭送的添头。

不然的话，没有人会关心那样一个家伙的死活。

他根本就不配死在自己的剑下。

"你不能杀她！"李牧羊嘶吼道。

李牧羊的眼睛血红，眼中再一次布满了血丝。

他那只被刺穿的右手的手背上面再一次生出一块鳞片，只不过这块鳞片比在落日湖时要更加厚实一些。在落日湖时，鳞片还是透明的，如果不仔细观察，根本就发现不了。但是这一次生出的鳞片变成了半透明的，里面沉淀着灰色的色素，微不可见的云彩和电光在鳞片里面飞舞奔腾。

李牧羊觉得自己的心里充满了戾气，就像是有人抢走了自己最宝贝的东西。

他想要发泄，想要毁灭，想要摧毁眼前这个卑鄙渺小的人类。

李牧羊朝着那一米多长的白色巨剑轰出了一拳。

"呼——"白光闪烁，剑气弥漫。

整个兽面亭都受到了这一击的影响，客人的茶杯被吹飞，桌子四腿齐断，轰然倒地。吧台架子上的瓷器掉落在地上，摔得粉碎，篮筐里面各种各样的新鲜水果也掉在地上，滚得到处都是。

"砰——"乌鸦重重地砸在吧台厚实的橡木柜子上面，嘴里喷出一口鲜血。

他指着正处于狂暴状态的李牧羊破口大骂道："你被设定成百分百空手接白刃了吗？"

第4章
梦中有龙

尖叫声、脚步声,以及东西倒地破裂的声音混杂在一起。

李牧羊站在风暴的中心,丝毫不为外界所动。

他血红色的眼睛死死地盯着乌鸦,盯着那个一次又一次刺穿他的手掌,让他变得狂暴的罪魁祸首。

"哐当——"

他推开因为断了一只脚而压在他腿上的桌子,一步步地朝着倒在地上的乌鸦走过去。

"咔嚓、咔嚓、咔嚓……"

他的双腿都充满了力量,那些掉在地上的碧水叶和水果被他踩得咔嚓作响。

李牧羊已经控制不住自己的行为了,他的身体里面仿佛隐藏着一只怪兽,那只被激怒的怪兽驱动着他做出更加疯狂的事情。

"李牧羊!"崔小心从地上爬了起来,大声呼喊李牧羊的名字。

她被那爆炸开来的劲气给推倒,脸上、手上多了一道道的口子。

那些伤口不仅没有影响她的美丽,反而让她身上多了一种凄美。

之前她只是看到李牧羊朝着那个冒充兽面亭服务生的杀手冲去,然后那个杀手飞了出去,她也被一股劲气给撞到了墙上。

她顺着墙壁滑落下来,觉得自己的身体已经快要散架了,可是仍然咬牙站了起来,朝着李牧羊冲过去。

她不知道发生了什么事情,不知道李牧羊为什么会变成这样,但是她知道李牧羊正在做一件非常危险的事情。

"该死的家伙!"乌鸦从地上飘了起来。

乌鸦不是爬,也不是站,而是没有借助任何外力,像鬼魂一样飘浮在空中。

刚开始的时候，乌鸦还是躺着飘的，到了半空中的时候就重新站直了。

他站在半空中，眼神凶狠地盯着大步向他走来的李牧羊，声音冰冷，犹如来自地狱："不知死活的东西！"

他的右手在空中虚画了几下后，一个闪烁着银色光芒的门框便出现了。

他的嘴里发出古怪的声音，然后一群通体漆黑、散发出死亡气息的鸟朝着李牧羊扑了过去。

那些鸟数量极多，几乎把整个兽面亭都填满了。

它们沉默无声，但是那凶狠贪婪的眼神和它们的主人如出一辙。

"扑棱、扑棱、扑棱……"

它们拍打着翅膀，朝着李牧羊飞去，就像是一片黑云要把李牧羊包裹住，然后把他啃得连骨头渣都不剩。

"孽畜！"一声暴喝传来。

一个红色的光球出现在李牧羊的头顶，整个兽面亭里金光大作，那些黑色的鸟一触碰到那金色的光芒，便化作一团黑烟随风飘散了。

金色的光芒出现了很久，直到那填满整个空间的黑鸟全部化为黑烟才消失。

红色光球消失了，那扇可以召唤来黑色乌鸦的虚空之门也消失了。

所有的黑鸟都消失了，黑烟也消失了。

杀手乌鸦消失了，就连跟着李牧羊一起来兽面亭的崔小心也不见了。

李牧羊四处打量了一番，对躲在桌子底下满脸惊恐地看着他的兽面亭女服务生挥动了下被鲜血染红的手掌，喊道："别躲了，你快送我去医馆！"

话未说完，李牧羊只觉得天旋地转，眼前一黑，人便朝着地上栽倒过去。

"你们这些渺小的人类！你们这些背叛者！

"以血还血，以牙还牙！你们终将失去自己所图谋的，本王将降以天罚！

"杀！杀！"

巨龙在咆哮，野火在燃烧。

整个世界都是那飞腾的巨大身影，没有人能够看清它的全身，所有人只能够看到它身体的某一部分。

那一块块漆黑的、坚硬的、上面有流云和电光的鳞片在火光中犹如一面面铜镜，照出人类挣扎哀号的样子，但他们的挣扎对巨龙来说实在太过无力。

它拥有着令人窒息的威严，腾云驾雾，摧城破国。

它每一次摆尾，都将覆灭一座城。

它每一次伸爪，都会摧毁一堵城墙。

当它张开嘴巴时，那毁天灭地的龙息会把眼前的一切融化。

只有血肉之躯的人类、高大挺拔的荆棘树、石头砌成的巍峨城墙，都在一瞬间化为灰土。

李牧羊是这个陌生世界的天外来客，是这场战争的见证者。

他高高在上，就像是……就像是那条悲愤复仇的巨龙。

那条巨龙也发现了他的存在，转过头，挟着风雷朝着他飞来了。

浓厚的乌云被破开，刺骨的冷风消失了。

李牧羊几乎可以感受到它嘴里喷出来的热浪，甚至可以听到它腹腔内心脏跳动的声音。

李牧羊努力地瞪大眼睛，想看清楚那条巨龙长什么样子。

他看到了，看到了那条巨龙的眼睛。

那条巨龙的眼睛像极了他的眼睛。

他心中正疑惑时，那条巨龙已经直直地冲他撞来，然后拖着长长的尾巴钻进了他的身体里。

他亲眼看到自己的身体被破开，然后大脑里一片空白。

"轰——"

整个世界安静下来了。除了那燃烧着的向更远处蔓延的野火，这个世界陷入了永恒的黑暗。

李牧羊睁开眼睛的时候，窗外阳光明媚，不知名的彩色鸟儿正在一株巨大的合欢树上鸣叫飞舞，像是在庆祝李牧羊的苏醒。

六月的江南城燥热而清丽，就像一个穿着厚实长袍的漂亮女人，不透风，却又不会让你产生烦闷感。

江南的女人清丽秀美，不用浓妆艳抹就是一道赏心悦目的风景。

李思念就是江南女人的代表。

此刻，她头发凌乱，脸脏兮兮的，双眼都要变成熊猫眼了，她那布满血丝的大眼睛一眨不眨地盯着李牧羊。所以，李牧羊的眼睛刚睁开，就和那双水汪汪的大眼睛对了个正着。

"哥！"李思念惊喜地叫道，"你醒过来了？你没事吧？你有没有觉得哪里不舒服？你等等，我去叫大夫。"

李思念没等李牧羊回答，转身就要朝外面跑去。

李牧羊伸手想要阻止，却发现自己的右臂被绑得结结实实的，根本就没办法动弹。幸好嘴巴没有受伤，李牧羊急忙出声喊道："李思念！"

李思念转身，看着李牧羊，问道："哥，你有什么事吗？"

"等等。"李牧羊说道，咧开嘴巴想笑，却发现自己的脸上也包着纱布。

李牧羊大惊失色，问道："我的脸没事吧？"

"哥……"李思念神色黯然，一副欲言又止的模样。

李牧羊愣了一下，然后笑着说道："没事。反正我长得丑，说不定毁容就是另一种形式的整容。"

"哥。"李思念看着李牧羊，摇头说道，"你的脸一点儿事都没有，就是额头有些肿，大夫就帮你把整个脑袋都包起来了，这样看起来美观一些。"

"那你看起来为什么那么悲伤？"李牧羊不解地问道。

"因为我之前建议他们为你找帝国最好的大夫，顺便帮你做一个面部调整，那样的话，你清醒过来后，不知道有多惊喜。"李思念恨恨地说道，"可是他们都不同意。"

"……"

"哥，你不要着急。"李思念走过来，轻轻地抚摸着李牧羊受伤的右手，看着他的眼睛认真地说道，"等我以后工作赚钱了，一定会请来帝国最有名气的大夫帮你整容。"

"我的长相真的糟糕到这种地步了？"李牧羊觉得自己的心都痛了起来。

"这个，还好吧。"

李思念咧开嘴巴笑了起来，搂着李牧羊的肩膀说道："反正我已经看习惯了。就算全世界的人都觉得你丑，我也只会觉得那是全世界的人眼瞎。"

"不愧是我的好妹妹。"李牧羊一脸幸福的模样，他有些不好意思地看着李思念，说道，"我想问你一个问题，但是你不许笑。"

"哥，你就放心吧。你都顶着这样子这么多年了，我什么时候笑话过你？"李思念把自己的胸脯拍得啪啪作响。

"你真的不笑？"

"我真的不笑。"

"那好吧。"李牧羊脸色微红，眼神有些躲闪，小声地问道，"你有没有觉得我像一条巨龙？"

"哈哈哈哈——"李思念笑得前仰后合，差点喘不过气来。

她趴在病床上，抬头看着李牧羊，喘着气，问道："哥，是什么让你……让你对自己有这样深的误解？"

李牧羊的黑脸被白纱包裹着，让人没办法看清他此时的神色。

不过，他眼神躲闪，伸手乱揉李思念的头发作为报复，他很没有底气地说道："我就说嘛，我怎么可能是巨龙呢？我看起来一点儿也不像。"

"哥。"李思念娇嗔出声，却任由李牧羊揉乱她的头发，她眨巴着那双看起来清澈得没有任何杂质的眼睛，看着李牧羊，问道："是不是发生了什么事情？你怎么会问出这样奇怪的问题？"

"我只是随便问问。"李牧羊苦笑着摇头，"我做了一个梦，梦见了一条巨龙。我想看清楚那条巨龙长什么样子，结果却发现它的眼睛和我的一样，所以我就想问问，我像不像一条巨龙。"

李思念心里隐隐地担忧起来，她听说每一个梦境都是对现实的隐喻。譬如某个人梦见自己变得非常强大，那是因为内心深处很自卑，很不自信。

于是，李思念握紧李牧羊的手，安慰道："哥，你在我心里就是一条巨龙。

你现在是龙游浅滩，因为小时候总是生病，所以没办法展现自己的能力和智慧，等你身体康复后，一定可以像巨龙一样行云布雨，翻江倒海，翱翔九天之外。"

李牧羊伸手在李思念的鼻子上刮了一下，宠溺地说道："傻丫头，又开始做心灵导师了？我的情况我自己还不知道？你哥哥现在是一个废物，以后肯定还是一个废物，所以就要靠你这个妹妹来照顾了。"

"哥，你就放心吧。你妹妹以后管吃管住还帮你找媳妇。"李思念搂着李牧羊的脖子笑嘻嘻地说道。

"那我要两个媳妇。"

"不行。"

"为什么？"

"一个我就看着很生气了，你怎么可以要两个呢？"

"那我一个都不娶，好吧？"

"那可不行。"李思念再次否决，"你不娶妻，爸妈一定会很难过。爸妈难过，我的心里也会难过。所以，我能够容忍一个嫂子。你只能娶一个媳妇，而且必须要一个媳妇。"

"……"

李牧羊看了看外面的天色，问道："我睡了多久？"

李思念的神色变得黯然起来，她说道："两天两夜。"

"什么？"李牧羊大惊。

他说道："我怎么会睡那么久？崔小心呢？她有没有来过？"

李思念的眸子变得亮晶晶的，八卦之火在她心中熊熊燃烧。

她小声问道："崔小心是谁？她和你是什么关系？"

"崔小心是我的同学。"

李牧羊回想着兽面亭发生的冲突，没有注意到李思念此时的表情变化。

他想到自己当时一拳打飞了那个杀手，忍不住低头看了一眼自己被纱布包裹的拳头，想着：自己怎么就能够一拳打飞那个杀手呢？

李牧羊虽然对修炼之道完全不了解，但是心里清楚那个人是一个高手。那个人又是使用光剑，又是使用虚空之门召唤黑鸟，这架势看起来就很唬人。

李牧羊察觉到自己最近有些不太对劲儿，他总觉得自己的身体里面有一只怪兽想要破体而出，因此自己不仅易暴易怒，而且莫名其妙地有了那种神力，他在游湖的时候一拳打飞张晨就是一个很有说服力的例证。

后来，他听到有人大喊一声"孽畜！"，然后一个如太阳一般耀眼的光球在他头顶升起。等到黑鸟散尽，光球消失，崔小心就不见了。

崔小心到底怎么样了？

她是被人救了还是被人给劫持了？

那个大喊"孽畜！"的人是谁？

李牧羊很着急，很想立即得到这些问题的答案。

"我当然知道她是你的同学。我还知道她是我们学校有名的大美女，是高三年级的全能学霸，每一科都是全年级第一。我李思念纵横学海多年，还是头一回发现可以和我抗衡的人物。哥，我听说你是被人从学校门口的兽面亭送过来的，而且那个时候还是上课时间，你们不会是在谈恋爱吧？"

李牧羊立即否认，说道："我们怎么可能是在谈恋爱？你看看我的脸，我配得上她吗？"

李思念摇了摇头，然后又点了点头，说道："不过我听人说，好男无好妻，赖汉占花枝。哥，你与其担心自己丑，不如担心崔小心不够瞎。"

李思念看着李牧羊的眼睛，打趣道："要不我去帮你戳瞎她的双眼？"

"……"

李思念摇了摇头，说道："还是算了。说不定以后她还会成为我的嫂子呢，我对她还是要尊重一些。"

李思念看到李牧羊焦急的模样，也不再故意调侃他了，说道："我没见过崔小心，不过你现在住的诸葛医馆，以及替你治病的名医诸葛老先生都是别人安排的，如果我没有猜错，那个人应该就是崔小心吧。毕竟，我们家在江南城可不认识什么大人物。"

"你能不能去学校帮我打听打听，看看她有没有去上课？"李牧羊抓着妹妹的手低声请求。

李思念的心里有些酸涩，她感觉原本属于自己的宝贝就要被别人抢走了。

她撇了撇嘴，酸溜溜地说道："哟哟哟，现在你和她是难舍难分了吗？"

李牧羊摇头，说道："当时的情况很危险，我担心她的安全。"

"我明白。"

李思念看着李牧羊的眼睛，说道："我今天就去学校帮你打听。"

"谢谢。"李牧羊咧嘴笑了起来。

"你别笑。"李思念说道，"你笑起来就像一只大黑熊，除了牙齿之外，其他地方都看不清楚。"

"……"

李牧羊知道，自己又在什么地方惹得这大小姐生气了。

"嘎吱——"

一辆包着锦缎，绘着牡丹花和鸟，吊着珠帘的豪华马车在医馆门口停了下来，穿着一身绣着紫色芙蓉的对襟收腰长裙的少女正想推门出去，坐在前面的青袍男人突然出声阻拦，说道："小姐，您当真要为此冒险吗？"

"冒险？"少女微微挑眉，"这是我们崔家的私家医馆，冒险之说从何而来？我只是想去探望一下自己的同学兼救命恩人而已。"

"小姐，我们已经帮他安排了最好的医馆，请来了江南城最好的大夫，甚至在您的要求下，我们还从天都城请来了太医院最有名的大夫帮他检查大脑，让大夫看看他小时候被雷劈后留下了多大的创伤。他确实救了小姐一命，这份恩情崔家自然会找机会偿还，可是，小姐，我觉得您就不要再涉入其中了。"

"你们担心有人再次行刺？"少女微微挑眉，轻声说道，"不是有你们守在我身边吗？"

"小姐，我们担心真正的危险来自您此行要探望的病人。"青袍男人犹豫了一路，终于说出了自己心中的隐忧。

"李牧羊？"少女皱眉，她不喜欢别人这么说她的朋友。

"是的。"青袍男人点头。

"这次在兽面亭袭击小姐的是帝国排名前二十的杀手乌鸦,此人修为深不可测,最擅长召唤各种鸟类进行攻击,被暗黑界称为'鸟王'。可是,您的那个同学连续两次挡下了他的樱花斩,第三次竟然一拳把他打飞了。小姐,您的同学很危险。"

崔小心哑然失笑,说道:"他如果听到这个评价,一定会开心得不得了。"

"小姐!"

"宁叔,你说的这些我都想过,我都知道。"崔小心打断了青袍男人的话,说道,"但是,我不能选择性地遗忘,在杀手挥舞着水果刀袭击我时,是他勇敢无畏地扑过来,用他的一双手一次又一次地把那把刀抓在了手心。"

"咔嗒——"

崔小心推门下车,仰头看着那隐藏在樱花树丛中的一幢小楼。

寒绯樱花正在盛放,艳丽夺目,如那一日从李牧羊手心流淌出来的鲜血。

崔小心站在李牧羊病房的门口,沉吟片刻,正准备抬手敲门,房间门就恰好被人从里面拉开了。

一个留着齐额刘海的漂亮女孩子保持着脑袋前倾的姿势,看到门口有人,于是瞪大眼睛定在那里,漂亮的眸子一眨不眨地盯着崔小心。

崔小心同样在打量李思念,她知道李牧羊有一个妹妹,但是没有想到李牧羊的妹妹有这么漂亮。

他们当真是亲兄妹吗?

崔小心的脑海中无端地冒出这样的念头。

然后,她又瞬间把这样的想法丢出脑海。

李牧羊是自己的救命恩人,自己怎么可以这样侮辱人呢?

"崔小心?"李思念率先打破了两人之间的沉默,出声询问道。

"李思念?"不知道怎么回事儿,崔小心听到李思念一口就喊出自己的名字时,心里不禁生出了一丝窃喜。她觉得这是对自己的一种认可,虽然以前她从来都不在乎有没有人认可自己。

"是我。"李思念连连点头，笑嘻嘻地说道，"我也知道你。"

"我来看看李牧羊。"崔小心觉得李思念的眼神有些奇怪，好在这样的场面她在来的路上就已经设想过了。

她原本以为自己要面对比现在更加复杂的场面，比如李牧羊的父母和其他比较亲近的长辈也在场，他们都用或审视或赞赏的眼神看着自己。

一个漂亮的女孩子独自一人来看望生病的男同学，这本身就容易引起外界的曲解。毫无疑问，这要是让班里面的那些同学知道了，恐怕两人之间的绯闻会迅速在整个复兴高中传遍。

只有李思念一个人在这里，这无疑让崔小心省却了许多麻烦。

"哦，李牧羊是我哥。"李思念笑着说道。

她亲热地拉着崔小心的手，说道："小心姐姐，你快进来吧。"

崔小心从来都没有和别的女孩子这般亲热地拉过手，有些不太习惯。

可是，李思念真是一个可爱的女孩子啊，她的笑容那么甜，她的热情又那么真，好像自己拒绝了她就是在犯罪。

崔小心稍微犹豫了下，就任由李思念拉着自己走到李牧羊的病床旁边。

"哥，你心心念念的小心姐姐来啦。"李思念出声喊道。

她对着李牧羊眨了眨眼睛，一脸委屈地说道："你刚睁开眼睛就问小心姐姐怎么样了，还要我立即去打探小心姐姐今天有没有去学校。你看看，你看看，小心姐姐不是好好的吗？她有没有哪里伤着？她有没有掉一根头发、少一块肉？"

"我只是……"

"行了，你别解释了，解释就是掩饰。"

李思念根本就不给李牧羊说话的机会，说道："你们俩聊吧，我出去吃点儿东西。我守了两天两夜，现在都要饿坏了呢。"

李思念握紧崔小心的手，笑着说道："小心姐姐，我把我哥哥交给你了。"

崔小心微微一愣，然后点了点头，说道："好的。"

她听得出来，李思念说的那句话别有深意。可是万一别人没有那个意思，她不回答，不是显得自己想太多了吗？

李思念悄悄地给哥哥做了一个加油的手势，然后向崔小心告别离开了病房。

李牧羊尴尬地笑笑，对崔小心说道："她就是这个性子，你别放在心上。"

"她很可爱。"崔小心认真地说道。

李牧羊点了点头，看着崔小心的眼睛，问道："你没事吧？"

崔小心皮肤白净细腻，五官精致，她穿着紫色收腰长裙，没有系腰带，但腰肢柔软纤细，走动时如弱柳扶风，楚楚动人。

在李牧羊的记忆里，在兽面亭时，崔小心好像也受伤了，但是现在他没有在她身上看到任何伤痕，似乎那天的事情只是一个清晰又痛苦的噩梦。

"对不起。"崔小心垂下眼睑，长长的睫毛耷拉下来，就像是一把漂亮的蒲扇，"你为救我和人拼命，我却临阵逃脱。"

"你是被人救走了，对吗？"李牧羊笑着说道，"那个喊'孽畜！'的是你的人，那个把乌鸦焚化的红色光球也是你的人施展出来的。你们是在确定那个杀手离开后才离开的，对吗？"

崔小心眨了眨眼睛，问道："你是怎么知道这些的？"

"我觉得，"李牧羊咧开嘴巴笑了笑，露出来的两排牙齿白得耀眼，"这才是你会做出来的事情。"

"谢谢。"崔小心深受感动，说道，"谢谢你这么信任我。"

"我们是朋友了，不是吗？"

李牧羊笑着说道："就像你相信我在学习方面还可以再拯救一下，我也相信你的人品，相信你不是故意要把我一个人丢弃在险境。"

"是我的家人把我带了出去。"崔小心解释道，她觉得自己欠李牧羊一个解释，这也是她坚持要过来看望李牧羊的原因之一，"离开的时候我已经昏迷了，没有任何的反抗余地。"

"我理解。"

李牧羊很随意地摆了摆手，说道："我想象得到那样的场面。"

"那么……"崔小心想着，自己是时候说再见了。

不管李牧羊那天在兽面亭表现得多么英勇强悍，他都只是一个普通人。

那人既然已经发现了她的行踪，此次刺杀失败，怕是还会有更多的手段，相对而言，她也要面对更多的危险。

她不想再一次把李牧羊牵扯进来，因为谁也不能保证下次李牧羊还有没有这么好的运气。

"我们的约定还有效吗？"李牧羊突然开口问道。

"什么？"

"你那天在兽面亭说过的话还有效吗？"李牧羊注视着崔小心漂亮的眼睛，笑着问道。

"哦。"崔小心拂了拂额前的秀发，说道，"还有效，如果你还愿意，我会帮你补习。"

"我当然愿意。"李牧羊笑着说道，"我也很想读西风大学。我听说西风大学里面有一个落雁湖，在那里可以看到全世界最美丽的夕阳。"

"那就请跟我一起努力吧。"崔小心抿着薄唇笑了起来。

从这一天开始，崔小心每天都会去医馆看望李牧羊，并且给李牧羊补习四个小时的功课。

她是学校有名的全能学霸，没有哪一门功课能够难倒她。

她一门一门地去讲解，然后再让李牧羊看书答题。

如果李牧羊有什么不明白的地方，她就会用浅显易懂的话再讲述一遍，直到李牧羊彻底搞清楚这个问题为止。

不知道是因为"男女搭配干活不累"，还是因为美女能提神醒脑，李牧羊这几天睡觉的时间减少了许多，而且反应的速度也越来越快。有很多极难的问题，在崔小心讲过一遍之后他就能够快速地理解吃透。

崔小心大为惊讶，特意找了几道难题去考李牧羊，发现李牧羊仍然能够迅速解答，而且有时候用的竟然不是自己讲过的解题方法。

这让崔小心很疑惑，以前的李牧羊从来都没有听过课，这也是他每次考试都垫底的原因。

现在这些自己只给他讲过一遍的题，他又是怎么找到其他解题方法的呢？

他能举一反三？

难道他是一个隐藏的天才？

崔小心凝视着李牧羊的黑脸，发现他竟然越看越顺眼了。

李牧羊虽然皮肤漆黑，却有着清秀的五官、线条分明的轮廓。最特别的是他的那双眼睛，那双仿佛可以吞噬别人灵魂的灵动眼睛。

"李牧羊。"崔小心出声唤道。

"什么？"李牧羊抬头看了过来。

"你以前真的什么都不会吗？"

"应该是吧。"李牧羊点头说道，"不过最近也不知道怎么回事儿，总有一些稀奇古怪的东西往我的脑海里钻，就好像我以前看到过无数次一样。这些题目也是，明明我是第一次听你讲解，却偏偏能够找到好多种解题方法。"

崔小心瞪大眼睛，看着李牧羊说道："你是说每一道题你都能够找到很多种解题的方法？"

"是吧。"李牧羊点头，然后又抓了抓脑袋，有些不好意思地说道，"有些题只有一种解题方法，其他的都是伪解题方法，你如果按照伪解题方法解下去，只会得到一个完全错误的答案。那是学术上的深度陷阱，不清楚的人很容易在这上面浪费大量的时间。"

崔小心不信，立即出了一道《九章算术》上的题，把稿纸推到李牧羊面前，说道："你来解答这道题，用你知道的所有解法。"

李牧羊点了点头，然后伏案开始答题。

五分钟过去了，李牧羊还在解题。

十分钟过去了，李牧羊还在解题。

半个小时过去了，一个小时过去了……

在解题的过程中，李牧羊换了一支笔，又讨要了十二张稿纸。

一个多小时之后，他把十几张稿纸递给了崔小心，不好意思地说道："我只知道这些。"

崔小心快速地接过稿纸，越看表情越凝重，最后，她把所有的稿纸放下，看着李牧羊说道："你用了十一种解法？"

"是的。"李牧羊点头，"其实这题还有一种解法。但那种解法我也只会个开头，后面的推算部分我还有些卡壳，没办法完善里面的弦弧理论。"

"可是，"崔小心咬了咬嘴唇，眼神复杂地看着李牧羊，无比艰难地说道，"我只会两种解法。"

"……"

第5章
帝国明月

如果不是事情就发生在眼前,崔小心很难相信自己看到的一切。

一个废物,短短数日就变成了天纵奇才?

如果他以前的表现都是真实的,那么他的学习能力也太过惊人了。

就是那些过目不忘的天才,也只不过能牢记知识点而已,很难像他这般举一反三、触类旁通。

如果他以前表现出来的一切都是假象,那么,他那样做的目的又是什么呢?

李牧羊漆黑的皮肤就像深不见底的黑洞,吸引着崔小心继续寻访探索下去。

崔小心有一种深深的挫败感,她微抬清丽的脸,眼神坚定,看看李牧羊,问道:"这些解法都是你自己想出来的,还是你在哪里看到过?"

"是我自己想出来的。"李牧羊回答道。

李牧羊说完,又有些不确定,想了想,又摇头,说道:"我好像是在哪里见过。可是到底在哪里见过,我也想不起来,就连我自己都觉得奇怪。我怎么会见过这么难的题目,而且还懂得这么多种解题方法?"

"我出的这个题目属于益智题,我知道的帝国最有名望的算术大师李恪言懂得七种解法,我的一位长辈钻研此道多年,懂得九种解法。因此,你的十一种解法中还有数种解法是我闻所未闻的,我甚至不能确定那些解法是对是错,那些解法好像来自其他国度,比如遥远的西斯帝国。李牧羊,你去过其他国家吗?或者说,你看过秘而不传的学术珍本吗?"

"没有。"李牧羊再次摇头,说道,"我没有去过其他国家,也没有看过秘而不传的学术珍本。你也知道我之前的情况,我要是有那么厉害,怎么会被人骂作废物那么多年呢?稍微有一点自尊心的男人,谁愿意被人指着鼻子骂?"李牧羊苦笑不已。

"这才是让我最疑惑的地方。"崔小心说道，"我听说有人一夜顿悟成为国士，或许你也是突然开窍。你如果能够保持这样的学习速度，哪怕时间短暂，你也能够考上一所很不错的学校。"

李牧羊双眼放光，满脸期冀地看着崔小心，问道："你说的是真的吗？我能够考上不错的大学？"

"当然。"崔小心说道。

还有一句话她没有说出来：你根本就不知道现在的你有多厉害。家里那个算术疯子要是知道自己在研究了一辈子的问题上被一个高中生一夕超越，怕是会割掉自己的耳朵吧。

李牧羊兴奋起来，说道："如果当真有希望，那我这段时间就更加努力一些，到时候我要和你一起报考西风大学，一起去落雁湖看夕阳。"

这算是一个请求，也算是一个约定。

崔小心见李牧羊目光灼灼地看着自己，沉吟了片刻，然后点头说道："那就让我们相约落雁湖。"

"崔小心，你太好了！"李牧羊激动得不能自已。

他的人生中第一次出现了曙光，多了那种可以升华人的灵魂的希望。

"今天时间还早，我们再补习一会儿吧。你再出几道题考考我，最好出与考试重点有关的题目。"

崔小心明白李牧羊此时的心理，心中的一丝戒备瞬间消失。

她说道："我没事的时候看过帝国近十年的文试试卷，我就从那里面挑选出现率比较高的题给你解答吧。"

"如此再好不过！这样的题越多越好！"

这一刻，"睡神"李牧羊无比渴望学习。

崔小心看了李牧羊一眼，轻拂额前的秀发，然后再一次伏案书写题目。

娟秀飘逸的小字出现在稿纸上，让人见之心旷神怡。

崔小心因为天天来医馆给李牧羊补习，所以已经和李思念相当熟悉了，再加上抗拒不了李思念的主动亲近，很快就和李思念成了关系密切的姐妹。

崔小心也见过李牧羊的父母，他们看起来都是非常好的人，李牧羊的母亲是一个非常漂亮的美人，即便待在美女如云的江南城都非常抢眼。

李牧羊如果能够遗传到父母的优秀基因，那也是万中挑一的帅哥。

崔小心收回自己发散的思维，交朋友贵在交心，自己不能以貌取人。

李思念放学回来，看着坐在一起讨论题目的李牧羊和崔小心，笑容暧昧。

她走到崔小心的身边，娇嗔道："小心姐姐，今天你忙了一天，停下来休息一会儿吧。你饿不饿？我们先去吃点儿东西好不好？"

崔小心看了一眼外面昏暗的天色，放下手里的毛笔，说道："天色不早了。我就不吃东西了，家里人还在等着我回去吃饭呢。"

崔小心看着李牧羊，说道："我来之前问过大夫，大夫说你的情况已经无碍，明天你就可以下床走动了，你要不要再多观察一下？"

"我还观察什么啊？你这几天不是都观察过了吗？"李牧羊觉得时间太少，只想追星赶月地学习。

他接着道："还有一个月的时间就要文试了，我是一刻也不能耽搁了。明天，明天我就去学校吧。"

崔小心想了想，说道："那我明天来接你，我们一起去学校。"

"好。"李牧羊高兴地答应了。

崔小心在街上还没走几步，一辆豪华马车便无声无息地来到了她的身边。

身穿青色长袍的男人跳下车拉开了车门，崔小心弯腰钻进马车内闭目养神。

崔小心帮李牧羊补习了一整天，不停地讲重点，同时梳理记忆，猜题押题，把帝国近十年文试的典型题目挑选出来，还要应付李牧羊抛出来的一个又一个问题，当真是有些疲惫了。

李牧羊的问题有些很幼稚，都是考的课本上最基础的知识点，有些却很深奥，甚至已经超纲。在补习的过程中，崔小心再一次真真切切地感受到了李牧羊学习能力的强大。

李牧羊的脑海里像是装着大海一样广博的学识，但这些学识都被一座堤坝给拦住了，连李牧羊都窥见不了。他开始发奋学习后，堤坝上就像是出现了一个小蚁穴，向外面缓慢地渗出细小的水流。很快，那个蚁穴就被水流冲得越来越大，然后释放出越来越多的水流。最后蚁穴变成了泉眼，泉眼变成了大闸。从中涌出的水流越来越多，堤坝塌陷的地方越来越大。终于，千里江堤毁于蚁穴，滔天巨浪席卷而来。

这样的李牧羊，世间又有几人能够阻挡？

"宁叔。"

崔小心睁开眼睛，轻声问道："你说，这个世界上有没有天才？"

"有。小姐就是天才。"

崔小心愣了一会儿，然后轻笑着说道："可是，我今天也受到打击了呢。"

"什么？"青袍男人低呼出声，"这不可能。小姐的智慧我们都清楚，就是在帝国天都，小姐也是年轻一代中的佼佼者。帝国三明月，陆家陆契机、宋家宋晨曦，还有就是我们崔家的小姐您了。平常人怎么能够比得上小姐呢？这一点我老宁是万万不会相信的。"

"可是，这样的事情真的就发生了呢。"崔小心看着窗外的樱花树，大团大团的樱花拥抱在一起，结成彩墙，在灯火的照耀下犹如星空幻境。

"文试结束后，小姐也要返回天都了。"青袍男人沉声说道，"那才是明月真正争辉的时刻。"

崔小心微抿薄唇，突然想起了自己和那个黑脸少年的约定。

"那就让我们相约落雁湖。"

游鱼戏水，彩鸟轻鸣。晨露滴落，樱花绽放。

李牧羊今天起得很早，天刚蒙蒙亮，他就起床了，到现在仍然觉得精神抖擞，和之前有着天壤之别。以前，他每天都是太阳晒屁股了才被妹妹从床上拉起来，连早餐都顾不得吃，抓着一个馒头塞进书包后，就昏昏沉沉地跑到了学校。

大夫给李牧羊做了最后一次检查后，才将他脑袋上的纱布给拆了下来。

李牧羊按了按鸟巢一样的头发，看着端详着他头顶伤口的大夫，问道："诸葛先生，我的伤没问题了吧？"

"没问题。"诸葛大夫摇头说道,"你的伤早就没有问题了。"

"这几天辛苦诸葛先生了。"李牧羊一脸感激地说道。虽然治病是要花钱的,但是诸葛大夫对自己无微不至的照顾不是钱能买到的。李牧羊是一个很善良的人,也是一个很缺爱的人,别人的一点儿好意都能够让他感动不已。

"你太客气了。"诸葛大夫伸手拨开李牧羊的头发,问道,"我记得你被送来时脑袋上面有一道口子吧?"

"应该是这样。"李牧羊点头说道。他当时被水果托盘给砸伤了,脑袋上面流了不少血。

"口子呢?"诸葛大夫问道。

"什么?"

"口子不见了。"诸葛大夫表情凝重地说道。

"诸葛先生,口子不见了,不是证明我恢复得很好吗?"李牧羊吞咽了好几口口水,才压住了心里的不满。哪有这样的大夫啊?怎么会有大夫因为自己的病人康复得太好而感到奇怪呢?口子不见了,当然是因为自己伤好了。难道它还能跑了不成?

"恢复是一回事儿。你脑袋上的伤原本并没有大碍,只是崔小姐要求我再三检查,所以我才耗费了这么多的时间。可是,伤口愈合后,该留疤才对。"诸葛大夫满脸疑惑地说道,"现在你头上连一点儿疤痕都看不到,我都忘记你之前伤在哪个位置了。这恢复速度实在是过于惊人了。"

"原来是这样。"李牧羊咧嘴笑了起来,说道,"可能是我体质好,还有诸葛先生舍得给我用好药,所以我就恢复得比较快。"

诸葛大夫也只能接受这个解释了,说道:"你今天就可以下床行走了,短期内不要过于劳累。"

李牧羊知道崔小心为了报答自己的救命之恩帮忙出了医疗费的事情,也不会为了这件事情和她矫情,说道:"好的,那谢谢诸葛先生了。我们后会有期。"

诸葛大夫立即摆了摆手,说道:"我们还是不要再见了。见大夫可不是什么好事。"

李牧羊送走了诸葛大夫后，就洗了个澡，换了身准备好的干净衣服。

他的右手上仍然包着纱布，大夫说那里被利器插入过，伤势太重，纱布一时半会儿还不能拆除。

李牧羊看着铜镜中的自己，觉得里面的人有些陌生。

以前的自己漆黑如炭，就像是一块百分百无杂质的墨石。

现在李牧羊感觉自己白了一些，不，是黄了一些。现在的皮肤是古铜色的，肤质一如既往的好，在阳光的照射下就像是流光溢彩的金属。

他对自己的这个变化感到非常满意，甚至想着以后每天晚上回去自己都要敷一次药用纱布面膜，说不定长年累月下来，自己身体里面的黑色素就全部被吸收掉了呢！他再次看向自己的手臂，除了肤色稍有变化之外，手臂看不出其他任何异样。

可是，那些不平凡的事情自己到底是怎么做到的？

不管是一拳打飞张晨还是一拳打飞黑衣杀手，都不是以前的自己能做到的。

还有，那些稀奇古怪的想法，断断续续、仿佛隔了好几个世纪的模糊画面，以及让崔小心惊艳的解题方法，都是从哪里来的？

李牧羊可以用自己的人格和尊严来担保，那些他从来都没有看到过或者是听说过。

难道说，自己就是被命运女神选中的屠龙少年？

李牧羊想到这种可能，心中不禁有点儿小激动。

七点刚到，崔小心就和李思念一起来到了李牧羊的房间。

李牧羊看着手拉手走进来的两人，奇怪地问道："你们俩怎么在一起？"

"昨天晚上我们约过啊。"李思念一副"你是一个白痴"的鄙视表情，"我们约好了今天一起来陪你去学校。"

李牧羊苦笑，说道："我就是好奇地问一下而已，你用得着这么得意吗？我都收拾好了，我们是直接去学校吧？"

"当然。"李思念点头说道，"快要文试了，你可不能再旷课了。万一老天不长眼，所有的题目都让你蒙对了呢？你想想，就连雷都能劈中你，这种事情也不是完全没有可能。"

崔小心眼神古怪地看着李思念，一副欲言又止的模样。

李思念以为崔小心在疑惑自己为什么要这么打击哥哥的信心，甩了甩她的手，说道："小心姐姐不必担心，我和哥哥都已经习惯这样说话了，他的抗打击能力超强的。你要不要试试？"

"……"

李思念见崔小心不愿意试，就朝着李牧羊招了招手，说道："走吧，我们去学校。"然后，她就得意扬扬地拉着崔小心的手走了出去。

李牧羊无奈，只得自己提着书包和水果袋跟在她们的身后。

"喂，我还是一个病人好不好？！我的脑袋受伤了，一只手包着纱布，你们都不帮我减轻一些负担吗？"李牧羊叫喊道。

李思念转身，从李牧羊提着的水果袋里取了一根香蕉，说道："你是我最喜欢的哥哥，我当然要帮你减轻负担了，我吃一根香蕉。"

崔小心就从水果袋里取了一个苹果，对着李牧羊晃了晃，笑着说道："我也帮忙了。"

"……"

复兴高中距离医馆并不远，三人说说笑笑很快就走到了。

现在正是学生上学的时间，李牧羊带着李思念和崔小心这两个绝色美人出现在学校中还是相当引人瞩目的。毕竟，他们三人同为校园的风云人物，而且差距又是如此巨大，想要不引起围观都很难。

"天啊，那个家伙不是我们学校的黑炭吗？他身边的那两个女孩子是谁？"

"啊，我的女神崔小心怎么和那个废物在一起？"

"李思念不会谈恋爱了吧？我的心要碎了。"

那些学生对着李牧羊、崔小心和李思念三人指指点点，崔小心和李思念的爱慕者都伤心欲绝。

"你傻啊？"有了解内情的人在帮忙解释，"李思念是李牧羊的妹妹，亲妹妹，他们俩怎么可能谈恋爱呢？"

063

"啊？李思念不是那个浑蛋的女朋友？这实在是太好了！"

"当然不是，李牧羊的女朋友是崔小心，这是李牧羊的妹妹亲口说的，我还听说这段时间他们经常在一起呢，我只说给你听，你可不要说出去。"

"……"

李思念看了一眼汹涌的人群，突然有些心虚，说道："哥哥、小心姐姐，快要上课了，我就不送你们去教室了。"

她对着两人摆了摆手，然后迅速地消失在人群中。

李牧羊看着她离开的背影，满脸笑意，对着崔小心说道："你不要在意，她就是这样风风火火的。"

"没关系。"崔小心笑着说道，"我明白她的性子。"

"天啊，你们看到没有？女神在笑！"

"难道传闻是真的？崔小心当真在和李牧羊谈恋爱？"

"有可能，我听说李牧羊被老师赶出去的时候，崔小心还追出去了呢。"

李牧羊和崔小心并肩走进教室的时候，在班里引起了轰动。

同学们看着走在一起说说笑笑的两人，都呆若木鸡。

张晨正在和一群朋友打闹，见教室里突然诡异地安静下来，忍不住回头张望，看看教室里到底发生了什么事。

"李牧羊，你还敢回来？我以为你怕文试出糗，索性提前从学校里滚蛋了呢。反正你参不参加考试，结果都是一样的。"

李牧羊把书包和水果袋放在自己的桌子上，然后一步步走到张晨的面前。

"你想干吗？"张晨露出一个畏惧的眼神。自从上次的游湖事件后，他就开始害怕李牧羊的拳头。

"你考考我。"李牧羊一字一板地说道。

"什么？"张晨满脸错愕地看着他。

"你考考我。"李牧羊说道。

他随手抽了一个课本丢给张晨，催促道："你快考考我。"

"……"

这家伙是一个白痴。

所有人都是这么想的。

李牧羊的学习成绩如何,无数次的大考小考给出了最残酷的答案。

他是班级的第一名,年级的第一名,当然,这两个第一名都是倒着数的。

他没有一门功课及格过,就连最简单的西风语录都没有及格过。显然,就连命运女神都不愿意站在他那一方,唯恐沾染了他身上的霉气。

可是,这样一个家伙竟然丢出一个课本对人说"你考考我,你快考考我",这不是白痴是什么?

正常人哪里会做出这样的事情?

张晨也是这么想的,他先是瞪大眼睛盯着李牧羊,诧异李牧羊怎么会做出这样愚蠢的事情,然后便哈哈大笑起来,还笑得前仰后合。

张晨的朋友也在他身边跟着笑,很快全班同学都笑了起来。

崔小心也在笑,只不过她的笑容很浅,充满了深意。

张晨指着李牧羊说道:"李牧羊,我听说你这几天生病了,你是不是脑袋被烧坏了?如果脑子没被烧坏,你怎么会做出这么疯狂的事情?让我考考你?我考你什么?你会什么?好端端的,你干吗做这种自取其辱的事情?"

"晨哥,既然人家李牧羊让你考他,你就好好考考他嘛,大家同学一场,你别这么不给人家面子!"

"就是啊,同学之间就应该互相请教,共同进步。晨哥出几道简单的题考考李牧羊,说不定人家真能够蒙对呢!"

张晨的那些小伙伴都跟着起哄。

李牧羊心里冷笑,想着:一会儿我就要用自己渊博的知识和精彩的回答来亮瞎你们的眼。

张晨拾起课本,狐疑地看着李牧羊,问道:"你当真想让我考你?"

"你考吧。"李牧羊一脸认真地说道,一副云淡风轻、稳坐钓鱼台的洒脱模样。虽然看起来是李牧羊随手丢过去的一本书,但那本书是李牧羊觉得自己最了解的《西风帝国史》。

在医馆里的这几天，崔小心把帝国史原原本本地给他讲述了一遍，还再三和他解释了一些重要的知识点。

李牧羊觉得自己现在不傻了。

张晨打开了书，在里面一阵翻找，然后出声问道："帝国第一任皇帝的名字出现在课本中的哪一章哪一页？"

李牧羊表情微僵，抗议道："这也算是问题吗？"

"当然了。你不是说，让我随便提问吗？"张晨得意地笑着，接着提问，"被称为'光明圣者'的宋安南生于何年何日，卒于何年何日？"

"这样的问题文试根本就不会考好不好。"

"谁知道呢？万一今年老师把这个问题给放上去了呢？你又不是出题老师，怎么知道文试不会考这个问题？"张晨鄙夷地说道，"帝国飞扬大将军白又威参加'清河之战'时杀了多少人？那些被杀的人分别叫什么名字？"

李牧羊气得黑脸抽搐，全身颤抖，他指着张晨骂道："你这是故意刁难，根本就没有一点儿做学问的态度。同学之中，怎么会有你这种人？我真是替你感到羞耻。"

张晨得意扬扬，左顾右盼，大笑着说道："大家都看看，都看看，是他逼我考他的，等到我当真出题让他来答时，他又一个问题也答不上来！"

众人笑得更加畅快了。

张晨把课本丢在桌子上，看着李牧羊，说道："李牧羊，做人呢，开心就好。每个人都应该做自己擅长的事情，你既然喜欢睡觉，又擅长睡觉，那就好好睡觉得了。这距离文试也没有多久了，你突然跳出来摆出一副'我爱学习'的模样，大家都会很不适应的。大家说我说得是不是啊？"

"你！"李牧羊的黑脸变紫，紫脸又变红，"你欺人太甚！"

张晨脸上的笑容凝固了，脑袋靠了过去，眼睛死死地瞪着李牧羊，他说道："李牧羊，我就欺负你了，你能怎么着？你觉得你还有被拯救的希望吗？还有一个月的时间就文试了，一个月后，大家都去了自己理想的学府，而你呢？你只能回去给你妈揉面团吧？不过这样也挺好的，糕点铺小老板，这样的日子应该也挺安逸舒适的,是不是?"

"张晨,我一定会比你考得好——"

"痴人说梦!"张晨很不客气地打断李牧羊的话,说道,"你好好地享受吧,这是你和我们做同学的最后一段时光。一个月之后,你就什么也不是了。"

赵明珠抱着一摞卷子进来,看到在教室里争执的李牧羊和张晨,出声喊道:"你们怎么了?教室里又发生了什么事情?张晨、李牧羊,你们俩在干什么?"

张晨转身看向赵明珠,满脸笑意地解释道:"赵老师,李牧羊说让我出题考他,我出完题后,他又一道题也答不出来,正恼羞成怒地找我麻烦呢。"

赵明珠嘴角抽了抽,严厉地说道:"张晨,你也不看看距离文试还有几天,不知道抓紧时间好好学习,却把时间浪费在一些无聊的事情上。你还想不想去西风大学了?"

"赵老师,我错了。"张晨赶紧道歉,看着李牧羊说道,"我原本想着大家同学一场,虽然李牧羊的学习成绩不好,可是我们也不能任由他破罐子破摔,他有心想要努力学习冲刺一把,我这做班长的自然要照顾一下班级里面的差生。"

"哼,有些人就是扶不起来的烂泥,和他多说一句话都是浪费时间,多看他一眼都浪费感情。"赵明珠毫不客气地说道。

因为崔小心上次追着李牧羊出去了,甚至好几天都没来上课,赵明珠就对李牧羊意见更大了。她不想在这个时候和崔小心这个班级里面的优等生发生冲突,如果影响了崔小心的情绪,崔小心在文试时发挥失常,自己班级的升学率怎么办?自己原本能够拿到手的丰厚奖金怎么办?

不过,虽然她这一次没有点李牧羊的名字,但班里的人都知道她说的是谁。

"有些人不是想要别人考他吗?我这里正好有一套试卷,这是我昨天晚上赶出来的,这套试卷的题目都很简单,其中有很多题目都是我之前已经出过的。"赵明珠把手里的试卷丢在桌子上,眼神冰冷地盯着李牧羊,说道,"这算是这个学期的最后一次摸底考试了,我希望某些人稍微争点气,不要抱着全班倒数第一的位置不肯撒手,稍微给别人一点儿机会行不行?"

李牧羊羞愧欲死。

他听赵明珠这么一讲，也觉得自己占着那个位置实在太久太久了，次次"连冠"，班里根本就没有人有资格和他竞争。

上课铃声响了起来，试卷也发了下去。

李牧羊收拾好心情，然后开始认真答题。

以前他看着就要犯困的方块字此时让他感到无比亲切。

奇怪，这一道题目自己会做。

奇怪，这一道题目自己眼熟。

奇怪，这一道题自己好像在哪里见过。

两个小时的答卷时间只过了一半，李牧羊就全部做完了。

除了两道他怎么想也想不出答案的题目，卷子的其他题目他都答完了。

李牧羊做完试卷后，又认真地检查起来。这些题目中有很多让他觉得无比简单，答案就像是早就烙印在了他的脑海里。但是有些题目又让他无法确定，他感觉自己看到过，却不能够肯定答案百分百是正确的。

那两道完全陌生的题目让他心里有了危机意识，还有一个月就文试了，无论自己在这段时间里多么努力，无论自己的学习能力多么强，自己都无法保证能参透文试的所有题目。

假如文试时自己遇到的全是这样的题目，那自己还有何希望可言？

李牧羊暗下决心，接下来的日子自己要加倍努力才行，加很多倍！

赵明珠端坐在讲台上面，表面上在批改学生的作业，其实眼睛如雷达一般在班里面扫视。她有多年的教学经验，对学生的一举一动都了如指掌。倘若有人敢在她监考的考试中做一点儿小动作，那简直是自寻死路。

当目光转移到她最不愿意看到的那个学生身上时，她不由得愣了一下。

那个学生没有和其他学生一样在答题，而是表情严肃地在思索着什么。

装模作样！赵明珠鄙夷地想。自从她刚转到复兴高中时因为李牧羊敲坏了一把戒尺后，她就觉得两人之间有了很大的仇怨。她和其他任课老师一样，完全放弃了这个学生。

赵明珠想起之前李牧羊让张晨考他的事情，决定再给他一点小"惊喜"。

"李牧羊!"赵明珠喊道,"你的试卷写完了吗?"

"写完了。"李牧羊抬头看了过来,答道。

"……"

赵明珠很生气。

她原本以为李牧羊会和之前一样惊慌失措,然后羞愧地交上来一张被口水或者其他什么东西涂抹过的白卷。这样自己就能狠狠地批评他一番,当着全班学生的面在他的卷子上画一个大大的叉。

她没想到李牧羊根本不按常理出牌,竟然一反常态地说自己"写完了"。

"你真的写完了?"

李牧羊不好意思地说道:"其实我也没有全部写完,还有两道题我不会。"

赵明珠对这种说法嗤之以鼻,心想:恐怕你说的是自己只会答两道题吧?

"你把卷子拿上来,我看看。"赵明珠说道。

李牧羊把笔搁下,在同学们诧异的注视下交了试卷。

赵明珠刚接过试卷,脸上的笑容就瞬间凝固了。

李牧羊还真的答完了,卷子上面写满了字。

她在心里想:我还是先看看答案再说。

这题是对的,嗯,一定是他蒙的。

这题也是对的,嗯,李牧羊这次的运气还不错。

赵明珠把所有的答案看完后,脸色变得铁青。

"啪——"

她一巴掌拍在桌子上,大声吼道:"李牧羊,你敢作弊?"

第6章
言语杀人

李牧羊肯定作弊了！

任何了解李牧羊一贯表现的人在看到这张试卷时，都会生出这样的想法。

以前的李牧羊最多只能够把最简单的题目给乱填一通，卷面其他地方几乎都是空白的。

可是，这一次交上来的卷子他不仅仅做完了大部分，而且竟然全做对了。

要知道，赵明珠虽然嘴上说这次的题目不难，大多都是学生以前做过的，可是她心里很清楚，这一次摸底考试的题目相当有难度，她还特别出了几道文试常见的陷阱题。

李牧羊就连陷阱题也答得很完美，他给出来的答案甚至比赵明珠心目中的答案还更好一些。

这不是作弊是什么？难道不学无术的李牧羊比自己这个从业二十年的老师还要知识渊博？

现在还是考试时间，大多数同学正在争分夺秒伏案答题。除了在李牧羊交卷的时候，他们抬头打量了一眼，发出嗤之以鼻的声音外，其他时候他们都把精力放在了自己的试卷上面。他们现在连嘲笑李牧羊的工夫都没有。

这一次的题目很难，而且题量很大，他们一时半会儿可交不了卷。

就连班级里面的第一名崔小心也是刚刚答完最后一道题，把笔搁在桌子上后开始检查试卷。

学生听到赵明珠那一声怒吼后，都惊愕地抬头看向了讲台。

只有崔小心一人悠然地检查着自己的试卷，都没有朝讲台上看上一眼。

这样的结果她早就预料到了。

"哗啦——"

赵明珠把椅子推开，抓着李牧羊的试卷站了起来，眼神凶恶地盯着李牧羊，喝道："李牧羊，你给我解释解释，这到底是怎么回事儿？"

学生们听到赵明珠的质问后，又一致将视线转移到了李牧羊的脸上。

他们满脸的幸灾乐祸，心想：你的学习成绩怎么样全班人都知道，不，整个复兴高中的人都知道，这个时候作弊又有什么意义？

再说了，二十分和三十分有什么区别？

李牧羊重新坐回自己的位置上，抬头看着赵明珠，说道："赵老师，我不明白你在说些什么。"

"你不明白？"赵明珠冷笑出声，"你怎么会不明白？所有问题你全答对了，你给我一个解释，这是怎么回事？"

"我全对了吗？"李牧羊的脸上露出了开心的笑容，心里悬着的那块大石也落了下来。有很多问题他在解答的时候感觉自己见过，但是记忆又很模糊，他自己也不能够确定自己是不是答对了。现在赵老师说自己全对了，那就证明这次自己可以考一个很不错的成绩了。

"李牧羊。"赵明珠抓起戒尺，又想敲击讲台了，但是想起自己上次把戒尺敲断的事，她又强行忍了下来。

她实在不愿意再让自己的名字和李牧羊联系在一起。

"我让你给我一个解释，你以为这样避而不答我就会放过你？"

"老师，"李牧羊渐渐敛起脸上的笑容，说道，"我只是答对了题而已，为什么需要给你解释？我解释什么？因为我努力了，所以我答对了？"

"啪——"

赵明珠一巴掌拍在桌子上，厉声喝道："李牧羊，你当我们都是白痴吗？这次的试卷是我出的，题目是我选的，试卷到底有多大难度我比谁都清楚。你不仅提前一个小时交卷，而且解答了四十八道题目，每一道解答了的题目都正确。"

赵明珠扫视了全班学生一眼，语带嘲讽地问道："你们相信吗？反正我是没办法相信。"

全场哗然！

"不会吧？李牧羊竟然答了四十八道题目？我一刻都没有松懈，还有一半没有做完呢！"

"四十八道题全部正确？他这是骗鬼玩呢？以他的成绩，这怎么可能？"

"这家伙真是傻得冒泡，就算是作弊也要故意错上几题啊，没有一点儿作战经验。"

崔小心终于抬头看向讲台，秀气的眉毛微微拧起，就像是被窗外的清风吹皱了。她打量了一番李牧羊的表情，然后再一次低头做自己的事情。

"赵老师。"李牧羊坐在椅子上面，瘦弱的身板挺得笔直。在这一刻，那些一直忽略他样貌或者对他的长相已经有了固定印象的同学才发现，他好像长高了一些，身板结实了一些，就连皮肤也没有之前那般黑了。

他变成了一个古铜色皮肤的少年，眸如星辰，唇如樱花，墨玉一般的长发用雪白色丝带束了起来，容光焕发，神采飞扬。他竟然已经不再是之前那个被他们羞辱打击的畸形怪物了。

一株枯萎的树突然长出了新芽，竟然让人眼前一亮。

这一刻，李牧羊露出了无比严肃的表情，就像是要说一件天大的事情。对一个学生来说，被老师冤枉考试作弊本来就是天大的事情，不是吗？

"你的学生答对了题，和以前相比有了很大的进步，作为他的老师，你不应当为他感到高兴吗？"

"如果那个学生是通过勤奋努力地学习，一步一个脚印地取得了这样的成绩，我自然会替他高兴。但是，他是靠作弊抄袭取得这样的进步和成绩的，我除了对他的学习态度感到失望外，还会对他的人品感到失望。在我看来，这样的学生才是真的无药可救了。我为有这样的学生感到羞耻。"

赵明珠已经决定把李牧羊赶出去了，通过这次作弊事件把他赶出去。她不想再让他留在教室里，不想再让这个害群之马影响其他同学的学习。现在距离文试满打满算也只有一个月的时间，她和她的学生们要充分利用好这短暂的时间，不能再为这个废物动气，浪费一分一秒的时间。

自己一定要把李牧羊赶出去！赵明珠做出了这样的决定后，反而平静了下来，她摆了摆手，说道："李牧羊，你也不用说了，把你的东西收拾收拾后，去学校藏书阁等着吧。一会儿后我就会有处理结果。现在是考试时间，你不要打扰其他同学答卷。"

"赵老师。"李牧羊的眼眶微红，连说话的声音也变得沙哑起来。那是气愤，是不甘，是被人冤枉后难以诉说的委屈。

从小到大，除了父母和妹妹，没有人会亲近他，没有人会爱护他，没有人会突然冲上来搭着他的肩膀说："兄弟，放学后和我一起去蹴鞠。"他总是一个人，待在一个与世隔绝的地方。全世界都站在他的对立面，站在远处，对着他指指点点，说："你们看，那是一个怪物。"

他不是怪物，只是一个孩子，一个少年。

他也渴望朋友，渴望被人认同，渴望上课的时候有人给他传字条，渴望放学的时候有人搭着他的肩膀和他一起吃绿豆糕。可是那些传字条的人都刻意避开他，好像他摸一下那张字条，里面的字迹就会消失不见一样。

他没有做错什么，为什么所有的人都要这么对待他？这对他不公平。

"赵老师。"李牧羊倔强地仰着头，这样，在眼眶里打转的泪水就不会滴下来。不然的话，那些家伙就会说："大家快看啊，李牧羊哭了，我们班的那个黑炭哭了！"李牧羊从来都没有哭过，即使是被那些人按在地上侮辱的时候也没有哭过。这是他为了维护自己的尊严唯一能够做到的事情。

"赵老师，你就算是有所怀疑，是不是也应该先进行核实确认，然后再做出这种伤人的结论？"李牧羊看着赵明珠，一字一板地说道，"你知不知道，你的一句话对我而言意味着什么？"

李牧羊有些哽咽，他担心自己说不下去，担心自己坚持不下去了："赵老师，你这是要杀了我啊。"

李牧羊之前的人生和他的皮肤一样，一片漆黑，看不到任何光彩。

也正是因为这样，当崔小心主动靠近，在兽面亭说要帮他补习功课时，他满心都是感激，在崔小心被杀手袭击时他想都不想就那么扑了过去，恨不得用自己的生命来报答她的一念慈悲。

因此，当他的成绩有了那么一点点提高，他的人生有了那么一丝丝光亮时，他心里比谁都在意、看重，对他而言，那点提高和光亮很重要，是美好的开端。

这就像是荒漠里开出了一朵小花，你小心翼翼地呵护着，希望它能够结出丰硕的果实，结果有人走过来，一脚把那朵小花给踩死，把你的希望和心中那一点光亮掐灭，让你陷入更加黑暗的世界。你怎么能不在意、不反抗呢？

他的心里是如此绝望，如此悲愤。

看清李牧羊表情的人，都呆住了。

他们能够感受到李牧羊心中的委屈和那难以压制的戾气，能够看清他脖颈上面暴出的血管和紧紧抓住毛笔的手。

"咔嚓——"

那支毛笔被他捏断了，墨汁染黑了他的手掌。

正如他所说的那般，老师就算怀疑学生考试作弊，那也要先想办法证实自己的推断，而不是直接往学生的头上扣上一顶"作弊"的大帽子。

这种诬蔑就像是小刀刻在桌子上的字，就算挖掉了，多年以后还会在人的心里留下一道丑陋的伤疤。

赵明珠听到李牧羊的质问，脸色阴沉至极。

"李牧羊，这还需要证明吗？你以前是什么样的成绩你自己不清楚？我不清楚？班里的同学不清楚？几天没来就能够把考卷答成这样，你以为自己是天才？"赵明珠的话仍然尖酸刻薄，但是她说话的气势弱了许多，"好，你想要证据是吧？行，我给你证据。"

她瞄了一眼李牧羊四周的学生，李牧羊的同桌叫作扬军，是张晨的死党，与张晨一样是学校的蹴鞠队队员，学习成绩只能算是中等，他不可能交出这么完美的答卷。于是，她转移视线，看着李牧羊前面的一个女生，说道："陈园园，把你的试卷拿过来，我看看。"

陈园园揉了揉自己的眼睛，抬头看着赵明珠，说道："赵老师，我还有三分之一的题目没有答完。"

赵明珠眉头紧皱，陈园园是她心目中的好学生，也是李牧羊附近成绩最好的学生。连她都还有三分之一的题目没有答完，那李牧羊自然不可能是抄的她的。

"郑芳，你的题答完了吗？"

"老师，我还没有答完。"

身材小巧的女生弱弱地回答，生怕赵明珠责怪自己。

"陈雷。"

"老师，我的做完了。"

"你拿上来给我看看。"

陈雷把试卷送了上去，赵明珠满脸兴奋地打开，就像是找到了李牧羊作弊的证据。

赵明珠看着看着脸就绿了，直接把陈雷的试卷丢了出去，骂道："陈雷，你是怎么搞的？！第一道题和第二道题我都讲过无数遍了，摆明了就是送分题，你到现在还给我答错，有没有一点儿记性，还想不想上大学了？试卷你给我拿回去重做！"

陈雷从地上捡起试卷，脸色通红地跑回了自己的座位。

赵明珠扫视全场，问道："有哪位同学的试卷做完了？还有两三道题没做也没有关系。"

没有人应答。

"一个人都没有吗？"赵明珠的脸色更加难看了。

李牧羊站了起来，他推开椅子，一步步朝着讲台走过去。

"李牧羊，你想干什么？"赵明珠厉声喝道。

"赵老师不用那么麻烦了。"李牧羊声音低沉地说道。

他走到讲台上，和赵明珠并肩站在一起。

他从讲桌上面没有发完的卷子中抽出一张，然后用赵明珠批改作业时用的毛笔开始答题。

赵明珠的眼睛瞪得浑圆，脸上的肌肉不停地抽搐。这个不知天高地厚的家伙，竟然想现场答题？

正如赵明珠所想的那样，李牧羊就那样站在她的身边，微微俯下身，在那张空白试卷上面一道道地解答起题目来。

"唰、唰、唰……"

笔头跳跃，他的手腕很少抬起来。

一道又一道的题目被他攻克，空白的试卷被他一点点地填满。

教室里鸦雀无声。没有人说话，没有人答题，甚至没有人再露出嘲讽的表情。所有人都抬起头，看着在讲台上面专注答题的李牧羊，他们将要见证奇迹，也将要证明李牧羊的清白。

下课铃声响起，没有人出去，考试还在继续。

当李牧羊把最后一道题做完时，时间仅仅过去了三十几分钟。因为这些题目他答过一遍，不用再次思考。

李牧羊再一次把试卷交到赵明珠手里，说道："你再看看。"

赵明珠机械地接过试卷，却没有看，只是疑惑地看着李牧羊。

这个大家眼里的废物，当真发生了翻天覆地的变化。

不管他此刻交上的这份试卷答得如何，就凭他勇敢地站起来反击，大步走到讲台上面当着全班同学的面答题，他就已经不再是以前那个胆怯、懦弱、迷糊、与世无争、没有任何存在感的学生了。

"你或许会说我因为之前抄过一遍，所以已经把那些答案记在了心里。"李牧羊目光犀利地盯着赵明珠，声音里面有着难以释怀的恨意，他又说道，"为了避免你这样指责我，其中的很多题目我已经换了一种解题方法，还请赵老师看仔细一些，看看前后两张试卷有什么不同。"

教室里再次变得喧哗起来。

"什么？他说好多题目他已经换了一种解题方法？"

"这不可能吧？李牧羊他吃神丹了？不然他怎么会变得这么厉害？"

"这小子不会是一直在扮猪吃老虎吧？以前他故意考差，为的就是麻痹我们，等到文试即将来临时他才决定一鸣惊人。"

赵明珠没有理会班里的议论，终于将视线落到了手里的试卷上。

她一道题一道题地看下去，将浮现在她眼前的答案和她心里的答案互相对照。这张试卷仍然和前面那张试卷一样，有两道题下面一片空白。那是李牧羊不会作答的题。

李牧羊没有撒谎，有很多道题目他确实换了一种答法。赵明珠分不清哪种更好，但是答案都是她心中的标准答案。

这样的成绩，这样的能力，就是班级里的第一名崔小心也不一定有。

赵明珠已经可以肯定，李牧羊没有作弊，这张试卷和前面那张试卷都是李牧羊自己做的。

赵明珠抓着那张试卷，就像是抓着一块烧红的火炭。

她表情变了又变，终于艰难地挤出一个笑容，拍拍李牧羊的肩膀，说道："不错，你没有作弊，这次的试卷确实是你自己作答的，进步很明显，你要继续保持。"

赵明珠抬头看了看台下，说道："李牧羊，你下去吧。其他同学还要继续考试呢。"

"赵老师！"李牧羊站在赵明珠的面前不走。

"什么？"赵明珠猛然抬头，脸色阴沉。她已经证明了这个家伙的清白，难道这个家伙还想得寸进尺不成？

"你教书多年，从来都没有向学生道过歉吧？"李牧羊问道。

空气如同凝固了一般，每个学生都觉得自己的后背凉飕飕的。他们觉得李牧羊一定是疯了，竟然敢让学校有名的古板"老巫婆"向自己道歉。

"你想说什么？"赵明珠握紧拳头，李牧羊刚刚作答的那张试卷被她捏成了扎手的纸团。

"赵老师如果没有向学生道过歉，"李牧羊直视着赵明珠的眼睛，一字一板地说道，"那不妨从向我道歉开始。"

"李牧羊！"

"难道赵老师觉得，你做了这样的事情，说了那样的话，如此伤害一个上进的学生后，连一声对不起都不用说吗？如果赵老师是这样想的，那我会向学校反映今天的事情，向礼部控诉老师对我的诬蔑和侮辱。"

赵明珠死死地盯着李牧羊，说道："李牧羊，你确定要我这样做？"

"是的，赵老师，我很确定。"

"好，我向你道歉，我刚才说错了话，我不应该在没有调查清楚的时候就凭主观臆断说你作弊，李牧羊，对不起。"赵明珠声音嘶哑地说道。

这是她从来都没有做过的事情，也是她从来都没想过自己会做的事情。

"我没有作弊。"李牧羊对班里面的同学说道。

"……"

李牧羊又转身看着赵明珠，说道："我不接受。"

"什么？"

"我说，赵老师的道歉我不接受。"李牧羊再次说道。

他走下讲台，朝着自己的座位走了过去。

他把桌子上的书本笔墨和喝水的杯子全装进书包里，然后提着一个鼓鼓的大包朝教室外面走去。

这一次，他的脊背挺得很直，整个人如傲立山谷的寒松。

李牧羊离开了，在他向班里所有的同学证明了自己没有作弊，在赵明珠向他道歉之后离开了。

"我不接受。"这是他的反击，也是他的怒吼。

他需要一个道歉，因为只有对方道歉，才能够说明她做错了。

但是，他没办法接受这个道歉。之前他怀揣着希冀和梦想，想在自己的老师和那些经常嘲讽自己的同学面前好好地表现一番，他想告诉他们：我不是没有努力，我也不是天生的废物，我想学好，也可以学好。

可是，他得到的是什么样的待遇？他被污蔑作弊！

曾经有多少天真的少年，因为老师一句不负责任的话而被毁掉一生，走向了极端？

虽然李牧羊离开了很久，但教室里仍然只有死一般的寂静。

赵明珠的脸阴沉得都能够拧出水来，她盯着李牧羊离开的方向，久久不语。

这个学生在她脸上狠狠地抽了一记耳光，同时也给她上了重要的一课，让她鲜血淋漓、永生难忘的一课。

她看着门外的时候，教室里所有的同学全看着她。

他们的心情很复杂，有人同情李牧羊，也有人偏向赵明珠。赵老师都道歉了，为什么李牧羊还不依不饶呢？

他们觉得自己悟出了一些什么，但是当他们认真思索的时候，那念头就像是一尾狡猾的游鱼钻进了茫茫脑海，让人难寻踪迹。

多年以后，当他们回想往事时，这一幕再次浮上他们的心头，那个时候的他们才真切地体会到在这个平凡的日子里他们到底见证了什么。

那是一次华丽蜕变，是一个人的涅槃重生。

当赵明珠转身看向教室里时，所有的学生都惊慌地低下脑袋，假装答卷。可是，他们激荡起伏的心湖久久没办法平静下来。

赵明珠张嘴想要说些什么，但是话到嘴边像是被什么给堵住了。

"大家好好答题。"赵明珠这样对学生们说道。

崔小心把毛笔装进笔盒，然后拿着试卷朝着讲台走过去。

赵明珠满脸笑意地看着崔小心，慈爱地说道："小心，检查过了吗？可不能有丝毫马虎。"

"我检查过了。"崔小心回答道，交上试卷后她转身朝教室外面走去。她的身体很单薄，在明媚的阳光的照耀下，那雪白的皮肤看起来几乎是透明的。

"崔小心，"赵明珠喊道，"你忘记在试卷上写名字了。"

崔小心没有转身，直接说道："赵老师，你觉得试卷是谁答的，那就写谁的名字吧。"

"……"

此时此刻，太阳正烈。

李牧羊和崔小心并排走在校园的树荫里，蝉鸣声此起彼伏，像是老天送给他们俩的伴奏曲。

"你不该出来的。"李牧羊开口说道，打破了两人之间的沉默，"文试临近，每个人都进入了最后的冲刺阶段。"

"我说过,我已经准备好了。"崔小心声音清脆地说道。

"多学一些总是好的,这段时间老师肯定会不停地划考试重点,你如果不在,不是错过了那些吗?要是你因为我的事情耽搁了文试……"

"不可能。"崔小心打断李牧羊的话,说道,"我一定会进西风大学。"

李牧羊咧开嘴巴笑了起来,由衷地替自己的朋友高兴,他说道:"这么自信,看来你确实是准备好了。"

"我不喜欢临时抱佛脚,因为那样做不确定性太大,会让我很没有安全感。"崔小心顿了顿,然后侧过脸看着走在她身边的李牧羊,说道,"不过,你是一个例外。"

"嗯?"

"李牧羊,你一定清楚你的进步有多么惊人。我给你补习的时候就被你给吓到了,今天赵老师会有那样的怀疑,也是意料之中的事。不过,我还是不喜欢她那样的行为,而且她的言语也实在恶毒。"

李牧羊轻轻叹息,说道:"或许是因为长相不佳,我从来都不讨人喜欢。我原本想好好地表现一番,让赵老师刮目相看,她也许会当着全班同学的面拍拍我的肩膀,说:'李牧羊,好样的。'班里面的同学会对我露出笑脸,然后说:'李牧羊,没想到啊,你小子藏得这么深。'我只是想让他们知道,我和他们是一样的,我并不是一个智力障碍者,并不是只知道睡觉的学生。"

崔小心沉默不语。她能够体会李牧羊此时此刻的心情。

他就像是一个孩子,而且是一个"穷"孩子。他羡慕其他同学有漂亮的衣服,有好玩的玩具。

最后,他总算等到了这一天,抱着自己的新玩具想要在同学面前炫耀一番,想要告诉他们:"你们看,我也有玩具。"结果其他人都指责他的玩具是偷来的,他能不伤心难过吗?

崔小心沉默良久,然后问道:"你接下来有什么打算?"

"我准备在家自习。"李牧羊说道,"我想过了,就算是留在教室,我也没办法学到更多的东西。这次赵老师怀疑我作弊,下次陈老师和姜老师要是也这么怀疑呢？既然这样，我不如安心在家里学习，等到考试的时候再去学校。"

"好，我陪着你。"崔小心说道。

"什么？"

"我承认，你的学习能力惊人。但是，关于怎么学，学些什么，你还需要有人在旁指点。你的底子太薄弱，时间只有一个月了，对你来说，把以前的知识点全补回来是不可能的。我只能在这一个月的时间里让你知道哪些是你现在应该学的，哪些是你可以暂时丢到一边的。那样的话，你才能够把有限的时间用在最重要的事情上。"

"崔小心同学……"

"你不要太感动。"崔小心说道，阳光穿过树叶间的间隙照在她的双脚上，那双绣着牡丹的绣花鞋被染上了无数的星星点点，"我这么做是有原因的。"

"什么？"

"我只是期盼，下次我请你看大戏的时候，你不要残忍拒绝。"崔小心的嘴角微微地扬起，弧度优美而迷人。

"……"

李岩去学校给李牧羊请了个假，学校不知道出于哪方面的考虑，很痛快地准了。李牧羊自此在家复习，崔小心每天到李家小院对他进行一对一辅导。

李思念是最高兴的了，每次一放学回来就端着一盘子水果在旁边"咔嚓咔嚓"地吃个不停。

她对李牧羊的行为很不满，以前她费尽心思地帮李牧羊补课，想要帮李牧羊把学习成绩提上来，但是每次她讲得口干舌燥的时候只会听到李牧羊的呼噜声。

她做不到的事情，崔小心却轻易做到了。她越想越气恼，暗道：哥也太重色轻妹了，一点都不知道我给他补课有多辛苦。

李牧羊的母亲罗琦每次从糕点铺回来，都会给崔小心带各种各样的糕点，崔小心喜欢吃哪种，第二天她就会多带一些。

罗琦正在厨房里做饭的时候，李岩走了进来。

"你回来了？"罗琦和丈夫打招呼，眼睛却通过厨房的窗户看着正在外面补习的两个孩子，眼里有化不开的温柔。

"是的。"

李岩朝外面看了看，说道："那姑娘又来了？这不会是早恋吧？"

"你想多了。她给牧羊的，是积极的力量。"罗琦叹息道，"多好的姑娘啊，长得漂亮不说，学习好，性格也好，而且很有教养，她每天都来帮牧羊补习，却从来不愿意留在我们家吃一顿便饭。她这样的女孩子我们家要是现在不好好招待，怕是以后就没我们牧羊什么事了。"

"可是这种事情也轮不到我们做主，牧羊毕竟是……"李岩说道。

"你闭嘴！"罗琦眼神凶狠地盯着自己的丈夫，就像是一只护崽的母狼，"牧羊以前是我的儿子，以后也是我的儿子。以前他们不要，那以后谁也别想把他从我身边抢走。"

第7章
陈年旧事

不孝顺的儿子到处都有，不爱自己子女的母亲举世罕见。

李岩明白妻子的心情，伸手拍拍她的肩膀，示意她不要因此动怒，说道："你把牧羊当儿子，我就不把他当儿子了？就算是后来我们又生了思念，我对他有过一丝一毫的疏远吗？当时我们担心他受到冷落，反而对他比以前更好一些。他和思念，在我们心里哪有什么区别？

"可是你也清楚，牧羊是陆家的血脉。当年他们以为牧羊被雷劈过之后活不下来，又担心他即使活下来了也是一个畸形儿，这才上演了那出狸猫换太子的戏码。为了避免事情败露被人知晓，他们逼我们夫妻俩连夜离开天都远走江南。那个时候你也不愿意换孩子，好端端的，谁愿意把自己刚刚出生的女儿换给别人？可是，最后我们还不是得答应下来？

"后来他们发现牧羊还活着，又重新将注意力放在了牧羊的身上。牧羊五岁的时候，无名道士来访，不正是受陆家邀请而来？不然的话，他怎么可能找到这里？他又怎么知道我们家有一个久病不医的孩子？如果不是他多年用药汤给牧羊调理身体，牧羊能不能挺过来，能不能活到现在都是一个未知数。你也知道牧羊当时的身体状况，那个时候我们每日惶恐不安，一次又一次地被噩梦吓醒，生怕牧羊的心跳突然就停止了。牧羊实在是太虚弱了，好像随时都会离开我们。

"无名道士在江南城一住就是六年，直到牧羊的身体状态稳定后才告辞离开。无名道士走了，难道陆家的关注也跟着断了？不可能。陆家还是会关注牧羊的成长情况，只是现在牧羊仍然身体堪忧，又没有表现出过人的地方，他们才一直没有把他接回去。

"当然，现在陆家也没办法接牧羊回去。他们如果把牧羊接回陆家，那要以什么名义来安顿他？远房亲戚？外面的私生子？或者说牧羊是陆家以前遗弃的长孙？那他们不是自己打自己的脸吗？陆家老爷子那么好面子的一个人，是不可能做这种不明智的事情的。"

罗琦明白丈夫分析得很有道理，低声说道："既然陆家无法来接人，那牧羊就仍然是我们的儿子，你还有什么可担忧的？"

李岩苦笑出声，刚毅的脸上有一丝难以化解的苦楚，说道："我说的自然是最好的情况。陆家不愿意接人，那牧羊就永远是我们的儿子。牧羊在我们身边过的日子虽然平淡了些，但也安逸，这里没有天都大家族的那些钩心斗角、尔虞我诈。"

"还有冷血无情。"罗琦冷哼一声，说道，"他们什么事情做不出来？"

李岩对着妻子笑笑，他知道罗琦心中对陆家有积蓄已久的仇怨。

"可是，万一陆家想要过来接人呢？陆老爷子的岁数一年比一年大，难道他就不想在终老之前看看自己的孙子？陆清明现在已经是行省总督、封疆大吏，在陆家的话语权也越来越大，难道他就不想接回自己的亲生儿子？最重要的还是公孙小姐，小姐以前不明白那天到底发生了什么事情，难道后来也不明白？

"这样一来，陆家过来接人就是迟早的事情了。那个时候，我们又有什么反抗之力？陆家作为一个豪门贵族，凭实力，不仅是在天都，就是在整个西风帝国也能够排前几名。更何况还有公孙小姐在，公孙小姐思子心切，想必多年心病难除，如果是她来找你要人，你给还是不给？"

这一次，罗琦沉默了。

她敌视陆家，觉得陆家的那些男人冷酷残忍，为达目的不择手段。

但是她不恨公孙瑜，她知道公孙瑜倘若知道实情，怕是比自己还要痛苦十倍百倍。

再说，她原本就是公孙小姐的侍女，她父母的冤案也是公孙小姐帮忙翻的，不然的话，她怕是早就落入仇家之手了。

正是因为这样，她堂堂帝国艺术学院的优秀学生才甘愿为奴，发誓一生服侍公孙瑜。公孙瑜是她见过的最温婉最善良的女人，可是……

"小姐命苦。"罗琦低声说道。

"是啊，小姐命苦，我们的命也苦。可是，我们谁都没有牧羊命苦。你看看，他从出生到现在过的都是什么日子？他几乎是泡在药罐子里面长大的，才刚刚会喝奶，就得开始喝药，十几年来，他每天都得喝三大碗。

"因为样貌不佳，身体不好，智力不及正常孩子的十分之一，他处处被人嘲讽耻笑。虽然这些年他的身体好了一些，智力也慢慢地恢复了一些，可是，这也是最让人担心的。"

李岩慈祥地看着院子里和崔小心、李思念说笑的李牧羊，说道："像他这样大的孩子，是最敏感、自尊心最强的，别人骂他黑，说他丑，小时候他可以不当一回事儿，甚至根本就不明白这些话是什么意思，现在他也能够不当一回事儿吗？倘若他有喜欢的女孩子了，那个女孩子会喜欢这样的他吗？"

"那怎么办？"罗琦握紧拳头，心痛得不得了，"我们得想办法帮帮这孩子。我们要不要和他谈谈，好好地开导开导他？"

李岩摇头，说道："牧羊这次突然要请假，就挺让我生疑的。我去学校替他请假的时候，特意留了一个心眼，在他们班门口拉了一个学生询问他的情况，那个学生说，他是因为老师怀疑他考试作弊，才不愿意再去学校的。"

"什么？"罗琦怒了，大声喝道，"哪个老师说我儿子作弊？我儿子的性子我能不知道？他每次考试都是倒数第一，考倒数第一还需要作弊？"

"这次不是这样。我听说牧羊这次考得不错。"

罗琦更加激动了，说道："那老师就能说是我儿子作弊了？牧羊这段时间有多努力，我们做父母的都看在眼里。牧羊都伤成那个样子了，还整天抱着书读啊读的，一天得做好几张试卷。不行，这事儿我们不能就这么算了，我去学校找他们老师去。我儿子傻被人欺负，我们这做父母的可不能傻乎乎地任由孩子被他们欺负，不然孩子的心里得多憋屈啊。"

李岩一把拉住激动的罗琦，说道："你先别冲动。你现在去学校吵闹也于事无补，现在最重要的还是孩子的文试。你看到了吗？"

"看到了什么？"罗琦问道。

"希望。"

"什么？"

"希望。牧羊脸上的希望。"李岩说道，"你看看牧羊的眼睛，他以前有这么渴望学习过吗？"

罗琦认真地看了看，发现儿子的脸上一直带着灿烂的笑容，眼睛闪闪发光，就像是悬挂在夜空的星辰。

"牧羊想读大学。"罗琦说道。

"牧羊不仅想读大学，而且想读西风大学。"李岩说道。

"你怎么知道？"罗琦一副震惊的模样，"西风大学是帝国最好的名校，以牧羊的成绩，他恐怕很难考上吧？"

"我也是无意间听到思念那么说了一嘴，思念说让哥哥先去西风大学探探路熟悉一下情况，她晚一年就考进去了。"李岩抬了抬下巴，看向崔小心，说道，"我听说那位姑娘也要去西风大学。"

"这可如何是好？"罗琦满脸着急，"如果崔姑娘考进去了，牧羊却落榜了，那得把牧羊打击成什么样子啊？他好不容易想要全力以赴地做一件事情，可千万不能失败啊。"

李岩叹息，说道："事在人为，这件事情只能靠牧羊自己努力才有可能。"

罗琦目光闪烁，沉吟良久才低声说道："要不，我们去求陆家帮忙？"

李岩大惊，说道："你不是最不希望和陆家接触吗？刚才你还担心他们抢走你的儿子，现在你就想着自己主动把儿子送过去？"

"如果孩子可以不受委屈，"罗琦眼眶泛红，说道，"我受点儿委屈算得了什么？"

崔小心把课本合上，对李牧羊说道："帝国史可以暂时告一段落了，这算是你掌握得最好也最熟悉的一门功课了。从明天开始，我们就复习阴阳算经，这一门功课算是你的弱项，需要花费更多的时间。"

"没问题。"李牧羊笑呵呵地说道，"我都听小心老师的。"

崔小心站了起来，说道："时间不早了，明天我再过来。"

李思念跑过来拉着崔小心的手，说道："小心姐姐，你在我们家吃过晚饭再走好不好？"

"不用了。"

崔小心拒绝，笑着说道："家里有长辈，我不能让他们担心。"

"小心姐姐……"

崔小心只是微笑，并不答应李思念的邀请。她每天来李家帮李牧羊补习，却不曾在李家吃过一顿便饭。

罗琦和李岩也出来挽留，崔小心婉拒了他们的一番好意，然后背着书包朝门外走去。

"牧羊，"罗琦恨铁不成钢地说道，"傻小子，你现在忙着收拾什么，快去送一送崔同学啊！"

"哦哦。"李牧羊这才反应过来，立即丢下书本朝崔小心追了过去。

他冲到院子门口，看到一辆豪华马车停在崔小心的身边。

一个身穿青色长袍的男人快速拉开车厢的锦缎门帘，护着崔小心的脑袋请她坐了进去。

门帘垂下，青袍男人朝李牧羊站立的位置看了一眼，然后豪华马车缓缓地驶进了夜色里面。

李牧羊站在光线晦暗的烟箩树下，怅然若失。

车子驶过行政大道，驶上苏堤，过桥，然后在一座被绿树红花掩映的白色府邸的门前停了下来。

古老的青铜大门向两边打开，身穿灰色制服的老人站在门口迎接。

老人主动走上前帮忙拉开门帘，一脸慈祥地说道："崔小姐回来了，夫人和少爷正在等着小姐吃饭呢。"

崔小心对老人道谢，说道："燕伯，您太客气了。我是小辈，这种事情让我自己来就好。"

燕伯笑呵呵地道："不碍事的，这都是我做习惯了的事情。"

青袍男人下车，对着燕伯拱了拱手，然后便朝着后院走去。对这个在燕家待了数十年的老人，宁心海不敢有丝毫怠慢。

在燕伯的陪同下，崔小心朝厅堂走去。

厅堂里灯火通明，一个身穿紫色旗袍的贵妇正在和一个穿着粉蓝缎衫的英俊青年下象棋。

"妈，这一次我怎么也不能让你了，你刚才说你的相可以过河，炮可以拐弯就算了，现在你竟然说我的士是内奸，要用我的士来将我的帅。妈，就算我是你亲儿子，你也不能这么欺负我吧？"

妇人白了儿子一眼，佯怒道："你是我儿子，我生你下来是做什么用的？自然是在自己不开心的时候欺负用的。"

"妈，谁又欺负你了？你说出那个人的名字，我明天就带人去打断他的腿。"青年故作生气地说道，眼里却有化不开的笑意。

"燕伯来。"妇人说道。

青年眨了眨眼睛，苦笑着说道："妈，你能不能换一个？这一位在我这儿就是一块铁板，我怕一脚踢过去会伤了自己的脚。"

"不能，就是他欺负我。"妇人满脸怒意地谴责那个男人的"暴行"，说道，"三年前他答应带我们去屠龙古战场看看，结果失约了。一年前他答应带我们回天都过年，结果说过年期间自己要值班，让我们娘俩自己回。半个月前他说好了陪我去西港大购物，结果又说有上司来检查工作，他需要接待陪同。你自己掰着手指头算算，这一个月的时间里他在家里吃过几顿饭？陪我们娘俩说了几句话？他这样的人我是不是应该好好教训一番？你不是江南有名的纨绔子弟吗？大家都说你多么多么厉害，欺负人时多么多么凶狠，我这做妈的心里也高兴，觉得脸上特有面子，你帮我把这个仇给报了，就算妈欠你一个人情，好不好？"

青年满脸讪笑，说道："我们纨绔子弟也是有智商的，不然会被人笑话没有城府没有眼力见儿，丢了圈里人的面子。你想想，我们这些人在外面原本就得罪了很多人，所以做事还是要低调谨慎一些，是不是？你说的那个人我先帮你记上，等到以后有机会再帮你狠狠地宰他一刀。"

"哼，我就知道你是一个吃里爬外的坏东西。你也不想想你是从谁的肚子里爬出来的。"妇人大发雷霆，指着青年的脑门说道。

崔小心"扑哧"笑出声，朝着妇人走了过去，说道："小姑，你可真是会为难表哥。你让他去欺负自己的父亲，他就算有一百个胆子也不敢啊。"

"呀，小心回来了！"妇人满脸欣喜地看着崔小心，对着她连连招手，说道，"快过来快过来，让小姑瞧瞧！我们家小心今天去了哪里玩啊？开心吗？有没有人欺负小心？要是有什么不长眼的家伙找事，小心可要告诉小姑，小姑要你表哥去收拾他。你表哥整天游手好闲的，我们总要给他找点儿事情做。"

崔小心在妇人的面前坐了下来，任由她抓着自己的手，说道："小姑，我很好，就是随意出去走走。"

崔小心的表哥燕相马将一杯茶水放到崔小心面前，咧嘴露出两排整齐的牙齿，笑着问道："我听说小心最近一直在帮同学补习功课？"

崔小心微微一怔，瞬间又恢复如初，说道："是的。文试将近，有一位同学的学习成绩不太好，我想帮他往前冲一冲。"

崔新瓷满脸慈爱地看着崔小心，说道："我们家小心就是善良。唉，小心长得漂亮，性子好，身世也好，以后到底什么样的男子才能够配得上我们家小心啊？幸好天都人才济济，英杰辈出，到时候崔家自然会给你找一个门当户对的夫婿。只是小姑一想到你下半年就要回天都了，心就像是被人给挖走了一块。你在小姑这边住了五年，小姑一直把你当作亲生女儿看待，你这一回去……"

"妈，你有完没完啊？每天都来这么一出苦情戏，你不腻烦，人家小心都受不了了。你越是这样啊，小心就越是巴不得赶紧回天都。小心，你说是不是？"燕相马有些无奈地看着自己的老妈。

"我怎么会这么想呢？"崔小心莞尔一笑，握紧崔新瓷的手说道，"我也舍不得小姑呢。我在江南住得很开心，如果不是为了读书，我也不愿意离开呢。"

"还是小心贴心，不像他们姓燕的那么没良心。"崔新瓷一脸欣慰地说道，"小心啊，走，咱们吃饭去。"

"好的。"崔小心跟着站了起来。

"我妈知道你喜欢吃鱼，特意让人从燀山送了一桶石岩鱼过来。这些石岩鱼生长在石缝间的泉水中，肉嫩无刺，在石头上面稍微晒一晒就会整个儿化掉。"燕相马一边拿碗帮母亲和崔小心盛汤，一边解释道，"这种鱼如果用来熬汤，就都化在了汤里，让人连一丝鱼肉都找不到。但是你只要喝一口这汤，就能感受到仿佛有一条小鱼在自己嘴里游动，这鱼汤实在是鲜美至极。"

"你就会拍马屁。"崔新瓷训斥了儿子一句。

"我这是拍老妈你的马屁。"燕相马笑呵呵地说道，"我这不是为了让小心表妹知道你对她的一片心意吗？"

"哼，心意说出来就没有意思了。"崔新瓷摇头，说道，"你啊，和你那个父亲一样，心思复杂着呢，累不累？"

"行，行。我不说话了行吧？"燕相马连连求饶。

崔新瓷和崔小心相视而笑，她招呼崔小心喝汤，说道："鱼汤要趁热喝才鲜美，凉了就会有一股子鱼腥味。小心快尝尝口感如何。鱼汤咸了或者淡了，小心都要告诉小姑，小姑下回让厨房改进。"

崔小心用勺子喝了一口，满嘴鲜浓的香味，称赞道："鱼汤很好喝，咸淡适中，刚刚好。"

"那就好。"崔新瓷这才低头喝汤。

"对了，小心。"燕相马看着崔小心，笑着说道，"你帮忙辅导的，就是上次在兽面亭救了你一命的那位同学吗？"

崔小心的眉毛微挑，抬头看向燕相马，说道："是的，表哥，他人极好，就是学习成绩不好，还有十几天就要文试了，我想再帮他做一些事情。毕竟，当初要不是他出手拖延，宁叔怕是也来不及救援。"

"哼，杀手乌鸦，我早晚要让他死无葬身之地！"燕相马满脸怒气，"天都那边已经有所行动，崔家和燕家的高手都在四处追寻乌鸦的下落，江南城这边也在展开地毯式的搜索，城主府的高手全被父亲派了出去。小心尽管放心，乌鸦不敢再来。他就算来了，也会被宁叔他们包成粽子。"

"这次要辛苦表哥和姑父了。"崔小心郑重道谢。

"小心谢什么啊？我们都是一家人，你就是我的亲妹妹。"燕相马笑呵呵地说道,"不过,小心表妹还是要和那位同学保持一点距离才好。"

崔小心平静地看着燕相马,说道:"表哥这话是什么意思?"

"你想啊,你的那位同学只是一个普通人,普通人和我们的差距实在是太大了,这一次是宁叔出现得及时,才把乌鸦给拦了下来。要是这种事再有下一次,你那位同学还有这样的好运气?我知道表妹原本是想帮助同学,但是你那位同学如果因此出了什么事情,受到了比之前更加严重的伤害,表妹心性纯善,这一辈子怕是都难以解脱了吧?"

崔小心的目光变得犀利起来,她说道:"表哥是在警告我吗?"

"表妹,我这只是劝告,哪里谈得上什么警告?我这完全是为了你和你的那位同学着想,你说是不是?要是表妹觉得我这些话不该说,那我就不说了。表妹聪明伶俐,这些事情自己也是可以想清楚的。"

"我已经想过了。"崔小心说道。

崔新瓷看看儿子,再看看侄女,然后说道:"小心,你的那位同学毕竟帮过你,这份人情咱们家还是要记下的。你说他学习成绩不佳,那到时候就让你姑父帮忙疏通一下关系,让江南大学给他批一张特招的条子。江南大学虽然不及西风大学,却也算得上是帝国一等一的名校。江南大学的所有专业随便他挑选,你觉得这样可好?"

崔小心心潮涌动,握着勺子的手指微微泛白。

她明白小姑的意思,他们这是要一次性"买断"李牧羊的救命之恩了。

可是,恩情是可以"买断"的吗?

"你是不是喜欢小心姐姐?"

李思念的声音突然响起,把正在沉思的李牧羊吓了一跳。

李牧羊哭笑不得地看着穿着一身粉色衣裙在自己面前扮鬼脸的妹妹,说道:"李思念,你幼稚不幼稚啊?"

李思念撇了撇嘴,不满地说道:"怎么?你现在嫌弃我幼稚了?看到了小心姐姐优雅从容的样子后你就开始嫌弃我是一个土妞了?以前人家小心姐姐根本就不搭理你的时候你怎么不觉得我幼稚？"

"我没有那个意思。"

"你有，你就有。你只知道小心姐姐，都不知道关心一下你妹妹。我都这么大了，你还说我幼稚，我要伤心死了！李牧羊，你这个负心汉！你出门泡妞，人家妞看得到你吗？"

"……"

李牧羊知道，自己那句无心的话又伤害到李思念的自尊心了。不然的话，她不会一秒钟变成张牙舞爪的母狮子。

"呀，思念的衣裙真漂亮呢，这是你新买的吧？"李牧羊又开始转移李思念的注意力了。以前他每次使用这一招的时候，李思念就会缴械投降，让他顺利把话题从批判他转移为称赞李思念。

"李牧羊，这套衣裙我已经穿了好几天了，昨天晚上我还穿着它到你房间坐了半天，你的眼睛里到底有没有我？"李思念跳到床上，抓起一个枕头就开始打李牧羊的脑袋。

"我投降，我投降。"李牧羊赶紧抱头认输，"我想起来了，昨天晚上我确实看到你穿着这身衣裙，我原本就觉得你无论穿什么都好看，但是你穿这身衣裙真是特别特别可爱。"

李思念打得更加起劲了，咬牙切齿地说道："你这个白痴，你说我可爱是什么意思？你是觉得我幼稚是吧？"

李牧羊不敢再说话了。他发现了，当一个女性生你的气时，你呼吸都会被她认为是在污染空气。

李牧羊把脑袋蒙在被子里任由李思念发泄一阵子后，才抬起头，笑呵呵地看着她，说道："你不打了？"

"不打了，我手都打酸了。"李思念把枕头丢到一边，学着李牧羊的样子靠在床头，然后随手抓起一块桂花糕大口吃起来。

"晚上你少吃一些糕点，会长胖。"李牧羊说道。

李思念眼睛一瞪，说道："李牧羊，你这话是什么意思？现在你还敢嫌弃我胖了？"

"……"

李思念看到李牧羊一脸无语的模样，终于忍不住"咯咯咯"地笑了起来，她又抓起一块桂花糕塞进李牧羊的嘴巴里，说道："哥，有时候我觉得你真是丑得很可爱。"

"我倒是觉得你一直都很可爱。"李牧羊嘴里被桂花糕填满，说话的声音有些含糊不清。

"那是当然了。"李思念甩了甩自己刚刚洗过的秀发，得意扬扬地说道。柠檬味洗发水的香味散发出来，空气都变得酸酸甜甜的。

李思念催促道："哥，你还没有回答我的问题呢。"

"什么问题？"李牧羊装傻。

"我问你是不是喜欢小心姐姐，"李思念不满地说道，"李牧羊，我告诉你，你可别想蒙混过关。你是我看着长大的，你屁股还没撅起来我就知道你要拉屎。"

"我是你哥。"李牧羊郁闷地提醒道。

"难道我说的不是事实？"李思念翻了一个白眼，反问道。

"……"

李思念没有说错，她确实是看着李牧羊长大的。

李牧羊因为身体不好，三岁的时候才能够睁开眼睛，七岁的时候才能够摇摇晃晃地走路。李思念虽然比李牧羊小三岁，但是在她已经能行走自如的时候，李牧羊还像一个婴儿一般只会躺在床上或者趴地上，李牧羊想要大小便的时候，都会啊啊出声，她就是第一个知道他有生理问题需要解决的人。

所以，她现在说李牧羊屁股还没有撅起来她就知道李牧羊要拉屎，是一个让李牧羊无地自容的事实。

很多时候他都是被这个比自己小三岁的妹妹照顾着。

"快说快说。"李思念又往李牧羊的嘴里塞了一块桂花糕。她总是喜欢大把大把地往别人嘴里塞糕点，也不管别人能不能吃得下。

"我觉得她是一个很不错的女孩子。"

"然后呢？"

"然后没有然后了啊，她一直在帮我补习功课，我心里很感激她。"

"你们之间就没有其他的了吗？"

"李思念，我们现在还是学生，学生的天职就是好好学习，你想到哪里去了？你的思想很不纯洁。"

李思念一脸鄙夷，瞪着李牧羊说道："李牧羊，你幼稚不幼稚啊？你自己照照镜子，你可老大不小了，我先不说你的面相比你的实际年龄老上十几岁，就是比你小的都知道找女朋友了，你却只告诉我这些？"

"……"

"你说不说？"

"我对她确实挺有好感的。"李牧羊脸色微红，不好意思地说道。李思念是他最亲密的人，也是他的妹妹，以前他有什么心事都会讲给她听。但是这一次他有一种不太一样的感觉，这是他以前从来都没有涉及过，也从来没有想过自己会涉及的情感领域。

"那就是喜欢了？"

"你说是，那就是吧。"

"不是我说是那就是，是你得告诉我是不是。你不说你喜欢，我怎么帮你追到小心姐姐，让她成为你的女朋友？"李思念无奈地说道。

李牧羊的眼睛亮了起来，他说道："真的？你能够帮我追到小心？"

"不能。"李思念回答得干脆利落。

"……"

"哥。"李思念又抓了一块桂花糕要往李牧羊的嘴巴里塞，李牧羊摇头拒绝。

"给我吃！"李思念不由分说，硬是把桂花糕塞进了李牧羊的嘴巴里。

"你为什么非要让我吃这个？"李牧羊嘴里咀嚼着桂花糕，痛苦地说道。

"是你告诉我晚上吃糕点会长胖的。"李思念说道。

"对啊。"李牧羊认真地点头，"大家都是这么说的。"

"所以你吃的时候我才好心陪你吃一点点啊。"李思念一副"我全是为了你"的模样,"就算以后真的会长胖,我只要想到有人和我一样,心里的后悔就会少上许多呢。"

"……"

"哥,我就是想和你谈谈小心姐姐的事情。"李思念把糕点托盘放在床头柜上,把脑袋靠在李牧羊的肩膀上面,然后说道,"在你心里,小心姐姐是一个什么样的人?"

"我不是说过了吗?她是一个很好的人啊。"

"是啊。她真是一个很好的人啊,可惜就是太好了。"李思念叹息一声道。

李牧羊明白李思念的意思。崔小心是一个很好的人,遗憾的是她太好了。

"先不说她的容貌气质,单是看她的谈吐和时不时展现出来的贵族礼仪,我们大概就能猜到她是一个什么样的人了。她和我们不是一个世界的人。我在和她聊天的时候还特意打听过,她不是江南人,是天都人,等到这次文试结束,她就要回人都了,回到真正属于她的地方。哥,我知道你喜欢她,我看得出来,这段时间是你十几年来最开心的时候。以前我费尽心思帮你补习功课,结果每次你都是昏昏欲睡,她却能够让你的学习成绩迅速提高。"

"思念,其实事情不是你想的那样。"

"哥,我知道的。"李思念打断了李牧羊的话,说道,"我知道你不想伤害我,不想让我以为自己不如小心姐姐。其实我不在意这个,小心姐姐能够帮到你,你的学习成绩能够快速提高,我的心里只有高兴,丝毫没有对小心姐姐的妒忌。还有,你离开学校的原因我也听说了。你说的那句话已经成为其他学生嘴里的口头禅了。"

"什么?"李牧羊一脸茫然,"我说了什么话?"

"我不接受。"李思念目光灼灼地盯着自己的哥哥。她没想到这个整天被人欺负的家伙也有这么坚毅和倔强的一面,她听了事情的经过后,激动得热泪盈眶,很想趁着午休的时候溜进教师办公室在赵明珠喝茶的杯子里丢一把巴豆。但是,她还是忍住了。毕竟,赵明珠是老师。

第8章
伤口诡异

"'张小军同学，我们一起去茅房好不好？''我不接受。''李明，我们中午去吃锦江菜好不好？''我不接受。''陈冲，帮我带一些糕点回来。''对不起，我不接受。'更搞笑的是，我们班的王平上课睡觉，老师让他起来回答问题，他趴在桌子上说：'我不接受。'老师可被他给气坏了，揪着他的耳朵就把他给扯了出去。咯咯咯，哥，你知道你在学校里有多大的影响力了吧？可惜你现在不去学校了，不然的话你就知道学校里有很多人把你当成了他们的偶像。"

李牧羊没想到那次风波还有这么大的影响力，摇头说道："错就是错，对就是对。我上课睡觉的时候，老师让我出去，我从来都没有辩解什么，因为我知道那是我做错了，我的状态会影响别的同学，我的行为是对老师的不尊重。只是那次我被诬蔑作弊，心里确实很委屈。不过事情已经过去了，现在我还是把重点放在提高自己的学习成绩上吧。虽然我现在已经学会了一些东西，可是底子实在太差。小心不得不从基础的课程开始讲解，很辛苦。时间怕是也来不及。"

"哥，我还想问你呢。"李思念拉着李牧羊的胳膊，说道，"小心姐姐说有很多东西她没有教过，你却偏偏不学而知，这是怎么回事儿？难道以前你都是在偷偷学习？"

李牧羊摇了摇头，说道："我也不知道那是怎么回事儿，我的脑海里突然就多了许多莫名其妙的东西。有时候我感觉自己就像是已经活过了一世，很多我第一次见到的东西都让我感觉很熟悉。就像课本上的那些习题，有些是小心给我讲过的，但是有些是我脑海里已经存在的。虽然有些隐藏得深了一些，但是我仔细回忆一番后，终究可以把它们翻找出来。"

"难道你被神仙附体了？"李思念笑嘻嘻地说道，"神仙怎么这么傻，附身在一个黑炭身上？"

"……"

"好啦好啦，我哥哥就算是黑炭，也是最帅的黑炭。"李思念打量着李牧羊的脸，说道，"其实你的五官轮廓挺好看的，这是遗传了爸妈的优良基因。你看本姑娘长得这么漂亮就知道爸妈的基因有多好了。等你变得再白一些后，还会是一个大帅哥呢。要不，下次你出门之前我帮你敷一层百花粉？"

"那我得涂抹全身才行吧。"李牧羊苦笑不已，"照你这么说，我出一趟门，先不说得浪费多少百花粉，就是时间也得浪费好几个小时。"

"涂脸就行了，谁要给你涂满全身啊！"李思念没好气地说道，"哥，你别打岔，咱们还是接着聊正事。"

李牧羊一脸委屈，自己什么时候打岔了？

"哥，这些话我本来是不想和你说的，至少我不应该在这个时候说，可是我觉得这话早说早好，免得以后你承受更沉重的打击。小心姐姐的学习成绩你是知道的，她的目标是西风大学，以我对她的了解，这对她来说确实不是什么难事。可是你呢？你能去西风大学吗？你能跟着去天都吗？就算你考上了西风大学，就算你去了天都，那又怎么样呢？你想想她的家世，再看看我们的家世，你有任何希望吗？"

"我知道。"李牧羊沉声说道。

"什么？"李思念瞪大眼睛看过去。

"你说的我都明白。"李牧羊笑了笑，说道，"刚才我出去送她的时候，看到有人来接她，她乘坐的那辆马车，妈怕是得卖好几年的糕点才能赚回来。"

"哥。"

"我没事。"李牧羊伸手搂住妹妹的肩膀，说道，"你想啊，以前的我有机会和崔小心做朋友吗？"

李思念摇了摇头。

"对啊，以前我连和她说话的机会都没有，但是现在我不仅能和她说话，而且每天还能让她帮忙补习功课。和以前相比，我已经改变了许多，是不是？"

"嗯。"李思念认真地点头，说道，"哥，你会变得越来越聪明，也会变得越来越帅，到时候小心姐姐说不定就爱上你了呢。"

李牧羊点点头，认真地说道："那当然。到时候我就是天下第一美男子。"

兄妹两人相视大笑，李思念笑得心痛，李牧羊笑得哀伤。

其实那句话一点儿也不好笑。

李思念从床上爬了起来，看着李牧羊，说道："哥，夜深了，我回房睡觉了。你也早些休息吧，明天小心姐姐还要来给你补习功课呢，你到时候可不许打瞌睡。"

"好，晚安。"李牧羊笑着说道。

李思念摆了摆手，然后转身离开了李牧羊的房间。

李牧羊躺在被窝里久久难眠，心情变得越来越烦躁。他起床放了一大缸热水，然后举着右手整个人浸泡在水里。直到这个时候，他的心情才舒畅一些。

上课睡觉，回家泡澡，这是李牧羊做得最多的两件事情。

他的右手因为被刺穿，现在还包着纱布，所以他没办法把右边的胳膊放进水里。这给他带来了些不便。

李牧羊看着自己的胳膊，这只原本连缚鸡之力也没有的手不仅把张晨打飞了，而且把刺杀崔小心的人也给打飞了。要知道，当时那个杀手手里的刀子银光闪烁，变成了一把巨大的光剑。

他的拳头迎着剑而去，难道不应当是被切断吗？自己怎么反而把那个杀手给打飞了？

李牧羊看着自己的拳头，发了一阵子呆，在一股强烈的好奇心的驱使下，他准备解开外面的纱布看看自己的伤势现在怎么样了。

纱布被一层层解开，露出来的血迹越来越多。

当他把纱布摘掉时，他的那只受伤的手掌就呈现在他眼前了。

他把手掌放在热水里面洗干净，然后放到烛光下查看。他的手掌居然是完好无损的！

他记得清清楚楚，自己的手掌被杀手的刀子给刺穿了。可是，现在右手上怎么什么痕迹都没有了呢？没有伤口，没有疤痕，就连一点红印都没有。

"这是怎么回事儿？"李牧羊惊呼出声。他从澡盆里跳了出来，凑近烛光仔细查看。

当时杀手明明把一个果盘扣在自己的脑袋上，自己的头被砸得鲜血淋漓，现在额头上竟然找不到一丝一毫的伤痕。

自己身上到底发生了什么事情？

直到这个时候，李牧羊才真正地意识到他的身体有了一些诡异的变化。

"我要变身了。"李牧羊这样对自己说道。

李牧羊在天刚蒙蒙亮时就起床了，自从上次受伤后，他就改掉了每天早晨睡懒觉的坏习惯。

或许是以前睡得太多了的缘故，现在他每天只需要睡上几个小时，就精神抖擞了。

李牧羊简单地梳洗一番后，就学着妹妹每天练习破气术的样子在房间里走了几圈，然后便抽出书本坐在窗前学习。

没过一会儿，他的父母就起床了。李岩穿着单衣在院子里锻炼身体，罗琦在厨房忙活，做一家人的早餐。

一个小时后，李思念的房间里才传出动静。

李牧羊笑了笑，一家人新的一天这才真正地开始了。

明明只是一些很琐碎的事情罢了，李牧羊却从中感觉到了幸福和充实。

在疾病缠身、睡神附体的时候，他很少像今天这样打量周围发生的一切。

此时此刻，他才发现自己竟然拥有这么多。

崔小心依然每天来给李牧羊补习功课，依然和放学回来的李思念说笑、分吃水果，就像是那天什么事情都没有发生过。

那天晚上过来接崔小心的马车，以及李思念的话，让李牧羊意识到自己和崔小心之间的巨大差距。

他现在把所有的时间和精力全部用在了补习上面，他需要在这有限的时间里掌握最多的知识。

在学习之余，他偶尔抬起头和崔小心对视一眼，感受着她眼里浅浅的笑意，这个时候，他心中不由得浮现出了这样的画面：一对男女并肩走在西风大学的落雁湖湖畔，残阳似血，将他们相互依偎的身影无限拉长，仿佛那一刻可以一直延续到时间的尽头。

李牧羊将自己的心思隐藏得更深了。

今天崔小心没有过来，这是崔小心提前一天就说好了的，她家里有长辈要去寺庙礼佛，她需要陪伴家人。

李牧羊在家里做了一张试卷，突然想起一件事。崔小心说过有一本参考书非常重要，让他一定找来看看。

李牧羊立即出门，朝着巷子尽头的藏书阁走过去。

藏书阁古朴简陋，看起来有些年头了。一个身穿对襟大褂的老人坐在门口抽水烟晒太阳。

"老人家，请问这里有《子语》这本书吗？"

"你自己进去找。"老人头也不抬地回答。

李牧羊进了藏书阁，在书架上面一排排地翻找。

"你觉得读书有用吗？"一个声音在他身后响起。

李牧羊转身，看到了一个风度翩翩的公子哥。

"你是在和我说话？"李牧羊扫视四周后，不确定地问道。

"当然。"公子哥笑着说道，"你说，读书有用吗？"

"有用。"李牧羊回答道，虽然他不清楚这个奇怪的人为什么问他这么奇怪的问题。

"书中自有黄金屋，书中自有颜如玉。不管是经商出仕，还是登高望远，读书都有大用。"公子哥的笑容高深莫测，他说道，"但是，有时候读书只会给人带来灾难。你觉得呢？"

来者不善！

李牧羊这么想，倒不是因为他有一眼看穿人心的本事，而是因为他内心深处觉得，这么英俊潇洒、风度翩翩的公子哥没理由主动跑来和一个小人物搭讪吧。

这公子哥必然是有所图谋。

你看看，李牧羊同学是多么谦逊而又可爱的小男生啊。

李牧羊瞪大眼睛打量着对方，公子哥身穿黑色绸缎长衫，手摇折扇，脸上带着极具亲和力的笑容。

尽管这公子哥来者不善，李牧羊还是肤浅地一下子就喜欢上他了。

李牧羊说道："我不觉得。"

燕相马微愣，然后"啪"的一声把折扇收了起来，放在手心轻轻地拍打着，他饶有兴致地打量着李牧羊，说道："读书多了，眼界就宽了，眼界宽了，心也就大了，心一大了，想要的就越来越多，人也变得越发贪婪。这不是一件很危险的事情吗？"

"读书也可以让人明理知法，崇德向善，可以养浩然正气。"李牧羊据理反驳道，"荒蛮之地为何杀戮不断？边疆大漠为何战斗不休？就是因为那些人读书太少，无法明理知法，不知崇德向善，没有养出浩然止气。他们如果都读书，哪里还有时间去打去杀？"

燕相马摇了摇头，若有所思地打量着李牧羊，说道："不对。"

"什么不对？"

"我找人打听过，别人都说你是一个傻子。"燕相马摇头说道，"可我觉得你不傻。相反，你比我见过的很多人都聪明。"

李牧羊说道："我就是一个傻子啊，每次考试都是全年级倒数第一。"

"不不不，这里面一定有其他原因。"燕相马否定了李牧羊的论断，"虽然傻子好哄，但还是聪明人好，我喜欢和聪明人交流。聪明人懂事，不会懂装不懂，你说是不是？"

李牧羊知道公子哥终于要进入正题了，他随意地翻阅着手里的《强兵论》，说道："那要看阁下说的是什么事了。"

"哦，我忘记介绍自己了。"燕相马"啪"的一声打开折扇，对李牧羊说道，"燕相马，崔小心的表哥。"

李牧羊一下子变得热情起来，他把手里的书合上，恭敬地喊道："表哥，原来是你啊，走走走，随我去家里喝茶，我家就在前面的巷子口，你走几步就到了。"李牧羊说着，就抓着燕相马的衣袖准备回家。

"等等，你等等！"燕相马甩掉李牧羊的黑手，生气地说道，"你干什么呢？谁跟你这么熟了？！"

"表哥，你不知道，我和崔小心是同学，也是很好的朋友。崔小心的表哥自然也是我的表哥，表哥都已经到了我家门口，如果我不请你回去喝一杯茶，小心知道了会生气，我爸妈知道了也会责怪我不懂礼数。表哥，跟我回去吧。天热，我家有井水冰镇过的西瓜解渴。"

李牧羊说话的时候，再次伸手要去抓燕相马的手腕。

"放肆！"燕相马急了，说道，"我告诉你，你可别动手动脚啊，我最讨厌别人碰我的衣服了。放开我，我说让你放开我。"

不一会儿后，李牧羊和燕相马就坐在李家院子里的葡萄树下吃起了西瓜。

西瓜用深井里的冷水浸过好几个小时，由里到外都透着一股子凉意。在这燥热的夏天，吃完一个冰镇西瓜，让人觉得全身的汗毛都竖起来了。

燕相马一口气吃了三大块西瓜，李牧羊送过去第四块的时候，他终于摆了摆手，从口袋里摸出手帕擦拭嘴巴，说道："不吃了，我再吃肚子就要撑坏了。"

李牧羊也吃了三块西瓜，不过他没有随身携带手帕的习惯，只能跑去打了一桶井水洗手。

李牧羊没有泡茶，刚刚吃过冰镇西瓜立即喝热茶对身体不好。

他坐在燕相马对面的石凳上，笑着说道："表哥怎么会到这里来？是有什么事情要处理吗？"

"不是，我就是冲着你来的。"燕相马露出一脸满足的模样。李牧羊的西瓜让他很满意，他在家里都没有吃到过这么甜的西瓜。

"表哥找我有什么事情吗？"李牧羊问道。

燕相马从怀里摸出一个盒子递了过去，李牧羊不接，问道："这是什么？"

燕相马把盒子放在石桌上面，轻轻朝着李牧羊坐的方向推了推，说道："你打开看看。"

李牧羊并没有去动那个精致的盒子，笑着摇头，说道："无功不受禄，我和表哥第一次见面，不明白表哥为何会送我礼物。"

"我受家母所托，来感谢你对表妹的救命之恩。"燕相马笑着说道。李牧羊对他赠送的东西毫无垂涎之色，甚至都没有打开盒子看一眼的意思，这让他很是惊诧。他打听过李家，李家虽然并不贫困，但也绝对称不上富裕。家里开着一家小糕点铺，这只能维持他们一家人基本的生活开销。在这种家庭里长大的孩子，难道不是对钱帛之物有超出常人的渴望吗？

"表妹当时在兽面亭遇袭，多亏了牧羊同学出手相救。如若不是你拖住了杀手，恐怕表妹等不到家仆赶来救援。我们家没有欠人东西的习惯，所以这份薄礼还请你务必收下。"

李牧羊摇头，说道："照表哥这么讲，那么这份礼物我就更不能收下了。"

燕相马轻轻地摇动折扇，说道："哦？原因是什么？你说来听听。"

"小心同学是你的表妹不假，但她也是我的同学和朋友。当时她之所以出现在兽面亭，是因为我。我与同学发生争执，被老师罚站，她看不过去，就跟着我一起离开了学校。

"而且，当时我们在兽面亭商量的是小心同学帮我补习的事。文试临近，在这样关键的时刻，小心愿意放下自己的事来帮我补课，光这份恩情我就能在心里记一辈子。

"当时杀手袭击，事发突然，我们毫无防备。那个时候，无论是作为小心的朋友，还是作为她身边唯一一个男性，我都有责任有义务冲上去保护她。所以，这份礼物我不能收，我只是做了我应该做的事情。"

燕相马脸上一直带着云淡风轻的笑，眼睛一眨不眨地盯着李牧羊的眼睛。

李牧羊在说这番话的时候眼神没有躲闪，脸上也没有一丝一毫的胆怯和心虚。如果他不是心思深沉之辈，那就证明他这番话确实是他心中所想。

"听你这么一说，我倒是觉得自己这送礼的行为实在是太俗了，俗不可耐。"燕相马摇头叹息。

"表哥，话可不能这么说。"李牧羊急忙说道，"表哥一看就是大户人家出身,大户人家有大户人家的规矩和傲气。你送厚礼来感谢我,这是你们知恩图报。但是站在我的立场上,这礼物我是万万不能收下的。"

"嗯。不收就不收吧。"燕相马把盒子收了回来,揣进自己的怀里,"那么,我们就接着聊下面这件事情。"

"表哥请讲。"

"我刚才看到你在藏书阁看书,最近你复习得怎么样了?"燕相马一脸笑意地问道。他总是笑,很容易让人产生好感。

"我正在努力。"李牧羊认真地回答道,"我多掌握一些知识,考试就多几分希望。"

"你没有回答我的问题。"燕相马说道,"那我换一种更直接的方式询问,你觉得你有希望考上名校吗?"

"我正在全力以赴。至于我能不能考上名校,那就只能听天由命了。"

"这太不保险了,实在是太不保险了。听你的语气,我想你怕是也没有太大的信心能够考上。我查过你的成绩,一流名校对你而言着实有些遥远。"

燕相马诚挚地看着李牧羊,说道:"这样可好?我许你一份名校的录取通知书,你可愿意接受?"

李牧羊长长的睫毛动了动,问道:"此话当真?"

"当然。你出去打听打听,我燕相马什么时候说过假话?"

"我需要付出什么?"

"什么都不需要付出。"

"那我就先谢过表哥了。"

李牧羊高兴地说道:"你能保我去西风大学吗?"

燕相马的脸色终于沉了下来,他是第一次在李牧羊的面前露出这种表情。

"不能。"燕相马冷冷地道,"你是不可能去西风大学的,为了你的安全着想,我劝你最好连天都都不要去。天都米贵,我怕你在那里养活不了自己。我可以帮你拿到江南大学的录取通知书,江南大学的专业也可任由你选。江南大学是帝国一等一的学府,我也是从江南大学毕业的。想必你不会嫌弃这个学校吧?"

"不过，"燕相马目光灼灼地盯着李牧羊，说道，"既然你都已经可以保送进江南大学了，那么，就无须表妹再耗费时间、心力替你补习了吧？"

因为仙女爱上放牛郎的故事在西风帝国广为流传，所以凡是家里养着漂亮闺女的名门贵族都对外面的放牛郎百般提防。

李牧羊就是那个被崔、燕两家提防的放牛郎。

你别看李牧羊长得黑，其实他一点儿都不蠢。

他和崔小心同学三年，虽然以前从来没有机会和崔小心说上话，但是崔小心的样貌气质、个人修养是何等出众，他心里是清楚明白的。之前班里就有崔小心出身不凡、背景神秘的传闻，不过那个时候的他整天昏昏沉沉的，不是在睡觉就是在酝酿睡意，哪里有闲心去关注这些无聊的事情？

他要是敢厚着脸皮跑去和崔小心说一句话，不说班里的老师、学生会如何笑话他，恐怕第二天一个更加精彩搞笑的癞蛤蟆想吃天鹅肉的故事就会传遍学校。

在兽面亭遇到杀手袭击时，他就猜到崔小心的身世不凡。普通人家的孩子怎么可能会遇到那样危险的事情？

雇佣杀手可是很烧钱的好不好？谁没事会请杀手回家？

后来他送崔小心出门，看到了过来接她的那辆豪华马车，那个身穿青袍的男人对她行的是贵族骑士礼仪，能够聘请高阶武者当私人护卫的，只有帝国首府那些屹立不倒的世家贵族。

李牧羊不得不承认一件事情，崔小心确实来历不凡，和自己是两个世界的人。所以，他对燕相马今天主动找上门来并不感到意外。

甚至在他的预想中，对方的反应会更加激烈一些。不然的话，对方怎么能让他这个"放牛郎"得到一个深刻的教训知难而退呢？

"可是我想去天都的西风大学。"李牧羊看着燕相马，坦诚地说道，"我和小心约好了，要一起去看落雁湖的落日。"

"你们约好了？"燕相马愣了一下，然后哈哈大笑起来。

他用扇子隔空点着李牧羊，说道："李牧羊，我今儿个算是发现了，你不仅不笨，而且还特别好玩。你和小心约好了要一起去看落雁湖的落日？你是在和我开玩笑吧?"

"我没有。"李牧羊摇头,"我们真的约好了,不信你回去问小心。我那么辛苦地补习,一分一秒的时间都不愿意浪费,就是因为想去西风大学。男人要说话算数。我都说了要去西风大学,怎么能不遵守承诺呢?"

"你觉得你能考得上吗?"燕相马抽了抽鼻子,眯着眼睛笑道。

"我不知道。"李牧羊摇头,"但是我总要试试。不到最后一刻,我怎么能够放弃呢?"

"李牧羊。"燕相马"啪"的一声甩开扇子,他的耐心已经即将告罄了,他实在不想为了一个小人物浪费自己太多时间。他之所以到现在还能够用这样的态度和李牧羊说话,主要是因为李牧羊救过他的表妹,崔、燕两家不是知恩不报的小人之家。还有一个重要原因是,李牧羊请他吃了用井水冰镇过的西瓜,这是他吃过的最好吃的西瓜。

"刚才我还夸你是一个聪明人,但是显然,有些问题你没有想明白,或者说你自己不愿意想明白。你知不知道你自己是什么人?"

"我知道。"李牧羊点头说道,"我身体不好,长相不好,学习不好,几乎是一个一无是处的高中生。"

"这评价很客观。"燕相马点头说道,"那你知道小心是什么样的人吗?"

李牧羊想了想,说道:"她是我的朋友。"

"朋友?"燕相马笑了笑,说道,"你们只是朋友吗?你对她就没有一点儿男女之间的情思?"

"我有。"李牧羊说道,"我喜欢崔小心。这是我前几天才发现的事实。"

"所以,"燕相马突然变得尖酸刻薄起来,问道,"你配吗?"

"……"

"怎么?这伤到你的自尊心了?"燕相马看到李牧羊闭嘴不答,嘴角微微地扯了扯,说道,"可是,这确实是一个谁也不能否认的事实。小心的身世你不知道,我也不能告诉你。但是我燕相马的父亲是燕伯来,是江南城的城主,是这座城的最高长官。如果崔小心是我的亲妹妹,你觉得我们家会同意让她嫁给一个身体不好、长相不好、学习不好、一无是处的高中生吗?"

"不会。"李牧羊很肯定地回答。

"那么,让一切回到原点,你还是你,小心也还是小心。你收下这份礼物,然后游手好闲也好,努力奋斗也好,这都随便你,江南大学的录取通知书一定会给你,明天小心再来给你补课的时候,你告诉她你学不进去了,你想放弃。这样是不是最聪明的选择?"

"是。"李牧羊说道。

"那我们这算是谈妥了?"

"我有一点不明白。"李牧羊说道。

"什么地方不明白?"

"我并没有说要追求崔小心。"李牧羊沉声说道,"我只是感觉自己有一点儿喜欢她,可是,我并没有说现在就要追求她,我只是想和她做朋友,即便是最普通的朋友。我会努力,竭尽所能,用尽我全身的力气,跟上她的步伐,如果我能够和她一起考进西风大学,这自然是我的幸运。如果考不上,我也能够接受这个结果。"

李牧羊接着说:"我会让自己变得优秀,让自己有朝一日能够配得上优秀的小心,让她对我刮目相看,让她也对我产生那么一点点的喜欢。我比你们更加清楚,我配不上她。但是,这并不能成为我和小心绝交的理由。如果我能够给她幸福,我会请求她接受我的感情。如果我觉得我做不到,在她面前的时候只会觉得自己配不上她,那么我会真诚地祝福她能够另遇良人。我想,小心在找到她的夫君之前,也需要一些朋友,是不是?

"小心是一个很固执的女生,她认准了一件事就一定会全力以赴,包括给我补习。她觉得我还有希望,还可以努力地拼搏一次,所以我也要跟着她一起努力,一起拼搏,十几年来,我从来都没有这么强烈地想要做成一件事情过。这个时候,我怎么能告诉她我要放弃呢?"

燕相马沉吟良久,然后看着李牧羊说道:"我几乎要被你说服了,可是,你如果坚持去西风大学,可能会输掉一切。不仅西风大学你去不了,江南大学你同样去不了，你将一无所有，那个时候，你以为你和小心还有任何的可能吗？"

"如果我现在告诉崔小心我要放弃，我和她还会有任何的可能吗？"

"至少你有江南大学。"

"可是，我想去的是西风大学。"

"你看看，这样我们就没法谈了。"燕相马笑着说道。

"咔嚓——"

燕相马将手里的折扇一甩，那铁制的骨架上竟然出现了一根根锋利的尖刺。那些尖刺就像是被剧毒浸泡过一般，散发出幽幽的光芒。

"此扇名为打龙脊，削铁如泥，专断人筋骨。家里的老人告诉我，就是龙的脊梁，它都可以打断。"燕相马说话的时候，那把扇子在他的手指间飞速旋转起来。劲风呼啸，一团白色的光芒在四周闪耀。

"嚓——"

扇柄碰了一下两人面前的青金石桌，桌子的一角就被削掉了一块。

"嚓——"

扇柄又碰了一下，那青金石桌就又被削掉了一块。

"啪——"

燕相马收起扇子握在手心，一脸笑意地看着李牧羊，说道："你看看，我也可以换一种方式和你谈判。但是，我是文明人，是有名望的贵族，那些流氓混混的手段我是使不出来的。所以，你再考虑考虑？"

"表哥好厉害。"李牧羊双眼放光地看着燕相马手里的扇子，说道，"削铁如泥，切石头如切豆腐，表哥这把扇子实在是太厉害了。"

燕相马是他见过的第二个高手，和他上次见到的杀手一样强大。

不知道怎么回事儿，他一看到有人使出这种超出常人的能力，体内就有一种热血沸腾的感觉，整个人就像是被某种情绪控制了。

燕相马对李牧羊的反应很满意，说道："你这小胳膊小腿的，恐怕顶不住我往你身上打上这么一下，就算顶住了，你怕是全身的骨头都要散架。这样的事情，我燕相马是做不出来的。所以，牧羊也要好自为之。我们都和和气气、平平安安的，多好！"

　　李牧羊握住桌子的一角，脸色微红，眼里闪烁着红光。一块淡褐色的鳞片出现在他的手背上面，鳞片里面云雾翻滚，惊雷纵横。

　　李牧羊手腕猛地用力，青金石桌发出"咔嚓"一声，李牧羊就那么硬生生地将青金石桌的桌面给掰下来了一大块。

　　他摇了摇头，对呆呆地看着他的燕相马说道："还是表哥厉害一些，你看，我用手掰下来的石头就没有你用扇子切的那么齐整。"

　　"……"

第9章
纨绔大少

燕相马惊愕不已，目瞪口呆，心中仿佛有一万只羊驼在狂奔。

剧本不对，故事的发展不应该是这样的。在他这个名门望族的大少挑明了来意并且恩威并施之后，他面前这个黝黑的小家伙难道不应当唯唯诺诺地道歉，答应再也不和崔小心有任何接触吗？这样的话，他就会仁慈宽厚地拍拍对方的肩膀给予对方一些安慰，表现一下世家公子哥的风范。从此以后大家再无往来，这个人的样貌和名字再也不会出现在他的生命里。

对方用手指头掰石头是什么意思？是不服气，还是对自己的示威给予反击？

"我可不是一个任人揉捏的普通人。如果谁想勉强我做一些我不喜欢的事情，那就必然要为自己的行为付出代价。"

燕相马在心中很自然地给李牧羊加了这样一句台词。

燕相马用扇骨轻轻地拍拍石头检测桌子的硬度，他看着被李牧羊掰掉了一个大角的青金石桌面，说道："我以为我已经让人查得够清楚了，现在看来我们还是不够了解你。"

"你已经了解得很清楚了。"李牧羊说道，"只是我们每一天都会发生变化，对不对？"

"你是怎么做到的？"燕相马看着李牧羊问道。

"我想做，就做到了。"

"这个答案可说服不了我。"

李牧羊眯着眼睛笑了起来，说道："我并没有想过要说服你，我只是说出一个事实而已，其实我也没有答案。"

燕相马"啪"的一声打开折扇，说道："我这扇子乃武器大师莫浪用一块天外神铁铸造而成。我本人自幼习武，后来又拜得名师，现在已经进入高山中品境界，所以，我能够用打龙脊轻易地削断这青金石桌。你呢？你只是一个体弱多病、手无缚鸡之力的学生，你是怎么做到的？"

"你追究我是怎么做到的有什么意义？我能够做到这样的事情，才是你应该关注的重点，对不对？"

燕相马盯着李牧羊，良久后，他问道："你家还有没有西瓜？"

"有。"李牧羊点头。

"你再给我拿两块。"燕相马说道，"天太热，我又渴了。"

"好。"李牧羊笑着说道。

燕相马又吃完了两块冰镇西瓜，然后心满意足站了起来，看着李牧羊说道："我很真诚地希望你认真地考虑一下我的建议，别做傻事，好不好？"

"感谢表哥的真诚，不过我已经考虑好了。"李牧羊笑着说道。

燕相马摇头叹息，说道："你不要以为自己会点儿功夫就能够自保，有些人是你招惹不起的。"

"我没想过招惹谁。"李牧羊腼腆地笑着，真诚地说道，"我只祈祷不会有人招惹我。"

"你真是不识抬举。"燕相马摇了摇头，摇着折扇大步朝外面走去，"我告诉你，作为江南城最有名的纨绔子弟，我可是什么事情都做得出来的。"

李牧羊送他出了门，然后转身回到院子里看着那四分五裂的青金石桌发呆。

他捡起一块被燕相马用打龙脊削下来的石头，用手指头轻轻地摩挲了一阵子。然后他又捡起那块被自己掰断的石头，用手指头轻轻地抚摸。

"哎呀。"李牧羊低呼。他的手指被割了一道口子，鲜血从伤口渗了出来。但是鲜血才渗出来，那伤口就已经愈合了。

"还是用扇子切的比较齐整。"李牧羊无比羡慕地说道。

燕相马坐在自家的后院里，后院的八角亭里摆着一张青金石桌。

燕相马把手里的折扇放在一边，然后伸出手握住桌面的一角，闷哼一声，猛然用力，但是那青金石桌坚硬无比，根本就没有任何承受不住的迹象。

燕相马不服气，气沉丹田，使出了全身的力气。

他握住石桌的那只手闪烁着红光，就像是一团火焰在他手上熊熊燃烧。

烈焰拳！

这是崔家的家传绝学，是崔家能够在西风帝国屹立不倒的一张底牌。

燕相马的肩膀轻轻一抖，然后那青金石桌的桌面就被撕扯下来了一大半。

那块青金石被他的拳火点燃，温度达到了，就是石头也可以燃烧。

青色带有暗金花纹的石头迅速变化着，最接近他手掌的那一块被焚成了灰。一阵风吹来，灰尘随风飘散。

"咔嚓——"

剩余的半截桌面掉落在地上，摔得粉碎。

"相马进步神速，这烈焰拳已经进入高山中品境界了，再有半年时间，烈焰拳怕是就可以进入高山上品。那个时候你可就是江南城年轻一辈中的武境第一人。"身穿青袍的男人站在后院入口，一脸笑意地看着燕相马说道。

"宁师父。"燕相马恭敬地向宁心海行礼，完全没有外面传的纨绔子弟的傲慢，"宁师父没有跟着母亲和小心表妹去寺庙礼佛吗？"

"路上有燕伯跟着，相马还有什么可担心的呢？"宁心海一脸笑意地说道，他显然对他口中的燕伯极其尊敬，"小心小姐觉得我多日劳碌有些辛苦，就让我今天在家里休息休息。"

"还是表妹心细。"燕相马一脸笑意地说道，"宁师父因为乌鸦袭击这件事，这几天一直守在表妹身边，不敢离开须臾，尽忠职守，没有丝毫懈怠，确实是累坏了。好在表妹体贴，知道找机会让宁师父也休息一天。"

"小心小姐聪慧善良，心思细腻，能跟在她身边对我们这些人来说是福气。"宁心海看着地上烧得漆黑的石头，问道，"好端端的，你怎么跑到后院掰起石头来了？"

"因为他做到了。"燕相马严肃地说道。

"什么？谁做到了？"

"李牧羊，你们嘴里的那个废物。"燕相马看着宁心海，说道，"宁师父和他接触过多次，应该清楚他是一个什么样的人吧？"

"我看不透。"宁心海摇头说道，"上次乌鸦袭击小姐，我在兽面亭外围，根本来不及救援，就是那个看起来普普通通的李牧羊扑了过去，用自己的身体把乌鸦给挡了下来。"

"可是他还活着。"燕相马目光闪烁，一副若有所思的模样，说道："乌鸦是帝国杀手榜排名前二十的高手，李牧羊用身体阻挡乌鸦，却还活着。宁师父不觉得这很奇怪吗？"

"我也觉得很奇怪。"宁心海沉思着，说道，"当时情况万分紧急，他竟然挡下了乌鸦的攻击。我听小心小姐说起过，他两次用手掌挡下了乌鸦的刀子。乌鸦两次想要刺杀小姐，结果都刺进了他的掌心。"

"乌鸦近距离攻击目标时，最喜欢用樱花斩。宁师父，我有一个问题想问你，如果当时面对乌鸦的人是你，你能够挡下乌鸦的樱花斩吗？"

宁心海想了想，说道："我不能确定自己是否每一次都能够挡下。樱花斩如雨，快刀斩风雪。樱花斩之所以称为樱花斩，是因为那一刀绚丽至极，急如闪电，且变化多端。我不能预判它的每一次变化。"

"可是，他挡下来了。"燕相马冷冷地说道。

他指了指地上的青金石桌碎块，说道："他还能够用一只手掰断这石头。"

"相马不是也可以做到吗？"

"那不一样。"燕相马摇头，说道，"我用了家传绝学烈焰拳中的'烈火燎原'，用了真气，但是他没有。他就那么干巴巴地坐着，然后就那么轻轻地一掰。我当时就坐在他的对面，他脸上的表情都没有太大的变化，他就把那青金石桌的桌面给掰断了。宁师父，你不觉得这很恐怖吗？"

"是很恐怖。"宁心海皱眉，"看来李牧羊比我们想象的要更加复杂一些。之前我就已经提醒过小姐，说这个同学是一个危险人物。但是小姐的性子你是知道的，她认准的事情谁也阻止不得，而且我暗中试探过，没有从李牧羊身上感觉到一丝一毫的真气。他看起来不是修行者。"

"是啊。我们原本以为他只是一个异想天开、想吃天鹅肉的普通人，所以没怎么把他放在眼里，甚至还想用一种比较柔和的方式来解决这件事情。现在看来，恐怕事情的复杂程度已经超出我们的认知。任由这样一个故意隐藏实力而又别有用心的家伙像一只苍蝇一样待在小心的身边，对我们来说是一件很危险的事情。小心还有两个月就要回天都了，现在那边局势复杂，她要是在这个时候出事，天都恐怕要陷入各大家族新一轮的冲突和碰撞中。"

"相马的意思是……"宁心海看着自己面前的英俊青年，问道。

"我提醒过他，作为江南城最有名气的纨绔子弟，我什么事情都做得出来。"燕相马一脸笑意地说道，"你说，他听懂了吗？"

小巷幽深，每一块光滑锃亮的青石板上面仿佛都隐藏着无数的秘密。

朱漆门后，是一个看起来有些破落的院子。院子中间摆着一个石磨，磨盘上面放着一个铁桶，铁桶里装着满满一桶的冰块。

冰块被烈日照射着，向外冒出大股大股的冷气。

身穿黑衣的男人在旁边打坐，他身上烟雾缭绕，额头上满是汗水，整个人看起来就像是在蒸桑拿。

他的双手在空中一晃，十根手指迅速地结出数十个诡异的法印。

"嗖——"

白光炽烈。

青石地板上面，突然出现了一个深邃的黑洞。

那黑洞向外冒着阴森之气，让人看上一眼就觉得毛骨悚然，这黑洞就像是通向修罗地狱的死亡通道。

黑洞内先是短暂的安静，然后"沙沙沙"的摩擦声传了出来。

一只黑鸟从那黑洞里面飞了出来，朝着黑衣男人扑去。

更多的黑鸟飞了出来，朝着黑衣男人靠拢。

最后密密麻麻的黑鸟将那个黑衣男人给围住了，张嘴吞噬着他体内散发出来的光明之气。

"咔、咔、咔……"

无数只黑鸟的嘴巴不停地张张合合，这一幕看起来让人脊背生寒。

当黑鸟散尽，黑烟消失，黑衣男人的脸终于露了出来。

他把铁桶里面的冰块连带着冰水朝着自己的头浇下去，身上发出冷水倒在烧得通红的铁板上的响声。他的身体仿佛是一个燃烧着的火炉，而那些冰块和冰水像是全倒在了炉子里的火焰上，被蒸发了。

直到这个时候，黑衣男人乌鸦身上的光明之气才真正驱逐干净。

自古以来，光明和黑暗难以相融。乌鸦走的是阴暗邪恶的路子，他蓄养的那些鸟类是用一些污垢之物炼化而成的。崔家那小姐的护卫在他受伤之时使了一招"万家生佛"，这是正宗的佛门功夫，属于佛门里面的高级驱魔术。

光明之气入体，乌鸦带着重伤逃入这小巷里面，将一个寡居多年的老妇人杀死后，霸占了她的院子，潜伏下来，静心疗伤。

术业有专攻，一直以来，乌鸦都对自己的手段很有信心。

他是一个骄傲的人，是一个成功的杀手，原本以为这次的计划万无一失，可是，他最终失败了，这等于有人打了他一记耳光。

他可以想象得到，当自己失败的消息传入杀手公会那些嗜血好杀的家伙耳朵里面时，他们是如何嘲讽耻笑自己的。

"那些人不可原谅！"乌鸦拍出一掌，那个重逾千斤的石磨"啪"的一声断成了数块。

在疗养的空隙，乌鸦认真地回想了一番当时的情景。

他在发现崔小心走出校门的时候，就提前一步埋伏在了兽面亭里面。果然，他赌对了。崔小心确实和她的那个同学朝着兽面亭走来。

崔家护卫也正如他所想，并没有跟进来，而是守在兽面亭门前，一脸警惕地打量着进进出出的客人。

他看到崔家的护卫没有进来时，就知道自己这次的袭击有了百分之九十九的成功率。这事之所以还会有百分之一的可能失败，就是因为崔小心有可能会瞬间变身成星空修行者。

但是，这可能吗？

崔小心确实没能变身，她也确实不是星空修行者。

公主要保持优雅，是不能够随随便便变身的。但是乌鸦没想到的是她身边的那个废物变身了。

不然的话，为什么那个废物每一次都能够如此精准地接下他的樱花斩？为什么他都使出一气劈山这种大杀招了，却反而被那个废物给一拳轰飞了？

那不是变身是什么？所以，归根结底，这次导致他失败的罪魁祸首就是那个黑炭少年。

乌鸦在心里想：我要杀了他。

他用右手从自己的口袋里掏出一枚硬币，然后把那枚硬币放进了自己的左手。"这是酬金。"他对自己说道。

他不干不赚钱的买卖。

"扑棱、扑棱……"

一只黑鸟拍打着翅膀飞进了院子。

乌鸦伸手一招，那只黑鸟就落在了他的手心。他从黑鸟的腿上取下一个竹筒，然后从竹筒里面抽出一张字条。

字条不大，上面的内容很少。

乌鸦很快就看完了。

他捏着字条的两根手指头轻轻一搓，那字条就燃烧了起来。

"李牧羊，"乌鸦恶声恶气地念着这个名字，眼神凶狠，"你已经是一只待宰的羔羊了。"

"小鸟说早早早，你的肩上背的什么包？我去上学校，老师不知道……"李思念哼着歌曲推开院门，看到院子里面一片狼藉，吓了一跳，喊道，"李牧羊，李牧羊。"

李牧羊从屋里走了出来，问道："你怎么了？"

"院子里的桌子怎么了？"李思念指着少了好几个角的青金石桌问道，"好好的桌子怎么变成这样了？"

"我也不知道。"李牧羊走到外面，装模作样地打量了一番后，说道，"桌子怎么会变成这样？难道桌子被雷劈了？"

"这怎么可能？"李思念没好气地说道，"好好的桌子怎么会被雷劈呢？"

"好好的人都能够被雷劈了，更别说这只是一张桌子了。"李牧羊反驳道。

李思念眼睛瞪圆，盯着李牧羊看了一阵子后，说道："你当真不知道？"

李牧羊笑了起来，说道："好吧好吧，我向你坦白，桌子是我用手掰坏的。我趴在桌子上写字，也不知道怎么回事……"

"你当我是白痴啊。"李思念打断了李牧羊的解释，"我宁愿相信桌子是被雷劈了。"

"……"

当然，李思念倒不会把一张桌子放在眼里，她扫量了四周一眼，问道："小心姐姐今天没有来？"

"她没来。"李牧羊笑着说道，并不愿意把燕相马来过的事情说给妹妹听，不然的话，只会让这个小丫头担忧。

她已经高二了，现在学习也非常紧张。虽然她成绩很好，可是李牧羊也不想让她背负她这个年龄不应该背负的东西。"小心昨天就说了她今天不会来，要和家里的长辈去寺里烧香。"

李思念漆黑的眼珠转了转，说道："我也应该去给你许一个愿。"

"我不信那个。"李牧羊拒绝，"要是烧香拜佛就能够考上大学，那以后还会有落榜的人吗？"

"我又不是求这个。"李思念翻了一个白眼，说道，"无论如何你都是考不上的，这种事情就是佛祖也帮不了你。"

"那你要求什么？"

李思念鄙视地看了李牧羊一眼，说道："我求小心姐姐也考不上啊。这样你们俩双双落榜，同病相怜，然后一起复读。到时候我们三个同在一校，同处一班，悬梁刺股，全力以赴，一年以后咱们三人同时金榜题名，携手迈进西风大学，成为江南城的一桩美谈。你说这样好不好？"

李牧羊走过去掐了掐李思念粉嫩的脸，满脸担忧地看着她，说道："李思念，你没病吧？"

"你才有病呢！"李思念打掉哥哥的手，说道，"我今天认真地想过了，除非你能够考上西风大学或者小心姐姐落榜跟着你一起复读，否则，你们俩绝无在一起的可能。"

"那样我们就能在一起了？"

"不能。"李思念摇头。

李思念说道："不过，你至少有了一个和人竞争的机会，对不对？"

"……"

虽然李思念这话让人有点难受，但是李牧羊知道李思念只是说出了一个事实。倘若这次考试他不能发挥超常，那么以后他将要和崔小心分隔两地，连和人竞争的机会都没有。

"我也不一定非要追求崔小心啊。"李牧羊嘴硬地说道，"反正我还年轻，以后的事情谁也说不准，说不定我能够找到更好的呢！"

"哥。"

"什么？"

"你长得丑。"

"我知道。你要不要说得这么直白啊？"

"可是不是每个女孩子都像小心姐姐那么瞎啊。"

"……"

崔小心放下筷子，用餐巾擦拭嘴巴，然后说道："姑姑、姑父、表哥，你们慢吃，我出去了。"

燕伯来放下手里的报纸，看着崔小心问道："小心这么快就吃饱了？快要文试了，你可要注意饮食。"

"我已经吃好了，谢谢姑父关心。"崔小心躬身道谢。

"小心，你这是要去哪里啊？"崔新瓷开口问道，"你又去帮你的那位同学补习功课吗？快要考试了，你不能只顾着帮别人啊，万一影响你自己的成绩就不好了。虽然咱们家不需要你为了一个好成绩日夜攻读，可是，若是你没考好，外面的人难免会说三道四。你也知道，等你回到天都，会有多少双眼睛盯着你。"

"姑姑，你放心吧，我都已经准备好了，"崔小心的表情温柔而坚定，她看着崔新瓷说道，"无论是考试还是回天都。"

燕相马笑呵呵地说道："你们就别瞎操心了，你们还不相信我们家小心吗？小心、小心，她比谁都要小心谨慎呢。"

等到崔小心离开，燕伯来就目光犀利地看向了燕相马，问道："哪个同学那么有福气，能够让小心亲自帮忙补习？"

燕伯来浓眉大眼，脸瘦长，不怒便有几分威严。当他用那种冷厉的眼神注视着你时，你若是扛不住，就有一种呼吸急促、胸口压着千斤巨石的感觉。

即便是他的儿子，也难以承受他这样的雷霆之怒。

燕相马低头把玩着手里的汤勺，避开父亲审视的眼神，说道："就是上次小心在兽面亭遇袭时舍身相救的那位，给他治病的大夫还是我们家帮他安排的。我找人查过，他叫李牧羊，是小心的同班同学。小心心善，觉得自己对他有所亏欠，所以就想帮他补习一下功课。"

"英雄救美？"燕伯来的脸色更加阴沉了，他说道："你查清楚李牧羊的来历了没有？"

"李牧羊家世清白。他们一家已经在江南城住了十几年，不可能是哪一家安排好的探子。十几年前小心还没到江南城呢，甚至崔家都没有要把她送到江南城的打算。"燕相马说道。

"我们不可大意。"燕伯来的眼神柔和了许多，他看着燕相马说道，"崔家有女初长成，难免会有一些别有用心之徒刻意接近小心。到时候我们若是处理不好，这无疑又是一件天大的祸事。天都近来不太平，崔家有心和宋家结盟，小心和宋家那个有'宋家美玉'之称的宋停云青梅竹马一起长大，所以，两家都有意把他们俩给凑成一对。这次小心回天都，此事怕是就要提上日程了。这个时候，万万不可生出其他事端。"

"小心要和宋停云订婚？"崔新瓷一脸惊诧，说道，"这么大的事情我怎么没有得到一点儿消息？"

"这事还处于密商之中，到底能不能谈成，还要看两家老爷子点不点头。宋家那位曾叱咤风云的老太爷年岁过百，最近旧疾发作，身体状况据说极差，他能不能熬过今年的冬天，还是一个未知数。在这样的情况下，宋家也需要一个强援来帮他们渡过老太爷离世带来的危机。因此宋家那边怕是更加看重这门婚事。"

"宋停云有'宋家美玉'之称，容貌气质都让人无可挑剔，而且又是年轻一辈中最早进入闲云境的高手，是帝国最为看重的年轻人之一。小心要是当真和他结为连理，倒也不算委屈。"崔新瓷一脸笑意地说道，她为自己的侄女能找到好归宿而感到高兴，"不过，这样的事情崔家不是应当和小心商量一番吗？小心外柔内刚，性子倔强，她要是心中有喜欢的人，怕是哥哥嫂子他们也勉强不得。"

燕伯来看着爱妻，脸上露出难得的笑容，说道："那是你们崔家的事情，我一个外人可做不了主。要不，你去问问？"

"你做不了主，我就能做得了主了？嫁出去的女儿泼出去的水，我这个崔家人在他们心目中的分量怕是还不如你这个外人重。毕竟，你是江南的一城之主，他们总要顾及你的颜面。"

燕伯来知道自己的妻子说话直率，他笑着摇了摇头，说道："小心的事情还需要妥善处理，就算是只有一点点火苗我们都要及时掐灭。不然等到星火燎原，我们就无计可施了。"

"父亲放心，我会处理好的。"燕相马恭敬地回答道。

燕伯来点了点头，说道："你们慢慢吃，我要去上班了。"说完，燕伯来推开木椅站了起来，朝着外面走去。

燕相马送父亲出门，他的母亲坐在厅堂里面泡茶。

崔新瓷看到燕相马回来，问道："相马，我和你说的事情你办好了没有？"

"妈，我正想要和你说这件事呢。"燕相马一脸苦笑，他说道，"那小子拒绝了。"

"他拒绝了？"崔新瓷大吃一惊，说道，"那盒珍珠价值连城，足够让他们锦衣玉食地度过一生。还有江南大学的录取通知书也可以给他，他一个家穷人丑的废物竟然仍不满足？他到底想要什么？"

"妈，他不是一个废物。"

"怎么？不是废物就可以狮子大开口吗？"崔新瓷非常生气，她以诚待人，开出来的条件很优厚，但是没想到遇到了一个敢来敲她竹杠的家伙。这不是厕所里点灯，找死吗？

燕相马撇了撇嘴，说道："妈，如果我说人家那是为了真爱，你相信吗？"

"真爱？"崔新瓷咀嚼着这个有些陌生的词语，从来没有人在她面前提起过"真爱"这样的字眼。

"真爱。"燕相马认真地点了点头，说道，"说真的，我都被他感动了。要不，咱们就把表妹许给他得了，我相信他会真心对表妹好的。"

"啪——"

崔新瓷一巴掌扇在儿子的脑袋上，生气地说道："现在都这个时候了，你还有闲情说笑？我让你出面解决，原本是想和那个孩子结一个善缘，毕竟是他救了我们家小心，我们崔家欠他一个人情，他要钱我们给钱，他要前程我们也可以许他一份前程。但是小心，那是万万不行的。"

"刚才你父亲的话你没有听见？他一个平常人家的孩子，能够和崔家争？能够和宋家争？那不是自寻死路？我们强行把他和小心凑在一起，不是在帮他，而是在害他。相马，你赶紧想办法把这件事情解决了，倘若等到你父亲亲自出手，那事情就严重了。"

"妈，"燕相马摸着被母亲拍了一巴掌的脑袋，疑惑地说道，"李牧羊就是一个穷酸小子而已，你用得着那么上心吗？"

"寻常人家的孩子也是孩子啊。"崔新瓷轻声叹息，"这个年龄段的孩子不知天高地厚，想要伸手摘月，可是这不是勇敢，是愚蠢。你去吧，处理的手段温和一些，我不希望他对我们有怨言，也不希望小心伤心难过。"

"妈，那个李牧羊……"燕相马一副欲言又止的模样。

"李牧羊怎么了？"

"他真黑。"

燕相马笑着说道："他和表妹在一起，就像煤球落在大雪里面。"

"啪——"

燕相马的脑袋上又挨了一巴掌。

李牧羊不知道自己成了燕家人早餐桌上的谈资，更不知道他甚至和天都的一场世族联姻扯上了关系。

他只是单纯地因为崔小心的到来而高兴，因为自己和崔小心一个简单的眼神对视而甜蜜不已。

这是他从来都没有过的感觉，是他在妹妹身上体会不到的心跳加速。

恋爱是糖，甜到忧伤。

李牧羊现在的心情就是既甜又忧伤。

崔小心过来的时候，李牧羊已经吃过了早餐，做完了两张卷子。

李牧羊看到崔小心过来，快步迎了过去，笑着说道："你吃过早饭了吗？要不要喝什么饮料？"

你看看，没有任何恋爱经验的男生思维就是这么跳跃。

"给我一杯茶水就好。"崔小心点头说道。

"你先坐。"李牧羊邀请崔小心坐下，然后自己跑进去倒茶。

崔小心指着他们俩学习用的青金石桌，问道："桌子怎么变成了这样？"

"哦，我爸昨天练功的时候不小心把桌子给推倒了，所以桌子就变成这样了。"李牧羊猜到崔小心可能会问桌子的事，所以提前就把答案准备好了。你看看，他现在是不是变得很聪明了？

"哦。"崔小心点了点头，说道，"李叔叔练剑吗？"

"你为什么这么问？"

"不然的话，这桌子的切口怎么会那么齐整？"

"……"

好在崔小心并不是一个八卦之人，并没有把心思过多地放在那张桌子上。

她将李牧羊今天早晨做过的两张卷子检查了一番，然后说道："只要是你能够答出来的试题，一般都是正确的。那么，我就讲解你没有答出来的试题吧。譬如这题，你觉得哪里还不明白？"

"这道题我完全不会，有一种无从下手的感觉。"

"这就是因为你上课没有好好听讲。这道题看起来让人毫无头绪，给出来的几个算法也没有任何的关联。但是，有一个解法可以帮忙，你只需要把那个解法应用进来，很容易就能得到答案。"

李牧羊觉得自己和崔小心在一起的时候，时间总是过得飞快。

等到天色变得有些昏暗，李牧羊的父母下班回家，李思念也背着书包放学归来，崔小心就和往常一样，起身告辞。

李牧羊挽留不住，起身相送。

"明天你还来吗？"李牧羊问道。

"还来。"崔小心轻拂额前的秀发，将耳朵露了出来，"一直到考试前夜，我都会来。"

"谢谢。"李牧羊感激地说道。他知道，燕相马既然找上门来了，那就证明崔小心在家里肯定也承受着压力。但是，她从来都没有向他提过一句，只是一如既往地过来给他补习。

她真是一个很容易让人心生爱慕的女孩子。

崔小心想了想，然后从怀里取出一个锦囊。

"这是送给你的。"崔小心笑着把锦囊递了过去。

"这是什么？"李牧羊问道。

"我求了两个。"崔小心的脸色绯红，在昏黄的月光的照耀下，她柔弱得就像是一株随风摇曳的山茶花，"据说，它们可以保佑我们考出好成绩。"

第10章
大爱难言

除了李思念的礼物之外,这是李牧羊第一次收到异性送的礼物。

锦囊散发出淡淡的香味,不知道是因为里面塞了什么香料,还是因为沾染上了崔小心的体香。李牧羊把它放在鼻子前贪婪地闻着,就像是得到了什么价值连城的奇珍异宝。

"李牧羊,你知不知道你现在很像一个花痴?"李思念撇了撇嘴,一脸不屑地说道。

"为花而痴又不是什么丢脸的事情。"李牧羊笑了起来,"以前还总有人骂我是白痴呢,花痴比白痴是不是要好很多?"

"哥哥,我亲爱的哥哥,你有没有一点儿骨气啊?"李思念气愤地在床上翻滚着,说道,"小心姐姐不就是送了一个锦囊吗?你用得着激动成这样吗?你去我的房间看看,看我的柜子里收藏了多少礼物。我要是像你这样,那还不得乐晕过去了?"

李思念漂亮又聪明,为人又特别讲义气,是年级里面的大姐头。不管是男生还是女生,都喜欢和她打成一片,她无论走到哪里,都是前呼后拥。每次她过生日就像是举办一个盛大的节日,她收到的礼物多得需要用马车拉回来。

所以,那个时候李牧羊就是一个尽职的搬运工,就像是一只勤劳的蚂蚁,把那些礼物一点一点地搬到李思念的房间。

李思念的房间比李牧羊的房间大上许多,父母的解释就是女孩子的衣服多,需要用一个房间来装。其实李牧羊心里清楚,真相是李思念的礼物太多,需要用一个房间来装。

"我就是因为很少收到礼物,所以才这么高兴。"李牧羊乐呵呵地笑着,李思念的打击并不能影响他的好心情,"思念,你的经验比较丰富,你和我说说,在什么样的情况下,你才会送一个男生礼物?"

李思念从床上爬了起来,一把扯住李牧羊的领口把他拉到床边,笑容甜美地看着他,说道:"李牧羊,你刚才说什么?我没有听清楚。"

"我说你的经验比较丰富,在什么样的情况下……"李牧羊说着说着就说不下去了,他这才发现自己犯下了一个严重的错误。

"你说啊,怎么不说下去了?"

"哈哈哈,你明白我不是那个意思。"

"哈哈哈,可是我听得很清楚,你就是那个意思。"

"好妹妹,我是诚心向你请教。"

李思念脸上的笑容消失了,她凶恶地盯着李牧羊,说道:"我是你妹妹,这种事情不应该是你更有经验吗?你凭什么要向我请教啊?"

"我……"李牧羊都快哭了,急忙解释道,"我就是觉得你聪明,没有什么问题是你解决不了的。"

"你的感觉是正确的。"李思念点头说道。

"啊?"

"啊什么啊,你问啊!"李思念松开李牧羊的衣领,用力地帮他把弄皱的领口抚平。

"我是说,你在什么样的情况下才会送别的男生礼物?"

"在过节的时候,在他过生日的时候,在他取得一些成绩的时候,在他伤心难过被人欺负的时候,在我出门游玩很想念他的时候,在我觉得他丑得很可爱的时候,在我觉得那件礼物丑得很可爱我想买给他的时候,"李思念笑嘻嘻地看着李牧羊,说道,"我都会送他礼物。"

"那你喜欢他吗?"李牧羊着急地追问道。

李思念的回答并没有说到关键点上啊。今天不是什么节日,也不是他的生日,他没有伤心难过没有被人欺负。那么,崔小心送他礼物就只有两种可能了:其一,为了庆祝他的成绩快速提高;其二,因为觉得他丑得很可爱。

这两种答案都让他的心里空落落的。

"我喜欢啊。"李思念给出了一个无比坚定的答案。

"你说的是真的吗？"李牧羊再一次亢奋起来，说道，"你是因为喜欢他所以才送他礼物的，对不对？"

"对。"李思念连连点头，齐额刘海左右摇摆，实在是可爱极了。

"我就知道。"李牧羊高兴地握住李思念的手，说道，"我就知道。小心其实也是对我有一些好感的，不然的话她怎么会送我锦囊呢？我听说这种东西是不可以随便送人的呢。"

"是呀是呀。"李思念顺着他的话说道，"如果不喜欢，女生才不会给男生送礼物呢。"

李牧羊突然想起了什么，目光灼灼地盯着李思念，说道："思念，你喜欢的那个男生是谁？你不会是早恋了吧？"

"我早恋了吗？"李思念甜美地笑着，说道，"你猜呀。"

"他的名字叫什么？我认不认识？"

"你当然认识了。"李思念拉着李牧羊的手，说道，"我说的就是你啊，我的笨哥哥。"

"……"

崔小心每天都来给李牧羊补课，风雨无阻。李牧羊也每天都满心期待地等着，他喜欢和崔小心在一起的时光。

崔小心和李思念的关系越来越好，在李牧羊答题的时候她们俩还会到李思念的房间里"叽叽喳喳"地说上小半天的话。当然，主要是李思念在说，崔小心在听。崔小心的话并不多。

李牧羊的母亲罗琦越发地喜欢崔小心，每天都提前下班，把崔小心喜欢吃的糕点成盒成盒地带回来，一次又一次地请崔小心留下来吃饭，甚至恨不得崔小心在这里住下来，虽然一次又一次地被拒绝，但是这一盆又一盆的冷水也没能够泼灭罗琦的热情。

在崔小心的帮助下，李牧羊把这些年没学过的知识系统地学习了一遍。他虽然知道这样囫囵吞枣不好，却也无可奈何。他做完崔小心布置的最后一张试卷时，时间已经走到了文试前一天。

崔小心兑现了自己的诺言，帮李牧羊补习补到了文试前夕。

明天，李牧羊将和千千万万个考生一起，以笔为弓，以知识为箭，奋力朝自己心目中的名校射击。

射中者，金榜题名，准备迎接鲜花和掌声。

射偏者，失去接着比赛的资格，甚至失去未来。

千军万马中，谁是英雄？

崔小心再次拒绝了罗琦的晚饭邀请告辞离开，李牧羊不用母亲提醒就机灵地跟在崔小心身后送她。

"李牧羊。"崔小心在门前的烟笋树下站定，看着李牧羊说道，"我尽力了，你也尽力了。我不知道你最后能够做到什么程度，但是我有预感，你一定会让所有人都大吃一惊。那些欺负过你、嘲笑过你、怀疑或者贬低过你的人，一定会为自己以前的自大和狭隘而感到后悔。"

"我不是为了他们才那么努力的。"李牧羊看着崔小心，笑着说道，"我是为了你。"

"李牧羊。"崔小心薄唇微动，却不知道自己应该要和他解释些什么。她要说什么呢？说我们不是一个世界的人？说我们很可能就要分隔两地再难相见？说我们没有任何的可能？

"我们约定好了，要在西风大学的落雁湖湖畔一起看落日，对不对？"

崔小心的眸子亮了起来，嘴角微微地扬起，她说道："是呢。所以，李牧羊同学，请努力吧。"

崔小心对李牧羊挥了挥手，然后迈着轻快的步伐朝前面走去。

"我这样说，你才会轻松一些吧？"李牧羊看着她远去的背影喃喃说道，他的身影在月光下看起来有些孤单。

李牧羊回到家里的时候，罗琦已经把晚饭准备好了。

"牧羊，小心回去了？"罗琦端着汤从厨房里出来，笑着问道。

"嗯,她回去了。"李牧羊回答道。

"你把书本收拾一下,然后洗手准备吃饭。"罗琦笑着说道,"对了,把楼上那个懒虫也喊下来,我让她帮忙洗菜,她却吵着要上楼写作业。"

"好。"李牧羊笑着说道。李思念各方面都很优秀,但是和那些同龄的小女生一样不喜欢做家务。母亲一让她洗菜洗碗,她就找各种理由推托。

李牧羊上楼的时候,罗琦突然喊道:"牧羊。"

"妈,你还有什么事吗?"李牧羊转身,看着罗琦问道。

"你是要报考西风大学,对吗?"罗琦问道。她的脸上带着笑意,但是眼神里有一种让李牧羊感到非常陌生的东西。

"是的。"李牧羊点头,"妈,你也觉得我没有任何希望,是吗?"

"当然不是。"罗琦坚定地说道,"我的儿子有多努力,妈妈都看在眼里,你怎么会没有一点儿希望呢?你想去西风大学,那就去西风大学吧。妈妈一定支持你。"

李牧羊笑了起来,说道:"妈,谢谢你。"

"傻孩子,你跟妈说什么谢谢。"

"那我去叫思念吃饭。"李牧羊笑着说道。

等到李牧羊转身离开,罗琦脸上的笑容才渐渐变得凝固,她的脸色惨白,眼神却是异常坚定。

天边才露出一抹鱼肚白,几点星光还固执地停留在原地不肯离开。

清风吹拂,晨露在草丛上滚来滚去,万物生长。整个世界都像是在讨好刚刚起床的李牧羊。

李牧羊站在窗前舒展了一下筋骨,然后学着《破气术》上小人的样子在房间里疾走起来。他发现,只有身体好,学习成绩才能提高,如果像之前那般整天昏昏沉沉的,那么他除了睡觉,根本就做不了任何事情。

书上说:身体是革命的本钱。

李牧羊等到走得全身大汗淋漓后,才走进沐浴间洗了一个澡,换了一身母亲给他准备好的新衣服。他对着镜子照了照，发现自己竟然比以前白了许多。以前他的皮肤漆黑如墨，现在他的皮肤变成了古铜色，散发出金属的光泽。

"这不是帝国偶像吗？"李牧羊对着镜子说道。

他眨了眨眼睛，然后咧开嘴巴笑了起来，但是，他的笑容很快就消失了，他鄙夷地骂道："你真不要脸。"

时间尚早，李牧羊并没有摊开书本巩固复习的打算。他把笔盒打开检查一番，将书包收拾妥当后，便坐在书桌前看着院子里的花草盆栽，看着天上的星辰，看着翻滚着的黑云和仿佛要遮天蔽日的白云。

他看到鱼肚白渐渐变黄，然后一轮羞涩的红日缓缓地从东方的天际升起。

要是在一个月以前，李牧羊是完全不用担心这些的。考试不考试的，和他有什么关系？他会和往常一样睡觉睡到自然醒，然后抓着两个馒头去考场上坐几个小时或者再睡上一觉。别人交卷他也交卷，别人回家他也回家。没有希望，所以他也不会有任何的期待。

这才一个月的时间，他就改变了想法，要为文试而战了。他将要和那些苦读多年的学子厮杀、搏斗，争夺那珍贵的读大学的机会。

当回首完往事时，他都有些不敢认现在的自己了。

鸡鸣狗吠之声响起时，院子里才开始热闹起来。母亲起床洗漱，父亲起床练功。李思念竟然也起来了，正站在窗台前抑扬顿挫地读着古诗词。

"李牧羊。"李思念站在自己的房间喊道。

"思念，别喊你哥，让他多睡一会儿。"罗琦压低嗓音说道。

"妈，我已经起来了。"李牧羊将脑袋探出窗口，笑着说道，"我起床有一阵子了。"

"妈，我就知道哥哥起床了。今天就要考试，他才睡不踏实呢。"李思念一脸得意地说道，"李牧羊，你准备好了没有？"

"应该准备的我都已经准备好了。"

李牧羊笑着说道："接下来我就听天由命了。"

"嘻嘻，你一定可以考好的。"

"为什么？"

"因为我昨天晚上睡觉前为你许愿了啊。"李思念一副得意扬扬的模样，"我许的愿可灵了。我说让你站起来你就站起来了，我说让你变聪明你就变聪明了，我说让你不要长得比我好看你就长成了一个黑炭。"

"……"李牧羊经常怀疑这个妹妹是家里捡来的，跟自己毫无血缘关系，不然的话，她怎么总是这么往死里打击他？

"咦，哥哥？"李思念突然惊呼出声。

"怎么了？你怎么这么看着我？"李牧羊疑惑地问道。

"哥，你怎么变白了？"李思念站在那个位置正好能够看到沐浴在日光里的李牧羊。他的睫毛长长的，五官端正，轮廓分明，皮肤细腻如瓷器，脊背挺得笔直，笑容温和而自信。

他不再胆怯，不再畏缩，看起来没有之前那般干瘦，就像一阵风就能够把他吹跑的样子。此时，他被一层柔和的光芒包裹着，就像是从万道霞光里走出来的谪仙。

"你真的变白了。"李思念高兴得手舞足蹈，说道，"不信你让爸妈看看，你没有偷擦我的百花粉吧？"

"……"

罗琦做好了早餐，为了给儿子的考试讨一个好彩头，她特意给李牧羊煮了两个鸡蛋，炸了一根油条。

李思念看了一眼李牧羊碗里的鸡蛋和油条，狡黠地对母亲说道："妈，你准备两个鸡蛋、一根油条是希望哥哥考一百分吗？"

"是啊。"罗琦笑着点头，"你也有份。"

"可是哥哥今天要考三门。"李思念一副很是为难的模样，说道，"难道你希望他三门功课加起来才考一百分？所以啊，你得给他准备六个鸡蛋、三根油条才行，这样他才能够每门都考到一百分。"

"啊？鸡蛋、油条要这么多？"罗琦有些为难，"那我再去准备准备。"

李牧羊嘴里塞满了鸡蛋，腮帮高高地鼓起。他听到李思念的话，脸都变青了，一把抓住母亲的手臂，说道："妈，你可不能听思念胡说。你要是给我准备六个鸡蛋、三根油条，我也不用去考试了，直接撑死在家里了。"

罗琦在李思念的手上打了一筷子，生气地说道："你这丫头，就知道欺负你哥哥。"

"我开一个玩笑嘛。"李思念对着李牧羊吐了吐舌头，说道，"我只是活跃一下气氛，避免哥哥紧张。"

"你一说话我就紧张。"李牧羊好不容易把鸡蛋咽了下去，没好气地说道，"你还是别说话了，否则会活活把人给吓死。"

"小气鬼。"李思念嘀咕道。

李牧羊吃过早餐，向父母告别后，便提着书包准备赶往考场。李岩要送他过去，被他给拒绝了。他之前就已经去考场认过路了，没必要再让大人送。

李牧羊神清气爽，脚步轻盈，丝毫感觉不到大考来临前的紧张。

"可能是因为我准备得太充分了吧。"李牧羊这样对自己说道。

这么一想，他就觉得人人畏惧的文试也不过如此。

他提着书包刚刚走到院子里，一个身穿黑袍的男人就从天而降。

"看来我来得正是时候。"黑袍男人阴沉地笑着，眼睛死死地盯着李牧羊。

茶楼。

公子哥燕相马正坐在二楼靠窗的位置喝茶，茶是好茶，是江南城最负盛名的狮峰龙井。一个身穿青色绣花旗袍的歌女在他旁边弹着琵琶唱着小曲，咿咿呀呀的吴侬软语让他的心啊肝啊的都要化掉了。

他喜欢这样的调调，这才是一个有学问有品位的纨绔子弟应有的风范。

那些整天无所事事，带着一群狗奴才跑到街上闹事的家伙只能算是流氓，他虽然也有过做这样的臭流氓的想法，可是因为担心被父亲打断腿便也只是想想罢了。就算父亲不打，母亲也会打的。

"少爷，我们已经打听清楚了，这就是那个李牧羊参加文试的必经之路。少爷坐在这个位置上只需要时不时地往外面瞟上一眼，那他有没有过来，少爷一目了然。"一个穿着一件黑褂的中年男人躬着背站在燕相马的旁边，一副阿谀奉承的模样。

"少爷就是少爷，生下来就是为了享受的。我眼里有美人，耳朵里有好曲，手里有美食、香茶，已经忙不过来，你这狗东西却还让我时不时地朝外面瞟上一眼，让我分心。我要是一心二用，这美人还是美人吗？这好曲还是好曲吗？这美食、香茶还是原来的味道吗？庸俗！"

"是是是，小的错了。"中年男人赶紧道歉，"少爷尽管赏美人听好曲，其他事情就交给我们。我陪少爷在楼上看着，再让兄弟们在下面守着，只要那个李牧羊走过来，我就让兄弟们冲上去给他一闷棍，把他装进麻袋抬走。"

"算你伶俐。"燕相马闭着眼睛，手指头轻轻地打着节拍，"虽然那小子就算参加考试也考不上西风大学，但是我也不能什么都不做，凡事不怕一万就怕万一。万一他考上了呢？我把人给敲晕了，让他没法参加考试，这样他就去不了西风大学，去不了天都，那时候我给他一份江南大学的录取通知书，你说他要还是不要？"

"要，他当然要了。"中年男人呵呵地笑，说道，"江南大学可是名校，我当年考了三次都没有考上。"

燕相马脸色大变，说道："你就算考三十次也考不上。江南大学那样的名校，也是你这种白痴能够进的？"

中年男人想起这小主子的教育背景，赶紧改口说道："对对对，别说是考三十次，就是考三百次我也考不上，我报考江南大学，那就是自取其辱，根本就不可能得到结果。"

"嗯，闭嘴！"燕相马摆了摆手，说道，"别破坏情调。"

"是是是。"

"我让你闭嘴。"

"是。"中年男人捂着嘴巴不敢再说一个字。

一个小时过去了，燕相马抬头看了看外面的天色，疑惑地问道："那小子怎么还没来？"

"少爷，我能说话了吗？"中年男人小心翼翼地问道。

燕相马简直被气坏了，指着这个狗腿子破口大骂，说道："难道你现在是在出恭吗？"

燕相马是一个完美主义者。

他长相俊美，出身高贵，性格、学识、人品、功夫无一不是拔尖的。那些说他不完美的都被他装进麻袋丢进野兽林里喂野猪了。

可是，他就想不明白了，自己怎么就找了这样的狗奴才来替自己办事呢？

奴才只有这样的智商，主子的脸上能有光吗？

有人不是说过那样的话吗？物以类聚人以群分。别人要是以为主子和奴才一样的智商，燕相马还有脸面出去见人吗？

"李大路，我和你说过多少次了？"燕相马越想越觉得这个问题严重，准备和这个心腹打手好好地谈一谈。

"少爷，你和我说过什么了？"

"我说让你出门办事的时候眼睛放亮一些。"

"少爷，我的眼睛已经放亮了。"李大路使出吃奶的力气瞪大眼睛，说道，"少爷，你看！"

唱小曲的歌女扑哧一笑，被这对主仆给逗乐了，连曲子也唱不下去，赶紧鞠躬道歉，说道："先生，对不起对不起，我不是故意的，就是一下子没忍住。"

"行了行了，你下去吧。"燕相马没有听曲的心情了。

他把手里的绿豆糕丢进盘子里，用丝帕擦了擦手，然后拾起桌子上的打龙脊就朝李大路的脑袋上抽过去，出声骂道："你这个白痴，谁要看你瞪眼睛了？我们办正事呢，你给我严肃点儿行不行？"

"是是是，少爷，你别打了，你再打我更傻了。"李大路抱头鼠窜。

燕相马这才停下来，看着窗外的街道说道："你不是说李牧羊一定会从这条路经过吗？他怎么直到现在还没有出现？他再不来的话，怕是开考时间就要到了，考院也要关门了。"

"是啊，我心里也纳闷呢。"李大路一脸赞同地说道。

燕相马又发飙了，喝道："本少爷提出问题，你这狗奴才就得想办法解决问题！你这是等着我给你分析出答案呢？"

"小的不敢。"李大路连忙道歉，说道，"要不，我找人去李牧羊家里看看？少爷也知道，那小子平时就不学好，每天上课都会迟到，今天说不准又睡过头了，也有可能是吃错东西拉肚子了。"

燕相马手摇着折扇想了又想，说道："我们是应该去他家里提个醒。"

"提醒？"李大路有些不明白了，说道，"少爷，我们绑那小子不就是想让他参加不了考试吗？"

"是啊。"燕相马点头说道。

"既然他自己那边出了问题，那我们不是不用动手了吗？"

燕相马再次想了想，又是一扇子打在李大路的脑袋上，骂道："这么简单的事情还用你说？"

"少爷，"李大路被打怕了，站得远远的，小声问道，"那我们到底还绑不绑了？"

"绑！"燕相马大声说道，"不绑的话，那我们不是白白准备一早上了？"

"少爷说得是。"李大路说道，"我带兄弟们过去把他们家给包围了。"

"去吧。"燕相马摆了摆手，说道，"你们斯文一点儿，要有格调。"

"少爷，绑架也要有格调？"

"废话！你有没有看过《楚留香传奇》？楚留香虽然是一个小盗，但是做事讲究。你看看人家是怎么偷东西的，人家在作案之前先给主人留一张字条：闻君有白玉美人，妙手雕成，极尽妍态，不胜心向往之。今夜子正，当踏月来取，君素雅达，必不致令我徒劳往返也。小偷做到这种境界，真是死而无憾。若是能见识一下他的风采，我就是东西被偷了都心甘情愿。"

"少爷，我们也要写一张字条送过去？"

燕相马又想抽李大路的脑袋了，但是李大路跑得太远，他抽不着。

"你这个白痴，你送字条过去，说'我要绑你们的儿子了，你们把儿子准备好'，是想等着人家报官包你饺子啊？"

"……"

来人黑衣黑帽，整个人都被黑袍包裹着。他身上还向外冒着一股子黑气，看起来就像是一个移动的大烟囱。

李牧羊不知道这个男人的名字，但是认识这个男人的脸。

在兽面亭时，就是这个家伙假扮服务生对崔小心行凶。

上一次他被赶跑了，李牧羊没想到这一次他把自己选作了他的目标。

李牧羊紧张至极，眼睛一眨不眨地盯着他。

"牧羊，这是谁啊？"罗琦出声问道。

罗琦还以为来人是李牧羊的朋友，但是瞬间想到李牧羊根本就没有朋友。于是罗琦像是护崽的母鸡一样冲了过来，用自己的身体挡住李牧羊，大声喝道："你是谁？想干什么？"

李岩在厨房里面洗碗，听到外面的动静，就从厨房的窗户跳了出来。他顺手在墙角抽出了自己平时练功用的长枪，走过去把老婆和儿子挡在后面。

"阁下何人？来我家有何贵干？"李岩沉声问道，"我们是普通人家，和你无冤无仇，我想阁下是找错人了吧。"

"我没有找错人。"乌鸦面无表情地盯着李牧羊，冷冷地说道，"有人出钱要我杀了他。"

"谁？"李牧羊惊诧不已，急忙解释道，"我就是一个手无缚鸡之力的学生，怎么会有人出钱请你来杀我呢？"

"我。"乌鸦说道，"我给了自己一枚硬币，让我自己把你杀掉。"

李牧羊觉得外面的人实在太无耻了，连这样的事情也干得出来。他心想：要是按照你这种说法，我也可以每天给自己一枚硬币，然后让自己称赞自己是一个英俊少年？这样，意义何在？廉耻何在？

"恐怕要让你失望了。"李岩暗中蓄气，他手里的长枪嗡嗡作响，就像是活过来了一般，抖个不停。

"天王枪？你是天都陆家的人？"

"我不是陆家的人。"李岩否认道,"我只是这个孩子的父亲。你想要动他,就先从我的尸体上踩过去吧。"

"哥。"李思念背着书包下楼,看到院子里的这一幕被吓坏了,急忙喊道,"哥哥,你没事吧?"

她用自己的身体挡住李牧羊,凶狠地盯着杀手乌鸦,说道:"你是什么人?我告诉你,我已经报官了,你赶紧离开!"

"现在你们一家人算是到齐了吧?"乌鸦看着李牧羊一家人,开口问道。

然后,他又摇了摇头,说道:"可惜,其他人的命没有人买,不然我就可以全部杀了。"

李牧羊眼里红光闪烁,声音冷酷地说道:"你最好立刻离开,上一次我可以阻挡你,这一次我仍然可以阻挡你。"

"那可不行。我耗费那么多精力把你找出来,又特意在你文试之前给你送来这份惊喜,怎么能够在这个时候离开呢?"乌鸦摇头拒绝。

"我同学很快就会过来接我一起去学校。你如果不走,就会像上次一样被人重伤,他们可一直在找你。"李牧羊虽然不清楚更多的内幕,但是想来崔小心遇袭事件一定刺激了不少人的敏感神经,那些人定然不会放任这样一个杀手在江南城继续作恶。

乌鸦微微一愣,看来李牧羊的话戳中了他的敏感点。他确实顾忌那帝国明月身边的护卫,那个宁心海实力深不可测,他还真没有信心从宁心海手中逃走。

倘若李牧羊的同学当真如李牧羊所说,正在来这里的路上,那么留给他的时间确实不多了。

乌鸦咧嘴笑了笑,说道:"既然这样,那我们就抓紧时间吧。你放心,我的动作很快,不会耽搁你们太多的时间。"

说完,他突然从原地消失,一团黑雾朝着李牧羊扑了过来。

这时,李思念动了。

谁也没有想到,最先反击的竟然是看起来娇滴滴的李思念。

她把背上的书包甩向那团黑雾,然后轰出一拳。

"啪、啪、啪……"

无数拳影出现在空中。后面的拳影推动着前面的拳影，然后那一长排拳影连接在一起，化作一股汹涌无比的力量朝着黑雾轰去。

破拳，破气术的第一招。

以拳之力引自然之力，拳影相叠，以力破力。

"砰——"

黑雾被击散，变成一朵朵细小的黑云向四周飞散。

乌鸦倒飞回原地，满脸惊骇地看着气喘吁吁、胸脯起伏不定的李思念。

"这是破拳？你竟然会破气术？"乌鸦声音嘶哑，眼睛死死地盯着李思念，说道，"紫阳真人是你什么人？"

"那是我师父。"李思念声音清脆地答道。她想既然这个坏蛋知道自己的师父，那就证明自己的师父是一个很厉害的人物。如果她能够用师父的名头把他给吓跑就再好不过了。

"原来你是紫阳真人的徒弟，今天我还真是失礼了。"乌鸦冷冷地说道，"不过，你只学到这么一点儿皮毛，怕是没办法阻止我吧。小姑娘，我劝你让开，不然的话，紫阳真人就要痛失爱徒了。"

"你休想伤我哥哥。"李思念寸步不让，态度坚决地说道，"你敢杀他，我就要杀你。"

"小姑娘，你杀过人吗？"乌鸦大笑，"杀人是一门艺术，不是张嘴说说就可以做到的。你有没有感觉到，你的声音都在发颤？"

"凡事总会有第一次。"李思念说道，"杀他对你来说没有任何意义，但是你死了很多人会拍手称快。你想被那些人嘲笑吗？"

"你在威胁我？"

"我们可以做一个交易。"

第11章
食尸血鸦

庭院深深，李岩、罗琦刚来到江南城时买下的这座院子位置有些偏僻，隐蔽性极好，它的高墙现在成了隔离内外的天然屏障。

对很多人来说，这仍然是一个安静平和的清晨，但是对李家的人来说，这个早晨无疑是一场噩梦。

被杀手袭击，是他们之前从来都没有想过的事情。

谁能够想到，原本一无是处的少年竟然招惹了乌鸦这种级别的杀手。

更让人惊讶的是，乌鸦竟然用一枚硬币向自己买了李牧羊的命，这么荒诞的事大概只有乌鸦这种人才做得出来。

李牧羊遇到危险的时候，李思念总是会第一时间冲到李牧羊的前面。

在李思念的心里，李牧羊是单薄虚弱的，和小时候一样需要她照顾和保护。

"你要和我谈一个交易？"乌鸦看着对面故作镇定的小女孩，有一种极其荒谬的感觉，"小姑娘，你知不知道你在做什么？你想和一个杀手谈交易？杀手如果也能够随便和人谈交易，那还称得上是杀手吗？"

"我给你《破气术》。"李思念声音清脆地说道。

刚才她使出那一拳的时候，乌鸦露出了很震惊的表情。

她记得乌鸦的表情，所以她断定，师父教她的这套功夫很可能大有来头。

李思念是一个聪明人，而且遇事还相当冷静。别的小女孩要是遇见这样的事情，早就躲在父母的身后哭喊个不停，甚至直接瘫倒在地了。

李思念却代替父母和哥哥，与一个杀手做交易。

"思念！"李岩急忙喊道。他知道那个黄袍道士对李思念有多么宠爱，也知道那个黄袍道士在临走时确实将一本泛黄的古书送给了李思念，并且再三嘱咐，让她好好保管切莫丢失或者让外人知晓。

现在女儿却要拿它去做交易，那不是辜负了黄袍道士的一番心意吗？

可是，李岩无论如何都说不出阻止的话，女儿是要用这本秘籍去交换自己儿子的命啊！

李思念眼睛一眨不眨地盯着乌鸦，同时对自己的父亲解释道："父亲，我谨记师父的教诲，但哥哥的命更加重要，我顾不得那么多了，以后我自然会向师父解释。即使被师父责罚，我也绝不后悔今日所为。"

李思念见乌鸦沉默不语、不为所动，还想再努力一下，她说道："你要杀的人是我哥哥，但是你看看，他体弱多病，皮肤漆黑，刚刚出生就被雷电劈了，直到现在大脑还昏昏沉沉，什么事情都做不了。这样一个其貌不扬的废物当真值得你亲自动手吗？如果此事被你的同行知道了，你岂不是白白惹人笑话？"

"不管是富豪还是乞丐，不管是妇人还是儿童，只要有人愿意出钱，我们都杀。至于他是不是废物，"乌鸦瞥了李牧羊一眼，嘴角浮现出一抹冷笑，说道，"小姑娘，恐怕你到现在都还不知道你保护的到底是一个什么样的怪物吧。"

李思念当然不知道李牧羊到底是一个什么样的怪物，她只知道李牧羊是一个没有自保能力的体弱学生。

"根本就没有人要来买我哥哥的命，对不对？"

"他坏了我的好事，我必须要杀他。"

"你放过我哥，我给你《破气术》。至于你给自己一枚硬币的事情，不会有任何人知道。"

乌鸦确实对《破气术》很动心，《破气术》是道家秘籍，是级别极高的法宝。除了道尊和云游在外的七大真人，其他人根本没有资格随手送出这种东西。

紫阳真人就是有这资格的七大真人之一，多年以前乌鸦就听说紫阳真人的实力达到了枯荣境。一念生，一念死。乌鸦不敢招惹紫阳真人，但是欺负紫阳真人一个徒弟的胆子还是有的。

更何况，他是要杀李牧羊，又不是要欺负紫阳真人的徒弟李思念。

"杀了你之后，我照样能够得到《破气术》。"乌鸦冷笑出声。

"杀了我，你什么也得不到。"李思念说道，"破气术的修炼方法在我的脑海里。"

"你在耍我？"乌鸦的脸色变得十分阴沉。

"我希望你尽快给出答复，不然的话，等到小心姐姐来了，你怕是什么也得不到。我给你破气术的修炼方法，你就当今天没有来过，如何？"

乌鸦没有回答李思念的问题，他冷冷地盯着李牧羊，说道："李牧羊，你当真要让一个女孩子替你出头吗？"

李牧羊拍拍妹妹的肩膀，声音沙哑地说道："思念，让我来。"

"哥！"李思念尖声叫道，"你不要逞强。你的身体状况怎么样你自己不知道？他这是故意激你出去，然后来个一击必杀。你不要听他的，就站在我的身后。他要是敢动你一根汗毛，我就和他拼命。"

"思念！"

"闭嘴！"

"……"

"真是懦弱无能的男人。"乌鸦撇了撇嘴。

"我的儿子，轮不到别人来说长道短。"李岩开口说道，这个平时话极少的男人手持长枪冲了过来。

作为孩子的父亲、妻子的丈夫，他有责任也有义务在这个时候站出来为妻子儿女遮风挡雨。

一枪刺出，风雷隐动。

乌鸦站在原地不动，冷笑着道："陆家天王枪威名赫赫，击败强敌无数，被称为'西风第一枪'，可惜你不过只学到了一点点皮毛，连风雷都无法真正引动，就这样你也想来伤我？陆家的七岁孩童都要比你强上百倍吧。"

"嚓——"

乌鸦的手从黑袍里面伸了出来。

长枪就像是长了眼睛似的，主动飞向了乌鸦。

乌鸦伸手抓住长枪，嘲讽地说道："看来你也不过是陆家的一条走狗。"

乌鸦认真地想了想，说道："有趣，有趣，我若是没有过来寻仇，还真不知道这样一户普通人家竟然和帝国陆家有关系。"

李岩脸色紫红，拼命地催动真气抵抗，想把长枪从乌鸦的手里夺过来。

可惜，正如乌鸦所说的那样，他只不过是学到了天王枪的一些皮毛而已，甚至连陆家的那些娃娃都打不过。作为一个下人，他怎么可能有机会接触真正的天王枪？

这些皮毛还是他给公孙瑜当车夫，看到陆清明在院子里练习天王枪时暗自琢磨出来的。

"你想要抢回去？"乌鸦笑了笑，握住长枪的那只手猛地向上一抬，就把李岩举到了半空中。

"放开我父亲！"李牧羊愤怒至极，大声吼着朝乌鸦奔了过去。

"你终于像一个男人了，给你！"

乌鸦手指头轻轻一弹，李岩就迅速地朝李牧羊飞了过去。

"哥哥小心！"李思念一边奔跑一边提醒。

她清楚乌鸦的实力，不要小看那一弹之力，李牧羊如果被砸中，全身的骨头恐怕都会被砸碎。

李牧羊仿若没有听到，高高地跳起，然后一把将李岩接住。他们俩不受控制地在空中旋转着倒飞，然后朝着墙壁撞了过去。

"牧羊！"李岩心里急坏了。

他知道儿子的身体不好，如果儿子先撞在墙壁上，自己又撞了上去，儿子怕是小命不保。

虽然人在空中，但李岩还是想强行换位。他抓着李牧羊的胳膊，想把儿子扯到前面，让自己靠向墙壁，给儿子做一个人肉垫子。

出乎意料的是，他没扯动。

李牧羊从背后紧紧地抱着父亲，就像是抱着世间最珍贵的东西。

"牧羊！"李岩还想再次用力。

"哐——"

李牧羊撞在了青石垒起的墙壁上，而李岩又重重地砸在了李牧羊的胸前。

尘土飞扬，墙上草木飞落。

被李牧羊砸到的地方，出现了一个巨大的人形凹槽。

"咔嚓、咔嚓……"

坚硬的青石墙壁上出现了一道又一道的裂缝。

"牧羊！"罗琦悲呼一声，朝着李牧羊冲了过去。

"哥！"李思念也转移方向，想去查看李牧羊的情况。

李岩眼睛血红，热泪盈眶。他保持着落地时的姿势不敢动弹，更不敢转身。他怕自己一转身，就会看到自己的儿子被压成肉饼后的模样。

"咔嚓、咔嚓……"

青石碎裂的声音不绝于耳，好像整堵墙都要崩塌了。

这还只是借李岩的力量来推墙。倘若是乌鸦自己出手，怕是一拳就能够把这院墙给推倒。

"牧羊，你怎么样了？牧羊！李岩，你是一个死人啊？！你快让开，让我看看儿子啊！"

"哥哥，你没事吧？李牧羊，你快说句话啊！"

"爸。"一道熟悉的声音从李岩身后传了过来。

李牧羊拍拍父亲的肩膀，说道："麻烦您让让。"

李岩满脸惊喜，赶忙转身看了过去，说道："牧羊，你没事？你一点儿事都没有？"

"我没事。"李牧羊摇了摇头，揉了揉被撞痛的肩膀和后背，说道，"我只是擦破了皮而已。"

"你怎么会只是擦破一点儿皮呢？"李思念的眼睛眨了眨。就算是打小就练习破气术的她，要是经受刚才那么一撞怕是也要断几根骨头。

李牧羊的身体那么差，就是稍微重一些的东西他都搬不起来，他硬生生地把父亲接下，又承受了乌鸦那一弹之力……

墙壁都被撞出凹槽了，石头都出现裂缝了，他竟然一点儿事都没有，这实在是太让人匪夷所思了。

难道他的骨头比石头还坚硬？李思念在心里这样想。

当然，她知道这是不可能的。

李牧羊又没有练过筋骨，怎么可能有这样的本事？

"牧羊，快让我看看！"罗琦急忙把李牧羊拉过来，在李牧羊的身上摸来摸去。她不放心李牧羊的身体，担心他是在逞强，故意说自己没事。

"妈，我真的没事。"李牧羊解释道。

"看看，"乌鸦冷笑着说道，"你们好好看看，他是一个什么样的怪物。石头裂了他都没事儿，你们还觉得他只是一个体弱多病、一无是处的废物？"

李岩从地上捡起长枪，一言不发，再次朝乌鸦冲了过去。

他不在乎他的儿子是不是废物，他只知道现在有人想要伤害他的儿子。

他奔跑时如山一般稳，枪声嗡鸣。枪尖上银色的闪电若隐若现，但是瞬间又消失不见。他的真气没办法招来风雷。

"这一枪马马虎虎，有所进步，"乌鸦笑着说道，"可惜还远远不够。"

他说话的时候，他那藏在黑袍里面的手再次伸了出来。

和上次一样，长枪的枪杆再一次落在了他的手心。长枪嗡鸣的声音消失，枪杆里面蕴含的力量也如泥牛入海，毫无回响。

乌鸦握住枪杆，然后猛地将李岩朝远处甩了过去。

李岩想要松开枪，可惜还是慢了一步。那枪杆重重地砸在他的胸口，他再一次倒飞出去。

"扑通——"

李岩摔倒在院子角落的那一排盆栽上，压倒花枝无数。

李岩只觉得喉咙发甜，然后张嘴吐出了一口鲜血。

"李岩！"罗琦头上的发钗掉了，她披头散发地朝丈夫摔倒的位置扑了过去，焦急不已。

李牧羊和李思念兄妹俩也大为着急，跟着向李岩跑了过去。

"我没事。"李岩还想爬起来，"我再挡他一次，你们趁机逃跑。思念，你带着妈妈和哥哥逃跑。"

"爸,"李思念满脸泪水,哭喊着说道,"我不走,我来拦他!"

"快走!"李岩嘶吼道。

"爸!"

"你们想走?"乌鸦哈哈大笑,似乎在笑他们的异想天开,他说道,"很抱歉,今天你们怕是谁也别想逃跑。"

乌鸦身上的黑袍无风自动,他再次化作一大团黑雾。黑色的雾气向四周弥漫,很快就把整个小院都给笼罩了。

更诡异的是,那些黑雾凝而不散,它们就像是一堵密不透风的墙,把院子给包裹了起来,风吹不进,雨淋不透,里面的气息也丝毫外泄不出去。

更糟糕的是,黑色的雾气里还传来飞鸟拍打翅膀的声音。

"噼里啪啦——"

院子里变得喧嚣起来。

虽然肉眼难以视物,但是李家四口都能够听到那些飞鸟成群结队地朝自己凶猛扑来的声音。

这样的阵仗是李思念没有经历过的,她没有任何的战斗经验。

刚才乌鸦朝他们冲来时,她还知道一拳朝乌鸦轰去,但是现在除了那个杀手在向他们一家冲来,还有大量莫名其妙的黑鸟扑了过来,双拳难敌四手,她该先对付谁呢?而且她的双眼被黑雾所惑,什么东西都看不到了,这对她来说无疑是雪上加霜。

"浑蛋!"李思念怒斥一声,再次轰出一拳。

"砰——"

黑雾被打散了一块,但是李思念这次攻击到的不是杀手乌鸦,而是那些飞冲而来的鸟。

李思念年纪不大,修炼破气术也只是为了强身健体。

虽然不能说她三天打鱼两天晒网,但是论努力和吃苦,她远远无法和那些真正的习武者、修行者相比,因此在真正的高手面前实在是不值一提。

第一拳还力道十足,出第二拳她就已经有点儿难以为继。她想打出第三拳的时候，却发现手臂轻飘飘的，原来前两拳就已经把她的身体掏空了。

"呼——"

一阵黑风吹过，李思念只觉得呼吸急促，脑袋昏昏沉沉的，然后眼前一黑，一头栽倒在地上。

"思念！妈！"李牧羊大声喊道。

李牧羊和父母站在一起，在黑暗中他的眼睛也难以视物，但是他能够听到周围传来的倒地声。

第一次是李思念的倒地声，因为那是从李思念刚才站立的位置传来的。第二次倒地声是从李牧羊的身边传来的，那是罗琦刚才站立的位置。

"爸！"李牧羊再次喊道。

"牧羊，雾里有毒……"李岩还没有说完，也一头栽倒在地。

李牧羊朝李思念扑倒的位置奔过去，他担心在这伸手不见五指的黑雾里，乌鸦会伤害他的妹妹。

"咦？"乌鸦惊呼出声。他惊奇地发现，在他的"暗黑迷障"里，竟然还有人能够坚持站着不倒，而且那个人在世人眼中还只是一个普通人。以前他也是这么认为的，但是他现在已经确定这个人一点儿也不普通了。

"你竟然没事？"乌鸦遗憾地说道，"看来我只能多耗费一些时间了。"

妹妹晕倒在地，父母生死不知。

他们是李牧羊最亲的亲人，是他人生的全部。

如果没有他们，他根本就活不到现在。如果不是他们尽心呵护，他可能被人当成废物丢弃在垃圾堆里，成为一个乞丐或者流民。

可是，现在有人想夺走他们的性命。

虽然乌鸦说他的目标只有自己一人，可是，谁知道后面会发生什么事儿？谁知道他会不会失手杀人？

如果杀手的话也能信，帝国还设置绞刑做什么？

"你该死。"李牧羊死死地盯着乌鸦所在的位置，他彻底被乌鸦激怒了，"你该死！"

"嗖——"

一道黑影朝李牧羊冲了过去，李牧羊只觉得一股可以排山倒海的力量席卷而来，然后胸口一痛，人便倒飞出去。

"哐——"

李牧羊摔在了门口的台阶上面，发出"咔嚓"一声脆响，整个脊背都要摔断了似的。

李牧羊咬了咬牙，双手撑地从地上爬了起来，朝那道黑影冲了过去。

他看不到乌鸦，但是，他能够感觉到乌鸦在哪里。

他多么希望自己能够再次拥有那样的能力，能够再次一拳把乌鸦给轰飞。

"哐——"

李牧羊再一次倒飞而出，这一次直接砸进了厅堂里。

"如果你还想隐瞒实力，那我就只能成全你了。"乌鸦的声音从黑雾里面传来。

他心里满是疑惑，李牧羊对他放出的真气没有任何反应，就像李牧羊的父母和妹妹说的那般，只是一个体弱多病的普通少年。

可是，兽面亭那天是怎么回事儿？

他被这个家伙一拳轰飞又是怎么回事儿？

如果不是李牧羊让自己受了伤，自己怎么会被崔家那高手的万家生佛击中？

乌鸦伸出了自己的右手，他右手中握着一把造型古朴的短剑，短剑的剑柄处雕刻着一条吐着芯子的蛇。

短剑闪闪发光，那条蛇仿佛在无限地变长。

乌鸦在原地消失了，然后一团黑雾在李牧羊的身前炸开，那把短剑朝着李牧羊的脖颈划了过去。

樱花斩！

一刀斩中，身首异处。

李牧羊的嘴角渗出了鲜血，就连鼻子里也不停地有血流出来。

他的眼睛里红光闪烁，那块鳞片再次出现在他的手背上，发出微弱的光芒。

生死一线，他却感觉不到任何畏惧。

他的眼里充满了愤怒，心里生出了杀意。

他那只长着鳞片的手握成了拳头，古铜色的拳头不断变大，闪烁着光芒。

"轰——"

李牧羊的拳头朝着那条青色的长蛇，朝着那锋利无比、削铁如泥的短剑，朝着那一记无坚不摧的樱花斩轰了过去。

"咔——"

青色短剑砍在了李牧羊的拳头上，让人意外的是，李牧羊的拳头并没有和手臂分离，青色短剑的光芒反而瞬间炸开，然后短剑就从蛇头处"锵"的一声断裂开来。

剑刃难以承受那无匹的劲气，瞬间变成无数的青色碎片。

每一块碎片都是一面明亮的镜子，照出了乌鸦惊恐诧异的样子。

无数面镜子四处飞散。

乌鸦在空中飘荡着，就像是一只折了翅膀的鸟。

他挥动着黑袍想要保持平稳，但是已经来不及了。

"咔嚓——"

乌鸦的身体重重地跌落，脊背砸在了坚硬的青石墙面上。

尽管他已经用了"浪打千帆"来推动自己的身体，想让自己的身体避免直接"触礁"，可一切都无济于事，李牧羊那一拳实在是太重，根本就不是他的海浪之力可以抗衡的。

脊背传来撕裂一般的疼痛，骨头好像断了几根。

虽然乌鸦的实力远超李牧羊的实力，在李牧羊没有爆发的状态下，他甚至只需要伸出一根手指头就可以吊打李牧羊，但是李牧羊身体强悍，皮糙肉厚，拥有很强的自我修复能力，不是他们这样的武者可以抗衡的。

乌鸦呼吸急促，他持剑的右手不停地颤抖着，五脏六腑在他体内翻江倒海，就像是随时都要跳出他的胸腔。

喉咙里充满了鲜血的味道，乌鸦强行咽下那口即将喷出的鲜血。

但是，他越忍耐，就越发难受，那种想要呕吐的感觉也越强烈。

"噗——"

他张开嘴巴，还是当着李牧羊的面吐出了一大口鲜血。他赶紧抬头看去，发现面前黑雾弥漫，依旧让人难以视物，这才放下心来，暗道：李牧羊看不到我此时的狼狈。

他突然想到李牧羊可以听到他吐血的声音，心里不由得又有些着急起来。

把他杀了！乌鸦在心里想：我把他杀了，今天发生的事情就没人知道了。我受伤的事情，我用右手给左手一枚硬币的事情，都像是阳光下的白雪，瞬间就化作一摊水，然后蒸发。

"你终于现形了。"乌鸦盯着在黑雾里喘着粗气的李牧羊说道。他能够看到李牧羊，能够看清李牧羊的面部表情，那是一张狰狞的脸。他实在难以想象，这样暴怒的表情怎么会出现在这样一个看起来非常普通的少年脸上，正如他实在难以想象在兽面亭的时候李牧羊是如何一次又一次地接下自己的樱花斩的。

"这才是你的真实面目吧？你到底是什么人？"

乌鸦看到李牧羊红色的眼睛，不由得问出了一个让他困惑已久的问题，他道："你是怪物？"

"你该死。"李牧羊一步步地朝乌鸦走了过去。

乌鸦突然有了一种压迫感。

他感觉到了危险。

杀手的直觉是很敏锐的，他从李牧羊的身上嗅到了危险的气息。

刚才李牧羊一拳轰碎了他的灵蛇剑，灵蛇剑虽然还上不了百晓生兵器谱，却是他从一个用剑高手的手上抢来的，是西风帝国内享有盛名的兵器。他没想到今日自己的战利品会毁在了一个少年手里。

这个少年实在是可恨至极！

乌鸦伸手抹掉嘴角的血，然后扶着墙壁站了起来。

"你以为这样就能够杀掉我吗？"乌鸦冷笑不已，"愚蠢至极！"

乌鸦伸出双手，大量的黑雾从他的身体里散发出来。

他的左手捏了一个复杂的"三羊拱角"法印，右手在空中频繁地挥动点刺。

然后，一扇红光闪烁的大门出现在院子里，门框燃着红色的火焰，整扇门就像是通向地狱的入口。

大批的黑鸟扑打着翅膀朝李牧羊所在的方向冲了过去，沉默又凶狠。

"让你尝尝食尸血鸦的厉害。"乌鸦满脸得意地说道，"它们会吸干你身上的每一滴血，吃掉你身上的每一块肉，就连你的骨头也不会放过。最后，你就会无声无息地从这个世界消失，不会留下一丝痕迹，就像是从来都没有存在过。"

乌鸦原本没有想过用这样的大杀招，因为这太消耗真气和元神了。而且，就算耗得起真气和元神，这种阴邪之物也不能随意召唤，因为每召唤一次都要把它们喂饱才行。

倘若它们冲出来之后得不到任何食物，它们就会将召唤它们的人当作目标。

前一秒的帮手瞬间变成让自己难以招架的杀人狂魔，这是任何人都不愿意看到的事情。

乌鸦是这些食尸血鸦的饲主，最开始的时候食尸血鸦需要他用鲜血来驯养，而且，必须是他自己的鲜血。后来，食尸血鸦就不会挑食了。

上次在兽面亭时他也把它们召唤出来了，为的就是完成任务，顺便投喂它们。两个人，应该足够它们吃饱了。

但是突然出现的万家生佛属于佛门的大光明术，是这些阴邪之物的克星。如果不是这些食尸血鸦被那万家生佛全部焚化，兽面亭里怕是没有几个人能够活下来。

铺天盖地的食尸血鸦对着李牧羊伸出了利爪，张开了尖嘴。

还有一些食尸血鸦朝着李岩、罗埼和李思念倒下的地方飞去，在它们眼里，他们都是食物。

李牧羊就像是没有听到乌鸦的话，他眼睛泛红，大步地往前冲。

李牧羊看到那些食尸血鸦不自量力地想要阻挡自己，再次轰出一拳。

"啪——"

密密麻麻的食尸血鸦被他一拳打飞后，就像黑色的弹珠一样四处飞弹，撞击在墙上、门上，最后滚落在地。

李牧羊看到有几只食尸血鸦朝着自己妹妹的位置飞去，目眦尽裂，一拳轰了过去。

"砰——"

那几只食尸血鸦被李牧羊霸道的拳风击中，纷纷爆体而亡。

黑色的血水从天空中滴落，院子里就像是下了一场黑色的雨。

李牧羊蹲下身体，从地上抱起妹妹，然后朝着父母倒下的位置走去。

他把他们放在一起，然后挺直脊背挡在了他们的前面。

只要有自己在，谁也别想伤害他们。

只要自己还活着，谁也别想伤害他们。

自己要保护他们，就像刚才他们不顾安危地保护自己一样。

食尸血鸦被一拳打散，很快又再次聚集在一起。它们喜欢群攻。

在乌鸦的操控下，它们睁着血红的眼睛，再一次朝李牧羊冲了过去。

无论如何，它们都要将李牧羊撕成碎片，然后一口一口地吞进肚子里。

"砰——"

李牧羊一拳轰了过去，那些食尸血鸦再次被打散，然后再次聚集。

"砰——"

李牧羊再次一拳轰了过去，食尸血鸦又死伤了很多，但是有更多的食尸血鸦从那虚空之门里飞出来。随着时间的流逝，食尸血鸦越来越多，几乎快把整个小院填满。

这也是乌鸦在动手之前先在这院子里布下暗黑迷障的原因。如果没有这个法阵屏蔽这里的动静，这边发生的事情怕是已经惊动半座江南城。

"砰——"

"砰——"

"砰——"

李牧羊一拳又一拳地轰出去，就像是永远不知道疲倦。

被他打死的食尸血鸦不计其数，他的脚下流淌着食尸血鸦的黑血，地面上堆积着大量的鸟尸。

李牧羊成了一个杀鸟机器！

李牧羊的表现很出色，出色到让乌鸦感到恐惧。但是，这种恐惧反而激起了乌鸦隐藏在心里的凶残。

他一定要将李牧羊毁灭，李牧羊表现得越厉害，他就越要用最残酷的手段把这个家伙毁灭。

乌鸦在心里想：我有数之不尽用之不竭的食尸血鸦，只要我的真气还能够维持，虚空之门就不会关闭，就能够召唤出源源不断的食尸血鸦为我冲锋陷阵。等到你精疲力竭之时，你的死期就到了。

人又不是高山大河，怎么可能不知道疲倦呢？

乌鸦在等待一个机会，一个在他看来很快就会出现的机会。

李牧羊不耐烦了，他实在受不了这样没完没了的杀伐。这些愚蠢的鸟，这些肮脏的东西，竟然敢来挑衅自己！

李牧羊虽然能够轻易把它们杀死，可是仍然觉得自己被侮辱了。

不是这样的！战斗不应该是这样的！它们应该更加凶猛更加霸道，他想快速结束这场让他很不满意的战斗。

李牧羊怒气冲冲，他手背上的鳞片变成了雪白色，就像是一颗晶莹剔透的钻石镶嵌在了他的皮肉里。

李牧羊再次出拳打散一群食尸血鸦后，瞪着血红的眼睛瞄向了乌鸦所在的位置。

乌鸦有一种不妙的预感。

他快速地变换法印，天空中的所有食尸血鸦都立即朝着他所在的位置围拢过去。

乌鸦和那些食尸血鸦融合在一起，变成了一个散发着阴毒之气的怪物。

那个怪物朝着李牧羊移动，悄然无声，却又令人无比心悸。

"你们这些渺小的飞虫，"李牧羊咬破了自己的嘴唇，鲜血立即顺着他的嘴角流了出来，他的声音嘶哑沧桑，又充满了威严，"都去死吧！"

李牧羊右手握拳，然后一拳轰出。

那些食尸血鸦感觉到了危险，扑打着翅膀想要逃离。

乌鸦也感觉到了危险，转身想要钻进虚空之门。

可惜，有一股强大无匹的吸力将乌鸦和食尸血鸦束缚在原地，乌鸦和食尸血鸦根本就动弹不得。

"砰——"

电光闪烁，惊雷响起，黑色的巨型怪物就像是一堵脆弱的墙壁轰然坍塌。

第12章
心太软

　　一拳破苍穹！

　　院子里白光闪烁，黑暗的世界瞬间颠覆，白昼已然来临。

　　暗黑迷障被破，黑色的雾气散开。

　　一阵清风吹来，明亮的阳光也照了进来。

　　李牧羊可以看到青石墙上的裂缝，可以看到门板上的血迹，可以看到面目全非的院子，还有倒在他身后的父母和妹妹。

　　他能够听到外面车马的声音，听到有人在高声地吆喝着："冰糖葫芦！"

　　他就像是从地狱回到了人间，眼前有了色彩，耳里有了声音。

　　死里逃生之后，任何人都会感觉格外幸福。

　　那些被李牧羊一拳轰飞的食尸血鸦感觉到了危险，不断地拍打着翅膀朝着虚空之门飞去。

　　更多的食尸血鸦还是慢了一步，因为在乌鸦的身体重重地摔倒在地的时候，虚空之门消失了。

　　乌鸦受伤太重，体内的真气已经难以支撑虚空之门。

　　那些无法逃离的食尸血鸦惊慌失措，在院子里更加急促地转圈，然后朝着躺在地上的乌鸦飞去。

　　只有在那里，它们才能够感觉到熟悉的黑暗气息。

　　它们不喜欢白天，不喜欢光线，如果再不逃跑，很快就会被越来越厉害的烈日给烤化。

　　它们可不想变成皮焦肉嫩的烤鸦。

　　乌鸦躺在地上大口大口地吐血，他受了严重的内伤，现在连站起来的力气也没有了。

那些食尸血鸦朝着他飞了过来，他表情惊恐，瞳孔紧缩，想要抬手把它们驱逐开。可惜，他的手臂已经没有任何力气了。

"李牧羊，救我！李牧羊，快救我，帮我把它们赶走！"乌鸦大声地向李牧羊求救。

李牧羊瞪着血红的眼睛，大口大口地喘着粗气。

一只食尸血鸦扑了过去。

"啊——"乌鸦痛呼出声，喊道，"李牧羊，杀了我，快杀了我！"

李牧羊站在原地一动不动，就像是没有听到乌鸦的惨叫。

其他食尸血鸦看到有同伴吃到了食物，更加疯狂。它们扑向乌鸦，伸出利爪，张开尖嘴……

"啊——"乌鸦痛不欲生，躺在地上不停地翻滚，想要赶走食尸血鸦。

可是，当他翻滚的时候，脊背就露了出来。

那些食尸血鸦很有经验，爪子挥舞了几下，就把他背上的衣服给撕得稀烂，然后它们就用细长的尖嘴去攻击他的背部。

"李牧羊，杀了我，求求你，杀了我！"乌鸦第一次有了悔恨之意。

这真是矛盾的感觉啊，他养好伤后，就迫不及待地想来报复碍事的李牧羊。但是这一刻，他希望自己从来都没有来过这里，没有跳进这个小院，没有找李牧羊报复。

"你该死。"李牧羊恨极了乌鸦，自然不会救他或者杀他。

李牧羊更希望那些食尸血鸦把这个杀手吃掉。

"李牧羊，你到底是什么人？你到底是什么怪物？"乌鸦厉声嘶吼。如果不搞清楚这个问题，他死不瞑目。

李牧羊发出一声冷笑，一步步朝着乌鸦走了过去。

那些食尸血鸦怕极了李牧羊，看到他过来，赶紧拍打着翅膀飞走了。

李牧羊居高临下地看着乌鸦，出声问道："你很想知道吗？"

"告诉我！"乌鸦哀求地看着李牧羊，说道，"李牧羊，快告诉我，不然我死也不甘心。"

杀手榜上名列前茅的杀手，却被一个毫无名气的少年击败了。这样的结果，不，这样的耻辱实在让他难以接受。

"我是……"

"是什么？"乌鸦问道。

"我是不会告诉你的。"李牧羊满脸是血，他露出一个没有一丝温度的笑容，说道，"你越想知道，我就越不会告诉你。我要你带着遗憾死去，我要让你死得不甘心！"

"李牧羊！"乌鸦睁大眼睛，眼睛里都要渗出血来。

他没想到这个少年这么狠，没想到这个少年的心肠这么硬。

李牧羊转过身，朝着父母和妹妹所在的地方走去。他要看看他们的情况，看看他们的身体有没有受到严重的伤害。

这才是他最关心的问题。

李牧羊刚刚转身离开，那些在院子里四处飞窜的食尸血鸦就再次朝着乌鸦扑了过去。

乌鸦瞬间被食尸血鸦淹没了。

等到那些食尸血鸦拍打着翅膀一哄而散时，杀手乌鸦已经无影无踪。

正如他自己所说的那样，就连骨头渣都没有留下。

乌鸦像是从来都没有来过一般。

"啪——"

院子的门闩被人用钩子钩开了。

一个声音憨厚的男人低声说道："少爷，门被撬开了。我这兄弟以前可是江南城有名的偷儿，整个江南城就没有他进不了的门！"

"我家的锁他也能开？"少爷出声问道。

"那是当然……"憨厚的男人停顿片刻，然后说道，"不可能的。少爷家是什么地方？大门大户，不仅有铁将军把守，还有星空墟的高手巡逻。就他那样的废物也想进少爷家？怕是还在三千里外就已经被人一巴掌给拍死了！"

"整个江南城方圆有多少里你不会不知道吧？李大路你说话动动脑子行不

行？拍马屁也是需要智商的。"少爷非常不满地说道。

"是是是，少爷说得对。以后我好好努力，一定拍出让少爷满意的马屁。少爷，你先请。"

两人说话的时候，院门被人给推开了。

燕相马摇着扇子往院子里走，刚刚将左脚跨进去，就和李牧羊血红色的眼睛对了个正着。

"李牧羊？"

燕相马转过身，在李大路的脑袋上抽了一扇子，破口大骂道："你这个废物！你不是说你那兄弟开门撬锁神不知鬼不觉吗？你看看院子里……"

燕相马吞下了后面的话，他闻到了浓重的血腥味。

"关门！"燕相马说道。

"是，少爷。"

李大路带着一群小弟跟在燕相马的屁股后面进了门，然后准备把大门关上。

"出去！"燕相马说道。

"是，少爷。少爷，让谁出去？"

"你们都出去。"燕相马说道。

"少爷，还是让我们跟着你吧，这院子有些邪门。"李大路察觉到了危险，率先跨出一大步，跑到燕相马的前面，警惕地盯着李牧羊。

"滚出去！"燕相马再次说道。

"是是是，我们这就出去。"李大路弯腰退后，又把门给拉开，带着一群小弟迅速地离开了院子。

燕相马看着李牧羊，李牧羊也盯着燕相马。

"我原本是想来绑架你的。"燕相马说道。

李牧羊不回答，只是凶狠地盯着燕相马。

胸中怒气难消，热血依旧沸腾。

他不知道燕相马的来意，甚至不清楚燕相马和刚才那个杀手的关系，倘若那个杀手是燕相马派来的，那今天他就把这一群人全留下来，大家不死不休！

"你别这么看着我啊。"燕相马"啪"的一声将打龙脊收了起来，说道，"你想干什么？"

"你来做什么？"李牧羊冷冷地问道。

"我刚才不是说了吗？我是来绑架你的。"燕相马无比坦诚地说道。

"你的目的果然和我猜测的一样。"李牧羊眼神冰冷，一步一步地朝着燕相马走过去。

"喂，李牧羊，你不要乱来啊！大家有话好好说，你不要动手动脚的。"燕相马看到李牧羊血红的眼睛，突然变得有些心虚起来，说道，"你不会是想绑架我吧？"

"你该死！"李牧羊说道，"你们都该死！"

凡是想要伤害他家人的人都该死！

"我们怎么就该死了？我不就是想绑架你吗？这怎么就该死了？"燕相马觉得自己很委屈，"嗯，你的意思是说还有别人来绑架你？"

他的目光扫向李牧羊背后的那些血迹和遍地的食尸血鸦的尸体，表情骇然，惊呼道："乌鸦来过？"

"来过。"李牧羊盯着燕相马的眼睛，想要探究他和乌鸦的关系。

"人呢？"燕相马"嚓"的一声把扇子打开，神色戒备，一副随时要和人拼命的架势。对付乌鸦这样的高手，无论多么小心都不为过。"踏破铁鞋无觅处，得来全不费功夫！他胆敢袭击我燕相马的表妹，那就要付出惨重的代价。乌鸦，不要躲躲藏藏地做缩头乌龟，出来受死吧！"

"他已经死了。"李牧羊说道。

"……"

李牧羊面容冷峻，脊背挺直，眼睛血红，身上带着一股随时都有可能择人而噬的阴狠。

他身上的衣服沾染着血迹，脸上还有食尸血鸦残留下来的碎肉。

这是一个杀神附体的李牧羊，也是燕相马从来都没有见过的李牧羊。

当然，燕相马也不过是和李牧羊见过一面而已。

在他心里，李牧羊虽然不讨人喜欢，但是也绝对不惹人讨厌。

他们第一次见面时，李牧羊虽然热情得过分了一些，却又绝对不会让人生出厌烦的情绪。虽然李牧羊用手指头掰青金石桌玩，狠狠地抽了燕相马一记耳光，但是燕相马看在李牧羊请自己吃冰西瓜的分上也不是不可以原谅李牧羊。

甚至在母亲询问他有没有处理好李牧羊这个人的时候，他还有意地替李牧羊遮掩，隐瞒了李牧羊实力强悍这个事实，虽然他那样做最主要的还是为了自己的面子着想。

在他看来，李牧羊不是一个坏人。

李牧羊不是他想象中的想要靠小心表妹而达到自己不可告人目的的小白脸。

李牧羊没有做小白脸的资格。

小白脸这种事情以前也不是没有发生过，都被燕相马干净利落地处理好了。

他知道李牧羊刻意隐藏了实力，但是没想到李牧羊拥有这么强大的实力。

神州大地上，武者的境界由低到高依次是空谷、高山、闲云、枯荣、星空、神游、屠龙。每一个境界又有上品、中品、下品三个阶段。

按照这个等级，乌鸦至少属于闲云上品，实力远远高于高山中品的燕相马。倘若是燕相马独自面对乌鸦，怕是只有逃命的份。即便是面对小心表妹身边的"心佛"宁心海，乌鸦也有足够的把握自保。倘若宁心海没有小心应对，说不定还会被乌鸦给讨到便宜。

可是，面前这个和他有过一面之缘的李牧羊，老师眼中的差等生，学生们眼里的废物，竟然以一己之力将乌鸦给杀了。

燕相马的神情变得凝重起来，他警惕地看着站在那里一言不发的李牧羊，说道："你杀了他？"

"是的。"李牧羊说道，"我杀了他，因为他要杀我。"

李牧羊倒是不在乎乌鸦想杀自己这件事，毕竟，他挡了乌鸦的路。

他在乎的是乌鸦差点儿杀掉了他最亲近的家人——他的父母和最可爱的妹妹李思念。

他是一个废物，别人都是这么说的，他自己内心深处也是认可这一点的。他可以死，一个废物而已，死不足惜，但是，他的父母不能死，他的妹妹不能死。所以，他一点儿也不后悔杀了乌鸦，反而很庆幸自己能够做到这件事。乌鸦不死，他们全家就只有一个下场。

"你一个人？"

"我一个人。"李牧羊说道。

"你是怎么做到的？"燕相马心中波澜起伏，看向李牧羊的眼神充满了不可思议。他实在难以相信，面前这个看起来普普通通的少年竟然有实力杀死帝国杀手榜排名前二十的杀手。

难道乌鸦没有用他擅长的樱花斩？

难道乌鸦没有释放恐怖的暗黑迷障？

难道乌鸦没有召唤出那些食尸血鸦——看起来他是召唤过的，地上的食尸血鸦的尸体就是最好的证明。

李牧羊觉得这个男人的废话真多，他歪着脑袋想了想，说道："他被他召唤出来的食尸血鸦吃掉了。"

"血鸦噬主？"燕相马大惊，说道，"食尸血鸦之所以会噬主，那是因为它们被召唤出来之后无肉可食无血可饮，而它们的主人又处于极端虚弱没有自保能力的状态。它们这种至邪至恶之物，可不知道什么是忠诚，什么是感情。乌鸦饲养它们，原本就冒着伤敌一千自损八百的风险。乌鸦被它们吞食，那就证明当时的他连反抗的余力都没有，他败在了你的手上？"

李牧羊不说话了。

这不是废话吗？

除了在你面前站着的这个大活人，院子里还有谁能够做到这件事情？

燕相马也知道自己问了一个愚蠢的问题，他轻轻摇着扇子，将空气中浓郁的血腥味给扇走，看着李牧羊说道："乌鸦是帝国杀手榜上有名的杀手，也是被各行省通缉的要犯，就是我们江南城也布下了天罗地网，势必要将他捉拿归案。你杀了他，就是帮了我们江南城城主府的大忙，崔家、燕家，包括小心表妹都欠你一个人情。"

"你到底想要说什么？"李牧羊看着燕相马，极其不耐烦地问道。他走到父母和妹妹身边，伸手扣着他们的手腕给他们把脉。

李牧羊从来没有学过医，倒是当过老道士给李思念讲课时的活体道具。但是，有些东西他就是能无师自通，他知道人类的脉搏在哪个范围内是正常的，能够通过把脉准确地把握这个人的健康状况。幸运的是，父母和妹妹都只是暂时昏迷，并没有生命危险。

燕相马看到李牧羊眼里的担忧，心里的紧张缓解了许多。

他看得出来，李牧羊对家人很看重。

"你不考试了？"燕相马问道。

李牧羊身子一僵，脸色变得更加难看。

对无数学子来说，今天是一个非常重要的日子。

对李牧羊来说，今天是一个决定他未来人生走向的日子。

他已经和崔小心约好了，他们要一起去西风大学的落雁湖湖畔看日落。

可是，现在已经过去那么长的时间了，他还没有出门，第一场考试怕是已经开始了吧？

这可如何是好？

放弃？那他之前付出的所有努力，他和崔小心的约定，他对未来美好生活的期待，都将就此落空。

可是，如果他现在冲过去考试，那直到现在还昏迷不醒的父母和妹妹怎么办？交给谁照顾？

他不能为了自己的人生而不顾他们的安危跑去考试。那样的话，他还算是一个孝顺的儿子、一个合格的哥哥吗？

"你去吧。"燕相马看出李牧羊的犹豫，沉声说道。

李牧羊目光犀利地看着他，却并不接话。

"你相信我吗？"燕相马艰难地挤出了一个笑容，"和蔼可亲"地问道。

"不相信。"李牧羊无比坦诚地说道。

事出反常必有妖，人若反常必有刀。

李牧羊自然是不相信燕相马的，正如燕相马不相信李牧羊一个人就可以杀掉乌鸦。

李牧羊知道燕相马对自己没有好感，癞蛤蟆想吃天鹅肉，天鹅的家属会怎么想？所以，在燕相马问李牧羊相不相信他的时候，李牧羊毫不犹豫地回答了"不相信"。

燕相马又羞又怒，堂堂燕家大少爷几时被人这么不给面子过？

燕相马撇了撇嘴，嘲讽道："你这是狗咬吕洞宾，不识好人心！我是看你左右为难，所以才好心提出解决方案。你既然不愿意领情，那就当我没说过吧。"

他扫了一眼躺在李牧羊身边的罗琦、李岩和李思念，说道："你就好好守在他们身边吧。至于今天的考试，你考不考也没有什么区别，对不对？"

李牧羊沉吟片刻，用审视的眼神上上下下地打量了燕相马几番，终于开口问道："你真的愿意帮我照看我的家人？"

"现在我不愿意了。"燕相马说道。本少爷又不是谁的奴仆，凭什么给你照顾家人啊？

李牧羊沉默了一会儿，看着燕相马说道："我真的很想参加这次的考试，你不知道它对我来说意味着什么。"

燕相马摇着扇子，心想：你求我啊，求我啊！你求我，说不定我心一软就答应了呢！

"你刚才说崔家、燕家欠我一个人情？"李牧羊声音嘶哑地说道。

燕相马有一种不好的预感，但是刚刚说过的话他是没办法当面抵赖的，只得硬着头皮说道："我是这么说过。"

"那么，能不能请你现在就还我这个人情？"李牧羊满脸真诚地看着燕相马，说道，"看在我帮了你们崔家、燕家的分上，你帮我照顾好我的家人行吗？只需要你照顾一会儿，我考完了就立即回来。"

"李牧羊！"燕相马很生气，却又不知道这气从何而来。这不是自己想要的谈判方式啊。

"你不答应？"

"我不是不答应，"燕相马说道，"只是……"

"难道杀了乌鸦这样的功劳还换不回这样一个小小的请求？"

"好吧。"燕相马苦涩地说道。

李牧羊把李思念抱回厅堂，又把罗琦也抱了进来。

当他去抱李岩的时候，李岩已经睁开眼睛有了知觉，只是身体受了严重的伤，一时半会儿还没办法恢复力气。

"牧羊，你没事吧？"李岩担忧地问道。

"爸，我没事。"李牧羊露出一个笑容，想宽慰李岩，但是满脸鲜血的他笑起来仿若地狱修罗。

"你妈，还有思念都没事？"

"爸，你不要担心，她们都没事。"李牧羊指了指躺在不远处的罗琦和李思念，说道，"她们只是被毒雾迷晕了，很快就可以醒过来。"

"你们没事就好。"李岩这才放下心，眼眶发红地看着李牧羊，说道，"是我无能，让你们受苦了。"

"爸，我们都没事。你不要多想，一家人平安就好。"

"嗯，一家人平安就好。"李岩拍拍李牧羊的肩膀，突然醒悟过来，急忙说道，"牧羊，今天是你文试的日子，你快去考试啊，可千万不能耽搁了！"

"爸，我准备……"

"现在考试怕是已经开始了，不要多话，你立即赶去！"

"可是你们……"

"我已经醒来，不会有事。"李岩知道儿子对文试很看重，儿子这一个多月没日没夜地学习自己都看在眼里，他对李牧羊说道，"牧羊，可别耽搁了啊，不然的话，你妈醒来，会急坏的。你不知道她对你这次的考试有多在意。"

"爸，我已经拜托……"李牧羊看了一眼站在厅堂四处张望的燕相马，说道，"我已经拜托相马表哥帮忙照看你们，他是小心的表哥，人不坏。我考完了试就会回来。"

"家里没事，你快去吧。"李岩连忙催促。

李牧羊拔腿就要朝外面走，燕相马冷冷地扫了他一眼，说道："我如果是你，就会先去洗把脸换身干净衣服，不然的话，你以现在这副模样过去，怕是很难跨进考院的大门。"

李牧羊心想也是，他顶着现在的样子跑到考院，别人不会以为他是来考试的，只会把他当作来闹事的。

李牧羊大步跑到楼上，冲进房间洗了一把脸，又换了一身干净的衣服，这才冲到院子里捡起之前丢掉的书包，拉开院门朝着外面跑去。

门口的李大路等人看到提着书包冲出来的李牧羊，第一反应就是把他拦下。

他们还记得自家少爷今天布置的任务，就是阻止这小子去考院参加考试，反正他们都已经准备好了，那就把他套进麻袋里绑走吧。

"放他走吧。"在李大路准备行动的时候，燕相马摇着扇子走了出来，下达了新的命令。

"少爷。"李大路满脸疑惑地看着燕相马。

"反正他也考不上。"燕相马不喜欢李大路这种质疑的眼神，瞪了他一眼后很不客气地说道。

"是是是，少爷运筹帷幄，决胜千里之外！"李大路挥手让人把路让开。

李牧羊感激地看了燕相马一眼，提着书包风一般地朝着考院的方向奔跑。

燕相马看着李牧羊的背影轻轻叹息，说道："现在越是努力，以后越是失望。人生最重要的就是努力的方向不能错啊。"

"是是是，少爷说得是。"

"啪——"

李大路的脑袋挨了一记铁扇。

燕相马带着一群小弟回到院子里，说道："把院子收拾干净，我怕脏，不希望这里有任何污迹。"

"是，少爷。"李大路一挥手，他带来的那群黑衣小弟就立即手脚麻利地收拾起来。食尸血鸦的尸体被埋葬了，鲜血也被冲洗擦拭掉了，就连那院墙上的血迹都被他们给擦得干干净净。

"今天的事情是我们做的，你们明白吗？"燕相马扫视四周，声音冰冷地说道，"倘若有人敢泄露出去一个字，就让你的家人在野兽林里面给你收尸吧。"

"少爷，你的意思是说咱们把这功劳给顶下来？"李大路眼睛一亮，一脸笑意地问道。

"功劳？我们要这功劳何用？"燕相马冷冷地说道，"但是，这份功劳也不能加在李牧羊的头上。"

"那是，可不能让他捡了这么大一个便宜。乌鸦是重要通缉犯，城主府悬赏的金币都有三千枚。这可是一大笔收入。"

"白痴。"燕相马恨铁不成钢地瞪了他一眼，说道，"我是为了钱才抢李牧羊这份功劳的吗？你这猪脑袋也不好好想想，倘若这份功劳算在李牧羊的头上，其他人会怎么想？李牧羊到底是什么人，怕是有无数人想要来探个究竟吧？还有，杀手公会的人，以及乌鸦背后的雇主会让李牧羊好过？只要让他们知道是李牧羊杀了乌鸦，李牧羊一家怕是都要遭殃。"

"我明白了。"李大路一脸了然的模样，"可是少爷，我们不是要绑架这个家伙吗？你怎么处处都在维护照顾他啊？"

燕相马呆滞良久，终于轻轻叹息道："我就是心太软。"

"……"

燕相马回到厅堂，看着仍然昏迷不醒的李思念和罗琦。

李大路站在燕相马身后，看了一眼燕相马注视的地方，立即心领神会，满脸讨好地说道："少爷，这小妞还真是漂亮啊，要是少爷喜欢……"

"啪——"

李大路的脑袋上又挨了一记铁扇。

李大路知道自己拍马屁拍错了，又赶紧改口道："当然，我们家少爷什么美人没见过，自然不会被这等庸脂俗粉所吸引。"

"啪——"

李大路的脑袋上又挨了一记铁扇。

李大路快哭了，说道："少爷，这姑娘到底是漂亮还是不漂亮，你说一句明白话吧。"

"嘘——"燕相马做了一个噤声的手势,说道,"不许唐突佳人。"

"……"

李岩靠在椅子一角,满脸愤怒地盯着这两个口无遮拦的浑蛋。

他的一只手紧紧握成拳,另外一只手里抓着一个刚刚从桌子上取来的茶杯,倘若那个放浪的登徒子胆敢有丝毫的轻举妄动,他手里的茶杯就会精准地砸中登徒子的脑袋。

李牧羊冲到考院的时候,考院的大门已经紧闭,并且有专人把守。

很多家长安静地守在门外,就连呼吸都小心翼翼,生怕惊扰了里面的学生。

李牧羊将手里的入场证递了过去,对守在门口的两个门卫说道:"我是考生,因为一些事情来晚了,请让我进去。"

"进入考场的时间已经过了,任何人都不许进去。你回去吧。"一个门卫鄙夷地看着李牧羊,说道,"这么重要的考试都会迟到,你这样的学生进入考场也考不出什么好成绩,这个时候进去只会影响其他考生答题,你走吧,下场提前过来,说不定还有一线机会。"

"第一门重要科目缺考,就算后面门门功课都考满分,你怕是也考不上好的学校了吧?我劝你还是早早放弃吧。"另外一个门卫幸灾乐祸地说道。

"你怎么说话呢?"一道尖锐的声音从李牧羊的身后传了过来。

第13章
药汤排毒

一波三折！

准备出门时遇到乌鸦，解决完乌鸦又遇到燕相马，自己好不容易跑到考院门口，却又被这两个门卫给拦了下来。

李牧羊觉得自己的命很苦，自己上辈子到底是招惹了哪路神仙啊？一路走来磕磕绊绊的，几乎要把自己给折腾死。

李牧羊正想哀求那两个门卫让自己进去时，身后却传来那一声厉喝。

李牧羊转身，就看到一身素衣、表情严肃的赵明珠正快步朝自己走来。

赵明珠风风火火地走到李牧羊面前，冷冷地说道："李牧羊，你到底有没有一点儿时间观念？今天是什么日子？今天是文试的日子，是千军万马过独木桥的日子，是决定你未来人生的一道分水岭！你却在考试的第一天迟到了，你到底在想些什么？你有没有想过要为自己的人生负责？"

"赵老师！"李牧羊握紧拳头，脸色变得难看起来。他没有向别人诉苦的爱好，但是，这并不代表他的心里没有怨气。

只要有一线机会，他都不愿意放过。在他察觉自己不必像以前那样每天昏昏沉沉地睡觉，在他发现自己能够学进去一些东西时，他比任何人都要努力，他比谁都要拼命。他天没亮就起床读书，做题做到三更半夜，除了吃喝拉撒睡，他把所有的时间都用在了学习上。

可是，在赵明珠的眼里，自己就从来都没有变过，永远只是一个不愿意对自己人生负责的差等生！

当你竭尽全力，当你费尽心思取得了一点点成绩后，那些什么都不知道的人却只会轻蔑地一瞥，只会说"不过如此"，这比大冬天被人浇了一桶冷水还要让人难受，让人彻骨生寒！

"李牧羊！"赵明珠捋了捋耳际的发丝，若有所思地打量着面前这个学生。自从上次他收拾书包离开后，赵明珠这还是头一回见到他。

她看不懂这个学生了，这和她之前了解的信息有很大的出入。

"我知道你想证明自己，我也知道你足够努力，你的母亲去学校找过我，她说了你每天要用多少时间学习。我承认，因为你以前在课堂睡觉的劣迹，我心里对你有偏见。但是这一次，请你务必考好，让我们惊得眼珠子掉出来，让认识你的每一个人都对你刮目相看。"

"赵老师……"李牧羊松开拳头，肌肉放松，他诧异又感激地看着赵明珠。他没想到在这个节骨眼上会遇到赵明珠，更没想到赵明珠会赶过来和他说这样一番话。

他仿佛正泡在热水中，心暖洋洋的，这种被人肯定的感觉真的很美好。

赵明珠转身看向那两个门卫，说道："把门打开，让考生进去。"

"不行，我们有规定，这个时间点不能放人进去。"

赵明珠从口袋里摸出一本黑色证件，对着那两个门卫说道："我是江南城文试典礼院的成员，我要向典礼院控诉你们俩故意刁难学生，影响学生的考试情绪，恶意摧毁学生的未来。"

"我们哪做过那样的事情？"

"你们难道还要否认吗？我刚才听到你们对这名学生进行挖苦打击，你们嘲讽他考不上好的学校，还劝他早日放弃。"

两个门卫面面相觑，其中一个瘦高个机灵一些，赶紧跑过去解开锁开门，笑呵呵地说道："先让孩子进去考试吧，咱们这边的误会可以慢慢解释，但是考试可不等人啊，我可不敢再耽搁学生的宝贵时间。"

赵明珠看了李牧羊一眼，示意他赶紧进去。

李牧羊对着赵明珠深深鞠了一躬，说道："赵老师，谢谢你。"

赵明珠摆了摆手，并没有多说什么。

"这同学是您的学生吧？"瘦高个的门卫满脸讨好地说道，"一看就是好学生，一定能够考出好成绩金榜题名。"

赵明珠抬头看着李牧羊跑远的身影，说道："每一个刻苦努力不愿放弃的学生都是好学生。"

李牧羊跑到考场的时候，很多学生已经答题过半。

监考老师看到李牧羊的时候眉头挑了挑，看起来很不满意，但仍然从讲台上抽出试卷递给了李牧羊。

李牧羊对监考老师微笑致意，然后轻轻走向自己的考桌。

他把试卷摊开，却并没有立即答题。他一边打开笔盒收拾稿纸和毛笔砚台，一边平复自己激动的心情。

如果身体还是以前的样子，他现在怕是对这场考试没有一点点期待。

那样的自己会以什么样的态度来应付这场考试呢？就算是进来了，自己也不过是枕着试卷大睡一场而已。可是，今天的自己和以前不一样了。

尽管他经历了那么多的事情，尽管他只有别人一半的时间，他依然会好好考试，他已经比以前强大了太多太多。

他不再是以前的那个李牧羊了。

李牧羊提起笔，认认真真地在姓名栏写下了自己的名字：李牧羊。

李思念一觉醒来，就看到一个男人用一种如火焰一般灼热的眼神看着自己。

李思念吓了一跳，立即向后缩了缩，对着这个陌生男人喝道："你是什么人？这里是什么地方？"

"姑娘，你醒了？这里是你家，我是燕相马。"燕相马笑呵呵地说道。

他招了招手，说道："快把我给姑娘准备的解毒汤送过来。你被烟瘴迷晕，就算现在苏醒过来了，身体里怕是还有余毒未解，需要用解毒汤把身体里的毒素排除干净才行。"

"好咧。"李大路答应一声，亲自从厨房端来一碗药汤。

李大路端着药汤朝着李思念走过去，看着李思念说道："姑娘，请喝。"

燕相马轻轻地咳嗽了两声。

李大路赶紧转身，关心地说道："少爷，你身体不舒服？不会是也中了那烟瘴之毒吧？"

李大路说着，就端着那药汤走向燕相马，说道："少爷，你先把这碗药汤给喝了，可不能被毒坏了身体。"

燕相马暗自决定：回头就把这个白痴装进麻袋送进野兽林。

燕相马狠狠地瞪了李大路一眼，把扇子收进袖子里，从托盘上取下那碗药汤，说道："姑娘行动不便，就让我来喂你喝吧。"

"走开！"李岩和李思念同时喝道。

李岩对着李思念说道："思念，不要喝他们的药汤。"

李思念看到斜躺在远处的父亲，焦急地问道："爸，你没事吧？你有没有受伤？我妈呢？我妈没事吧？"

"我没事，你妈也没事，你不要喝他的药汤。"李岩再次嘱咐，"此人来路不明。"

"爸，我知道。"李思念满脸警惕地盯着燕相马，一副"你别隐藏了，我知道你就是一个坏人"的可爱模样。

"我已经再三解释过了，我是江南城城主燕伯来之子燕相马，是崔小心的表哥，是李牧羊的生死兄弟。李牧羊在这种危急时刻把你们托付给我，那是对我的极度信任。不然的话，他怎么可能放心地把你们交给我，自己却跑去考试呢？"燕相马看着李思念，认真地解释道。

"哼！"李思念冷哼出声，伸手握了握拳头，还好，她的体力在一点一点地恢复。她赶紧用师父教给她的运气之法调理气息，加快恢复的速度。倘若这个流氓胆敢动手动脚，她就一记破拳轰过去。

"你们中的是乌鸦的烟瘴之毒，烟瘴之毒必须用药汤排除干净，不然你们可能会留下后遗症。我确实是为了你们的身体着想，对你们没有任何不良企图。你们要相信我，放心地把这些药汤喝下。我以我的人格向你们起誓，这里面绝对没有添加毒药、迷药之类的东西。我燕相马是江南城的五好青年，绝对干不出那种卑鄙无耻的事情。"

"你的人格？我连你这个人都不认识，怎么知道你有没有人格？"

"姑娘小小年纪就如此有智慧，真是让相马大为钦佩。"燕相马端起盛着药汤的碗，说道，"姑娘既然不相信相马的为人，那么就让相马证明给你们看。"他说着，仰头就把一碗黑乎乎的药汤喝进了肚子里。

燕相马把空碗亮给李岩和李思念看，说道："两位请看，药汤已然入肚，相马并无任何……"

"咕嘟——"

燕相马的肚子里传出响亮的声音。

燕相马转身看向李大路，说道："我让你们熬的是解毒汤吧？"

"少爷，熬的正是解毒汤。"

"那我怎么觉得肚子有点儿不舒服？"

李大路咧嘴笑了起来，说道："少爷不要惊慌，这正是药汤起了效果，它正在给少爷排毒呢！"

"排毒？"

"是啊。"李大路笑着回道，"是强力排毒。一碗药汤下去，身体里面就什么都排干净了。少爷，你怎么了？你的脸色好像不太好看。"

"茅厕在哪里？"燕相马咬牙切齿地问道。

"……"

陈晋是老资格的监考老师了，这么些年考试中途入场的学生也没少见。那样的学生大多家境殷实、背景深厚，但是不学无术，属于混吃等死那一种类型。他们在家人的哀求或者逼迫下进入考场，然后拿了一份试卷熬到每一场考试结束。

对那些学生来说，考试是一种煎熬，对陈晋来说，看那些学生考试也是一种煎熬。

他就想不明白了，既然答不了题，他们又何必跑来浪费时间呢？难道他们还幻想着自己突然灵智大开，或者出题老师脑袋一昏，净出一些简单到他们那种智商的人也可以轻易作答的题目吗？

在陈晋的眼里，李牧羊就属于那种自暴自弃却又不得不来的学生。

果然，他拿了试卷坐到座位上后就开始发呆。

嗯，他开始把玩笔墨了，和以前的那些学生一模一样。

他在转毛笔，嘿嘿，他最好别在笔杆里面藏小抄，那样我可不会和他客气。

哟，他开始答题了。

很快，陈晋脸上的嘲讽就消失了。

因为他发现了一件奇怪的事情，自从李牧羊坐下来开始答题后，几乎就没有停过笔。

他没有像其他考生那般东张西望，更没有假装答题，其实眼睛一直在瞟着四周，寻找抄袭机会。

他偶尔抬头，那是在舒展筋骨。就算是笔头停顿，他看起来也是在冥思苦想。他确实是在答题，而且解答得很顺畅。

陈晋对这个学生充满了好奇，难道是自己误会他了？

陈晋准备亲自去探个究竟，看看自己是不是对他存在什么误解。

为了不让自己的目的看起来太明显，陈晋先从教室的右边开始巡视。考生看到监考老师下来，都把脑袋埋得更低了，又努力地表现出一副"我没打算抄袭"的严肃认真的模样。

陈晋从右边绕到左边，然后在李牧羊的身后停下脚步。

嗯，字写得不错，题目已经做了不少。这是李牧羊给陈晋的第一印象。

很快，陈晋就发现了一件令人震惊的事情。

李牧羊的答案没有错误，他做的每一道题目都是正确的。

至少陈晋认真地帮他检查过后，没有发现任何错误。每一道题目他都回答得很完美。

这不是说他的答案与标准答案无异，而是他的答案很有灵性，他不是在生搬硬套，也不是靠死记硬背。从他的作答中可以看出他对这些题目理解得很透彻，思路非常清晰，归纳整理得很到位。

陈晋大吃一惊，像庖丁解牛一般解决每一道问题，是学校里最优秀的学生才能够做到的事情。

陈晋对李牧羊好感大增，心里不无疑惑地想：他怎么会迟到呢？好学生怎么也会迟到？希望时间还来得及吧。

嗯，怎么回事儿？他怎么不答了？陈晋看到李牧羊停笔了。

他顺着李牧羊的笔尖看过去，题目其实并不难，只是出得有些生僻，很能迷惑人，需要考生好生思考一番。

这样的问题你怎么回答不出来？陈晋心里觉得有些可惜：好好想想，再好好想想，你应该能够找到规律。

咦，这小子竟然放弃了。他直接跳到下一道题目开始解答，真是一个没有耐心的家伙，不过他的这种做法是正确的，毕竟，他来得太晚了，和其他考生相比，已经浪费了太多的时间。

陈晋微微叹息，然后朝讲台走去。他走了几步，又忍不住退了回来。

陈晋站在李牧羊的身边，伸出一根手指点了点李牧羊跳过的那道题，轻轻地咳嗽了两声。

李牧羊抬头看了过去，陈晋面无表情地看着他。

李牧羊想了想后，瞬间了然，再次将题目看了一遍，然后满脸惊喜地把答案写了上去。

陈晋举步离开，一边走一边暗骂自己的不合理行为：该死的处女座！

幸运的是，李牧羊并没有遇到太多的困难。当他把最后一道大题解答完毕的时候，交卷铃声恰好响起，他没有检查的时间了。不过之前崔小心和他说过，只要是他能够答出来的题目，差不多都是对的。因为他统共只复习了那么几十天，见过的题型有限，所以对于考试题目，他要么不知道，要么就有十全的把握答对。那些有诱导性的题目反而难不倒他。

李牧羊只检查了一遍姓名，以及其他一些身份信息，然后就坐在位置上等监考老师收卷。

陈晋走到李牧羊身边的时候，若有所思地看了他一眼，然后就收走试卷走到下一个考生身边。

李牧羊走出教室的时候，各个考场的考生都已经聚集在考院的大院子里。

"李牧羊，"穿着一身白色长裙，戴着一根蜻蜓发簪的崔小心俏生生地站在他的面前，用甜美的声音问道，"考得怎么样啊？"

"我觉得还行，所有的题目都答完了。"李牧羊对着崔小心点了点头，说道，"我来晚了，所以没时间检查，希望不要错太多。"

"来晚了？"崔小心冰雪聪明，瞬间就从李牧羊的话语中听出了不对劲，她问道，"是不是你家里出什么事了？"

"没事。"李牧羊摇头。他不想告诉崔小心杀手乌鸦改变目标跑到自己家去寻仇的事情，那样的话，只会让她替自己担心。反正事情已经解决了，何必让她徒增烦恼？

崔小心看出李牧羊眼里的忧虑，知道李牧羊正在为什么事情担心，但是李牧羊不说她也不好问得太细，她说道："如果有什么是我可以帮忙的，你一定不要和我客气。"

"我不会和你客气的。"李牧羊笑着点头。

"嗯。那么，请继续加油吧！"崔小心对着李牧羊挥了挥拳头，做出一个加油的手势。

"你也是。"李牧羊笑着说道，"我知道你很厉害，应该没有什么问题难得倒你，所以，我们就在落雁湖湖畔相见吧。"

"一定会的。"崔小心坚定地说道。

考生休息了一个小时后，第二场考试就开始了。

李牧羊和崔小心不是同一个考场，他们互相鼓励后就分开了，都为了自己的未来而战。

两科考完，李牧羊没有理会任何人，大步朝自己家的方向跑去。

崔小心提前交了卷，原本想拉着李牧羊一起在考场附近吃午饭。

她坐在考院角落的烟箩树下看小说，看到李牧羊从考场出来，刚准备喊住李牧羊，就看到李牧羊目不斜视直接跑远了。

崔小心有些疑惑，合起书本朝外面走去。

宁心海出现在崔小心的身后，恭敬地说道："小姐，马车在前面，我们是要回去吗？"

"回去吧。"崔小心回道。

"好的，小姐。"宁心海说道。

马车走了很远，崔小心仍然在想李牧羊那双透着担忧的眼睛。

"宁叔，"崔小心突然出声道，"送我去李牧羊家吧。"

"好的，小姐。"宁心海面无表情，吩咐马夫调转方向。

李牧羊推开院门就朝厅堂跑去，看到脸色苍白、身体虚弱，坐在那儿不断呻吟的燕相马时吓了一跳，问道："家里又有杀手袭击？"

如果不是有杀手突袭，那个他离开时还活蹦乱跳，用一把扇子就能"嚓嚓嚓"地把青金石桌切成几块的燕相马怎么会变成这副模样？

"真相比杀手袭击要恐怖多了。"燕相马瞄了李牧羊一眼，有气无力地说道，"我喝了一碗药汤。"

李牧羊径直走到李思念面前，伸手给她把了把脉，问道："思念，你感觉怎么样？"

"感觉好多了。"李思念笑嘻嘻地看着燕相马，说道，"这个白痴，自个儿喝了一碗泻药。"

"我解释过多少遍了，那不是泻药，是解药！"燕相马都快要抓狂了，他看着李牧羊说道，"你来评评理，他们中了烟瘴之毒，我好心让人熬了一锅药汤给他们解毒，结果他们怀疑我别有居心，在药汤里面下毒害人。我燕相马是那样的人吗？为了向他们证明我没有下毒，所以我就把那碗药汤给喝了。"

李牧羊检查过父母的身体状况后，这才完全放下心来，脸上也难得地露出了舒心的笑容。

即便是在考试的时候，他也一直在担心父母和妹妹的安危。现在考试已经结束，家人也没有什么问题，对他来说，没有比这更加幸福的事情了。

李牧羊走到燕相马身边，看着他声嘶力竭解释的样子，说道："然后你就被毒倒了？"

"我说了，这不是毒药，这是解药，这是为了排毒。排毒你懂不懂？"燕相马原本以为李牧羊会明白他的意思，没想到李牧羊也怀疑他在药汤里面下毒。

燕相马现在是欲哭无泪，他想：早知如此，自己何必自讨苦吃搞这么一出吃力不讨好的烂戏呢？

"我相信你。"李牧羊说道。

燕相马虽然言行浮夸，但是有些城府，不会落人话柄。

这是李牧羊对燕相马的认知。

而且，通过上次的接触，李牧羊知道这个人不是坏人，至少现在看起来是不够坏的，不然的话，他们第一次见面时就不会以那样还算和平的方式收场了。

他作为城主府的大少爷，什么高手请不到？什么样的事情不敢做？

李牧羊是表演了空手碎青金石桌的绝技，但这绝对不是燕相马无功而返的真正原因。李牧羊不知道真正的高手是什么样的，但是他清楚，自己远远不是崔小心身边那个可以一招重伤乌鸦的家伙的对手。

这也是李牧羊在两难之时愿意相信燕相马，把家人托付给他的原因，李牧羊如果对他印象不好，是无论如何都不会把自己的家人交到他手上的。如果会让家人陷入险境，李牧羊宁愿不去考试，不去西风大学。

"什么？"燕相马愣了一下，看着李牧羊问道，"你说什么？相信我？相信这不是泻药？"

"我相信你不会伤害我的家人。"李牧羊说道，他咧开嘴巴笑了起来，笑容里带着年轻人特有的朝气，这和之前眼睛血红、浑身戾气的模样有着天壤之别，"不然的话，我是不会拜托你照顾他们的。"

"你不是拜托，是要求！"燕相马没好气地说道。他觉得在之前的那次谈判中自己没发挥好，明明开始时是自己占了上风，怎么最后变成了受人胁迫呢？"不过我说的是真的，这确实是泻药——不，这确实是解药，是解毒的，里面有太阳草。"

李牧羊点了点头，说道："我知道。这种药汤还有吗？"

"有。我熬了一大锅，除了我们家少爷喝了一大碗，其他人的都还在炉子上热着呢。"李大路补充道。

燕相马无比哀怨地看着李大路，把李大路看得心里发毛才罢休，他心想：你这"补刀小能手"的称号是祖传的吧？

"谢谢。"李牧羊对李大路道了谢，然后走进厨房，用饭碗盛了两碗药汤出来，一碗给了父亲，另外一碗端给了李思念。

李思念拼命摇头，说道："我才不喝呢。这药汤又黑又苦，喝了我还要、还要拉肚子。"

"要喝。"李牧羊无比怜惜地看着她，温柔地说道，"你身体里还有烟瘴之毒，这毒必须要排出来，不然的话，对你身体不好。就算这毒不会危及性命，但是谁知道它对内脏有什么影响呢。"

李思念仍然摇头，她最怕苦了。

于是，李牧羊就捏着她的鼻子，把那碗药汤给强行灌进了她的嘴里。

李思念喝完药汤后，捂着嘴巴哇哇乱叫，生气地说道："李牧羊，你讨厌，这药苦死了，苦死了！"

李牧羊把空碗放到一边，说道："我要是你，就立即回自己的房间。"

李思念冰雪聪明，看了燕相马一眼后，立即起身朝自己的房间跑去。

李牧羊摇头轻笑，这个妹妹还真是让他疼到了骨子里。

燕相马看着李思念跑远的身影发呆，好一阵子后才回过神来，他走到李牧羊身边，问道："李牧羊，思念是你的妹妹吗？"

"是的。"李牧羊点头，看到燕相马期待的样子，立即变得一脸警惕，他看着燕相马，问道，"你问这个做什么？"

"你们不是亲兄妹吧？"燕相马问道。

正在喝药汤的李岩听到燕相马的这句话，差点儿被呛到。他气愤地盯着燕相马，大声道："燕相马，你说什么呢？牧羊和思念是一母同胞、亲得不能再亲的亲兄妹，你什么都不知道就不要胡说！"

燕相马笑呵呵地向李岩赔了个不是，说道："我不是有意要说这种话，就是觉得、觉得牧羊和思念长得不太像。"

燕相马认真地打量着李牧羊，说道："可不仅仅是我这么想，要是他们俩一起走出去……"

"他们走到哪里都是亲兄妹。"李岩很不客气地打断了燕相马的话。

李牧羊看了燕相马一眼，示意燕相马不要再继续这个话题。他知道李岩不喜欢听到这种暗示自己和李思念不是亲兄妹的话。他和李思念还小的时候，他们一家一起上街，当别人听说他后面跟着的那个粉雕玉琢的小女孩是他的妹妹时，都忍不住怀疑李思念是李岩、罗琦从外面抱回来养的。每当这个时候，李岩的情绪就会变得特别激动，倒是母亲笑呵呵地和人解释大儿子曾得了一场病，所以身体才如此不好。

李岩是武者，虽然境界不高，但是经过多年苦练，身体素质总是要强于常人。李思念很小就跟着师父练习破气术，虽然不是很努力，可是长期坚持了下来，而且她又足够聪慧，也算是小有成就。

罗琦身体最弱，是最后一个苏醒过来的。

她睁开眼睛后做的第一件事情就是寻找李牧羊的身影，当看到李牧羊好端端地站在自己身边，她不禁眼眶一红，扑过来抱住李牧羊，问道："牧羊，你没事吧？有没有哪里伤着？那个坏人呢？他跑到哪里去了？你爸和你妹妹呢？他们没事吧？"

"妈，他们都没事。"李牧羊抱紧母亲，笑着说道，"我也没事，我们一家都没事。"

"太好了！这实在是太好了！"罗琦热泪盈眶，紧紧地抱着李牧羊不肯撒手，仿佛只要她一松手，李牧羊就会消失。

经历了生离死别，人们才更能体会到生命的可贵。

李牧羊安抚好母亲，然后让她也喝了一碗解毒汤，总算是把一家人全部安排妥当。

李牧羊走到燕相马身边，感激地说道："燕大少，这次多谢你帮我照顾家人，这份恩情我记在心里。来日若有机会，我必当竭诚相报。"

"太客气了，你太客气了。"燕相马笑呵呵地摆手，用一种非常诚恳的语气说道，"我们已经见过数面，也算有缘，你又是我表妹的同学，大家就都是一家人了。你别叫什么燕大少、燕大少的，那个称呼是给外人叫的，你还是和以前一样，叫我表哥就行了。"

"好的，表哥。"

"对嘛，我们就应该这样。对了，我上楼去看看思念现在情况怎么样了。喝完药汤后她怕是得闹一阵子肚子，我这里还有一些药丸。"

燕相马话未说完，就要朝楼上跑去。

"燕相马，你给我站住！"李牧羊在燕相马身后大声喝道。

"我就是想去看看……"

"不行。"李牧羊很是蛮横地把燕相马给拦在身前。

"让我站在门口表达一下我的关心，总可以吧？"

"不行。"

"我刚才帮过你。"

"我说过我会报答。"

"我就不能先收一点儿利息？"

"不能。"

"李牧羊，你狼心狗肺！"

"燕相马，你贪财好色！"

"……"

当崔小心推开大门走进院子时，正好看到李牧羊和燕相马大眼瞪小眼互不相让的情景。她长长的睫毛眨了眨，嘴角微微地向上扬起，看起来十分可爱，她说道："我这是进了动物园吗？"

第14章
君子之交

因为李牧羊眼里的忧虑，崔小心最终还是决定来李家看看。

她和李牧羊相处了这么久，对李牧羊的性格还算了解。李牧羊虽然整天笑呵呵的，但心思细腻，是一个敢于担当的人。

李牧羊总是把妹妹小时候照顾他的事情挂在嘴边，总是说自己不是一个好哥哥，但是他对妹妹的宠爱和包容崔小心能够感受到。

她答应帮李牧羊补习功课不假，但是功课在哪里不可以补习呢？以她的性子，她其实更愿意在一个清静的茶馆或者其他什么地方给李牧羊补习。她不愿意和其他人打交道。

她之所以不排斥李家的人，愿意每天到李家帮李牧羊补习，是因为她喜欢李家的氛围，喜欢看到李思念鬼灵精怪地欺负李牧羊，也喜欢看到李牧羊被李思念欺负时无奈地看向自己的模样。

李牧羊不愿意麻烦别人，哪怕是救了她一命，也仍然为她给自己补习这点小事感动不已。

或许，在他的人生中这也算是为数不多的温暖吧。

正是因为这样，崔小心才更加担心，不知道李牧羊那么担忧是不是因为李家出了什么事。

文试还没有结束，明天还有两门重要科目的考试。她不希望在这个关键时刻，李牧羊被其他事所扰。如果能够帮忙，她愿意伸出双手拉他一把。

李牧羊不知道她的身份，但是她对自己再了解不过。

她会做这样的事，怕是能让整个江南城都震惊呢。

"你怎么来了？"李牧羊和燕相马看到崔小心面带微笑地站在门口，异口同声地问道。

崔小心再次眨了眨眼睛，抿嘴轻笑，说道："你们俩真是心有灵犀呢。"

燕相马狠狠地瞪了李牧羊一眼，跑到崔小心面前说道："表妹，你怎么到这里来了？中午不回去吃饭？"

"表哥能来，我就不能来？"崔小心疑惑地看着燕相马，心想：难道李牧羊是因为燕相马找事才这么担忧？燕相马是想趁着自己忙于考试故意跑到李家来找麻烦吗？

她刚才在外面看到了燕相马养的那群护卫，如果燕相马是为了让李牧羊疏远自己而来，那么今天自己还当真是来对了。

"我怎么会这么想呢？"燕相马温和地笑着，说道，"我来得，表妹更来得。我知道表妹和牧羊是同学，同学之间互相走动不是很好的事情吗？我读书的时候也认识了一些很不错的同学。"

崔小心愕然，她若有所思地看着燕相马，说道："那么，表哥又是因为什么而来呢？"

崔小心知道姑姑家对自己的行踪了如指掌，更清楚他们对自己给李牧羊补课这事所抱的态度。

上次，表哥还意有所指地将她给李牧羊补习的事情透露给小姑，小姑也提出用一些礼物来报答李牧羊的救命之恩，然后大家就老死不相往来。

富贵之家，哪里愿意和这样的普通人沾上关系？

当然，他们更怕自己对李牧羊生了情愫。这真是一件非常荒谬的事。难道只是因为自己和学校里的男生多说了几句话，他们就可以断定自己喜欢上他了吗？

这怎么可能？

可是，表哥今天是怎么了？他说同学之间应该互相走动，看他的表情，也不像是随口说说。

"我来看看牧羊啊。"燕相马笑呵呵地说道，"表妹上次遇袭，多亏了牧羊舍命相救。这份恩情，你们崔家和我们燕家都要牢牢记在心里。正好这几天我比较空闲，所以就过来看看牧羊。哈哈哈，没想到我和他一见如故，意趣相投。"

崔小心的担忧更甚，她看着燕相马的眼睛问道："表哥，你没吃错药吧？"

燕相马立即露出伤心的样子,仿佛受到了致命一击。

他瞪大眼睛看着崔小心,说道:"表妹怎么知道我今天吃错药了?这件事情那么快就传出去了?"

"表哥,"崔小心皱眉,不满地说道,"你到底在说些什么?"

"我吃错药的事情啊。"燕相马有些慌张,气愤到不行,说道,"表妹,你还没告诉我你是怎么知道我吃错药这件事情的。李思念没有出门,两位长辈也一直在家,李牧羊回来之后就没有出去,表妹是怎么知道我吃错了药这件事的?"

他顿了顿,小心翼翼地问道:"这件事情没有其他人知道吧?"

"表哥!"崔小心快要生气了。虽然她觉得表哥以前也没个正经,但是他今天格外过分。

崔小心根本就听不懂他在胡说些什么。难道他是在故意转移话题?

李牧羊见两人鸡同鸭讲地说了半天,笑得前仰后合,他走到崔小心面前把燕相马错喝药汤的事情讲了一遍。

崔小心也笑个不停,说道:"表哥,你的身体没事吧?"

燕相马恨不得赶紧找一道地缝钻进去,他对李牧羊的这种"告密"行为很是不满,说道:"李牧羊,你太过分了,我受你所托帮你照顾家人,又为了帮你的家人排毒让人熬了那解烟瘴之毒的药汤。如果不是为了取得他们的信任,让他们知道我给他们喝的是解药不是毒药,我用得着亲自品尝?"

李牧羊笑得更欢了,对着燕相马拱了拱手,说道:"是的,谢谢燕大少。燕大少的大恩大德,李牧羊没齿难忘。"

"烟瘴之毒?"崔小心表情凝重,问道,"乌鸦来了?"

燕相马大惊,他打量了一番院子。小院被人收拾得干干净净,墙上和地上的血迹也全被抹掉了。除了青石墙上面的凹槽和缝隙,院子里完全看不出有打斗过的痕迹。

难道小心表妹仅仅因为自己的一句话就知道了乌鸦来过的事?

燕相马对着李牧羊眨了眨眼睛,示意这个问题由他来应付,他笑着道:"乌鸦?乌鸦怎么会到这里来?"

"你笑了。"崔小心说道。

"对啊，我是笑了。哈哈，难道我还不能笑吗？"

"如果你不是想隐藏什么，在我问你乌鸦有没有来过的时候，你应该表情凝重、神色戒备才对，因为最近你们主要的精力都放在了搜索乌鸦下落这件事上。而且，你说熬解毒汤是为了解烟瘴之毒，我在遭遇乌鸦袭击后，特意让宁叔给我收集了一份有关乌鸦的资料，自然知道乌鸦最擅长的是召唤食尸血鸦和释放暗黑迷障。"

崔小心的视线在院子里扫来扫去，她看着李牧羊，说道："乌鸦来了，他把击杀目标换成了你，因为你救了我，所以他要报复。是这样吗？"

燕相马呆滞了半天，看着李牧羊，同情地问道："你当真要娶这么聪明的一个女人吗？"

"我……"李牧羊被这句话给闹了一个大红脸，故作生气地说道，"燕相马，你在说什么呢？我什么时候说过……"

"你的意思是你不愿意？"燕相马瞥了李牧羊一眼，很是鄙夷地问道。

"我……你……"李牧羊情窦初开，崔小心是他的初恋，他把这份心事藏在心里，就像是母鸡趴在窝里等待着有朝一日能孵出小鸡。燕相马这样当众把他的心事给说了出来，他顿时羞得面红耳赤，双手都不知道放在哪里才好。

"表哥！"崔小心也有些羞涩，嫩白的脸上出现了一抹绯红。不过她隐藏得很好，面上没有太多的表情，"你再胡说，我就要回去告诉小姑了。"

"好好好，我错了，我投降。"燕相马很怕自己的老妈，他说道，"我这不是有心帮忙嘛。"

崔小心疑惑地看了燕相马一眼，然后看着李牧羊问道："叔叔阿姨怎么样？思念怎么样？有没有人受伤？你呢？乌鸦现在在哪里？"

"我爸妈没事，思念没事，我也没事。"李牧羊看着崔小心说道，"不过他们喝了解毒汤，现在怕是没办法下来见客。"

"乌鸦呢？"崔小心看着李牧羊问道。

"他啊……"李牧羊用求助的眼神看着燕相马。

"被我杀了。"燕相马接话道。

"嗯?"崔小心漆黑的眼睛紧紧盯着燕相马的脸。

"乌鸦是被我杀了。"燕相马说道,"你也知道,这段时间我一直在派人搜索乌鸦的下落,好不容易才打探到他的消息,却不敢打草惊蛇。后来他自投罗网跑到了李牧羊家里,我就带着护卫过来布下了天罗地网。嘿嘿,他敢欺负我小心表妹,我自然不能饶了他。你也知道,最近我功力进展神速,和他大战了三百回合,一记打龙眼把他给戳瞎后,一掌拍中了他的胸口。"

崔小心沉默良久,对着李牧羊深深鞠了一躬,说道:"对不起,是我给你惹麻烦了。"

"千万别这样。"李牧羊赶紧伸手去扶。

崔小心挺直脊背,看着燕相马说道:"表哥,既然是你杀了乌鸦,那就向城主府汇报领取赏金吧。"

她的目光变得犀利起来,话语轻柔却不容置疑,她道:"倘若有人敢质疑你的能力,你不妨让他永远闭嘴。"

被称为"帝国明月"的女人,确实不是寻常女子可比的。燕相马在心里感叹着。崔小心进门不过短短数分钟而已,就已经了解了事情的来龙去脉。自己虽然有心想帮李牧羊隐瞒,却被她一眼看穿。

崔小心知道乌鸦是被谁杀死的,也清楚自己抢功劳的良苦用心。

自己想保护李牧羊,才说乌鸦是被自己杀死的。

崔小心也想保护李牧羊,所以愿意相信乌鸦是自己杀死的。

同样的话,自己说时坦坦荡荡,怎么小心表妹说时自己心里就有那么一点点不舒服呢?但是,既然小心表妹用这样认真的语气和自己提这件事,自己就不得不答应下来。

因为崔小心不仅是自己的表妹,还是崔家的女子。燕家是崔家的姻亲,也是附属,自己的地位自然是不及崔小心高的。就算以后崔小心嫁人,那也是嫁给门当户对、能够给崔家带来巨大助力的人,譬如宋家的那块美玉。

自己呢?一个城主的儿子,还真是很难被那些豪门贵族放在眼里。

倘若不是因为自己的母亲是崔家的人，自己怎么有资格和小心表妹这样朝夕相处，平等对话？

燕相马拍拍自己的胸口，说道："表妹放心吧，我这人做事就喜欢讲究一个理字。是我的功劳，谁也别想抢走；不是我的功劳，我想抢走别人也不能多话。我一会儿就去城主府报备，说我把杀手乌鸦给除掉了，顺便把那悬赏的三千枚金币给领了。李牧羊，这次多亏你诱敌深入，晚点儿我会让人送一千五百金币过来，赏金咱们兄弟俩一人一半。"

李牧羊连连摆手，说道："不用不用。那是你的，和我没有关系。"

"怎么？你看不起我？"燕相马说道，脸上带着不豫之色。

"那倒没有，我就是觉得无功不受禄。"

"行了行了。"燕相马不耐烦地说道，"我给你的你就收着，在我们的圈子里，别人送礼你不收，那也是不给人面子。谁不给我面子，我就想打谁的脸。我们纨绔子弟什么事情都做得出来。"

燕相马压低了声音，小声问道："我能不能上去看看思念？"

"不行。"

"我给你两千枚金币。"

"不行。"

"两千五。"

"不行。"

"三千全给你，行了吧？"

"不行。"

燕相马用手指头点了点李牧羊的胸口，说道："小子，难道你不觉得我们应该携手合作、共创美好未来吗？"

"你什么意思？"

"你喜欢我表妹，我也觉得思念挺可爱的，你帮我追你妹，我也帮你追我表妹，咱们互通消息，互造机会，如何？"

李牧羊翻了一个白眼，说道："滚！"

燕相马拉起崔小心的衣袖，说道："表妹，他赶你走，咱们回去。"

"燕相马！"李牧羊很想冲过去把燕相马打一顿，心道：我说"滚"，又不是要把崔小心赶走，我挽留崔小心都来不及呢。

崔小心甩开了燕相马的手，看着李牧羊说道："我知道你经历了很多事情，你和你的家人遭遇了巨大的危险，但是我希望这些事情不要影响到你接下来的考试。如果有什么是我们能帮忙的，请你一定要提出来，一定不要客气。"

"啊？"李牧羊看着崔小心，发现这个女孩子突然变得陌生起来。她就像是回到了那次游湖活动前，和班级里的每一个人都保持着一定的距离。

"那么，我和表哥就告辞了。"崔小心微微鞠躬，行了一个帝国标准的贵族礼，"请保重。"

"崔小心！"李牧羊开口喊道。他觉得崔小心变了，崔小心疏远了他。可是，这种疏远又让他难以捉摸，因为一直以来崔小心都没有靠得太近，只是在他主动靠过去的时候，她没有躲避而已。

崔小心转身，淡然地看着李牧羊，轻柔地问道："李牧羊同学，你还有什么事吗？"

"我是想问你，"李牧羊咧开嘴巴，露出两排洁白整齐的牙齿，他的侧脸在午时的阳光下闪着微弱的黄色光晕，眼睛微微眯起，长长的睫毛就像是一把小扇子，他拿出自己最大的勇气，小心翼翼地问道，"我们说好了一起去西风大学的落雁湖湖畔看夕阳，这还算数吗？"

崔小心眼里的忧伤一闪而过，她轻轻地拂起额前的一缕头发，脸上没有任何表情，她说道："李牧羊，这是以后的事，至少，是你考上西风大学以后的事。所以，你好好努力吧。"

崔小心走了，明天也不会来了。李牧羊的心里空落落的。

"崔小心为什么突然就变成这样了呢？"李牧羊的心情有些低落，少年心中有着难以言说的忧伤。

"你为什么突然变成这样了呢？"马车里，燕相马看着崔小心问出了这样的问题。

"乌鸦要杀的人是李牧羊，是不是？"崔小心问道。

"是的。"燕相马知道自己瞒不过这个表妹，坦白道，"情况极其危险，我过去的时候李牧羊的父母和妹妹都处于昏迷状态。李牧羊站在院子里，全身是血，就像是从地狱里钻出来的恶魔。地上满是食尸血鸦的尸体，乌鸦的尸体却不见了。据李牧羊所说，是食尸血鸦反噬，把乌鸦给吃掉了。食尸血鸦之所以噬主，那是因为它们无其他血肉可食，也就是说，在我到来之前李牧羊就已经击败了乌鸦。这件事情你怎么看？难道你不觉得李牧羊的身体里藏着一只怪兽吗？"

"乌鸦背后的人找出来了吗？"崔小心的手指头交叉在一起轻轻地摩擦着，这是她陷入深思时的一个习惯性动作。

"暂时没有。"燕相马摇头。

崔小心不愿意讨论李牧羊身体里的秘密，这在燕相马的预料之中。

燕相马接着道："父亲已经把你遇袭的事情写入密信，密信也已经传给了天都那边，但是天都那边还没有回复任何关于指使者的消息，只是要求我们无论如何都要保证你的安全。一个杀手而已，而且还是一个死了的杀手，又能留下什么线索呢？"

"所以，你觉得我这样做有什么问题吗？"崔小心反问。

"我知道你是为了保护李牧羊，幕后的黑手没有找到，谁知道有没有下一拨杀手。李牧羊这次坏了他们的事，他们自然会将仇恨放在李牧羊的身上。他一个普普通通——其实也不算普通的学生……他藏得很深，我看不透他。"

"他的人不普通，但是他的心是普通的。"崔小心轻声说道。

"是啊，他是一个好人。"燕相马轻轻叹息，"所以，我才觉得你这样对他，是不是有些残忍？"

"靠近他，害死他，我才是残忍。"崔小心说道，"我们迟早要分开，这个时间早一些晚一些又有什么区别？"

"是啊。"燕相马看向窗外开得正艳的火红色寒绯樱，说道，"还是表妹想得透彻一些。"

崔小心低头不语，良久，才开口说道："我让表哥站出来冒这个险，还请表哥不要生气。"

燕相马轻轻地拍拍崔小心的肩膀，他知道这个女孩子心里很不好受。

"这不是理所应当的事情吗？"燕相马笑容温和，带着对妹妹的包容，"让一个没有任何关系的人来冒险，我才会介意。谁让我是你的表哥呢？我们才是真正的一家人。"

燕相马顿了顿，看向崔小心，忍不住又问道："你对李牧羊当真一点儿感觉也没有？"

"我们只是君子之交，表哥何须问出这样的问题？"

"唉！"燕相马遗憾不已，说道，"他也有一个好妹妹。"

那解毒汤效果明显，李岩、罗琦和李思念喝了之后，身体并没有出现什么后遗症。李岩当天晚上就从床上爬了起来，在院墙上面糊糊补补，很快就把那被撞出裂缝的青石墙面修好了。罗琦烧火做饭，李思念在一旁捣乱。

李牧羊的家人对燕相马除掉乌鸦这件事没有产生怀疑，在他们的眼里，李牧羊永远都是那个需要他们照顾的病弱小男生。

生活恢复如常，就像是什么事情都没有发生过。

李牧羊心里却清楚，有些事情已经不一样了。他感觉到了崔小心的疏远，也预料到了某种终将出现的结局。他的情绪很糟糕，但是他并没有表现出来。吃过晚饭后，他抢着去洗碗。罗琦说什么也不同意，让他赶紧上楼学习。

李牧羊伸手给李岩切脉，罗琦疑惑地看了过来，问道："牧羊什么时候学过切脉呀？"

李牧羊心中早就准备好了说辞，笑着说道："我跟着道士师父学的，不过以前没机会表现。"

李岩点了点头，说道："他是世外高人，你要是能学会他的医术，倒也算有了一门不错的谋生手艺。"

罗琦怒了，生气地道："李岩，你怎么说话呢？我儿子是要去读西风大学的，以后他会有大出息，要什么医术谋生？"

李岩憨厚地笑笑，说道："做大夫不也挺好的吗？生活安逸，受人尊重。"

"那也要我儿子自己愿意。他要是喜欢，我自然是由着他去学。他要是不喜欢，我们可不能勉强他。"

"好好好，儿子的事情你说了算。"李岩不愿意在李牧羊的事情上和妻子发生争执，因为他从来都没有争赢过。

李思念跑了过来，抱着李岩的手臂讨好道："爸，我的事情你说了算，你说怎么着就怎么着，好不好？"

李岩伸手摸了摸女儿的小脑袋，说道："好，那你赶紧上楼睡觉吧。"

"爸，这才几点啊？"李思念不满地说道，"刚才我还支持你呢，你就不能也考虑考虑我的感受？"

"这还是我说怎么着就怎么着啊？既然现在不想上楼睡觉，那你就再陪爸爸坐一会儿。"李岩实在是爱极了自己这个聪明懂事的小女儿。他突然又想起了那个被陆家要走的大女儿，她应该也是这样漂亮可爱吧。她过得应该比小女儿更加幸福吧。

"爸，你脉搏正常，体内的毒素应该已经排除干净了，现在最重要的就是补充营养，让自己的体力尽快恢复。"

李牧羊嘱咐完父亲，又对李思念说道："现在轮到你了。"

"哥，"李思念眨了眨眼睛，说道，"你去我房间后再看好不好？"

"为什么？切完你的脉我还要给咱妈看呢。"

"哎呀，你怎么那么笨啊？人家是女孩子呀。"

"可是……"

李思念的房间布置得温馨素雅，不像其他女孩子的那样全是粉色，一应摆件看起来也极为美观。

虽然她的房间大，但是每次要聊什么事情的时候都是她跑到李牧羊的房间，李牧羊倒是很少来她的房间，可能是觉得她越来越大，是一个大姑娘了，有自己的隐私了吧。

"哥，你的心情很不好，是吗？"李思念一屁股坐在椅子上，把脚上的拖鞋一甩，盘着双腿打坐，跟一个小和尚似的，她开门见山地问出了自己的疑问。

"没有啊，怎么会呢？"李牧羊笑着说道。

"你还撒谎。"李思念不屑地说道，"吃饭的时候，我好几次看到你走神。我和你说话你不理我，我给你夹香菜你也吃了，以前你从来都不吃香菜的。"

"可能是因为今天发生了那样的事情，而且那事又是因我而起，所以我的心里……"

"所以你的心里实在放不下小心姐姐？"

"……"李牧羊就知道，什么事情都瞒不过这个小丫头。

"哥，你难道还看不出来吗？小心姐姐是要和你一刀两断。"

李牧羊沉默良久，笑着说道："我看出来了，然后呢？"

"然后，"李思念轻轻叹息，将自己皓雪般的手腕递给李牧羊，说道，"给我切脉吧，你还是要好好活着，还是要做好你自己。不就是一个女人吗？你要是不嫌弃……"

"什么？"

"我就给你做两天女朋友？"

"你又想骗我钱。"李牧羊说道。

"……"

李牧羊参加了第二天的考试，后面的两场考试并不难，除了有两道小题李牧羊想不出答案，其他题目他全部解答出来了。

李牧羊自我感觉良好，因为按照崔小心的说法，凡是他能够解答出来的题，就一定是对的。那么自己的答卷岂不是接近完美？

李牧羊没有再见到崔小心，考试结束后他特意在考场门口等了一阵子，直到学生散尽，他也没有等到崔小心。他明白，她可能提前交卷离开了。

考试结束后，按照老师的要求，所有学生要回教室集合。李牧羊回教室之后，朝崔小心的位置看了好几次，她果然没有过来。倒是李牧羊的出现让班里的学生很惊讶，他们对着李牧羊指指点点，议论纷纷。

张晨转身看着身后的李牧羊，笑呵呵地问道："李牧羊，考得怎么样啊？"

"我觉得还行。"李牧羊对崔小心的离开感到很失落，面无表情地说道。

"还行是什么意思啊？我听说最近崔小心同学一直在帮你补课，你一定可以考上西风大学吧？"张晨说完之后朝着周围的人做了一个鬼脸，其他人都会心大笑起来。

文试结束，每个人的心里都松了一口气。有这样的好戏可看，他们自然不会错过。

李牧羊认真地想了想，然后说道："应该可以吧，不过这种事情谁也没办法打包票。"

"……"

全场死一般的安静。

张晨瞪大眼睛看着李牧羊，说道："李牧羊，你疯了？你知不知道我刚才在问什么？"

"我没疯。"李牧羊目光犀利地盯着张晨，说道，"你如果再这么嘲笑我，一定会知道我准备做什么。"

张晨当真怕李牧羊和他动粗，但是就此妥协又会让人瞧不起。于是，他嘴硬道："西风大学你去不了，崔小心你也追不上。李牧羊，你就算努力也是浪费时间，仍然是一个一无是处的废物。"

李牧羊一把抓住了张晨的衣领，就那么当着全班同学的面把他给提了起来，然后朝着教室外面的荷花池走了过去。

"扑通——"

李牧羊猛地用力，把张晨丢进了水池里。

"李牧羊，你这个疯子！"张晨在水池里拼命地扑腾，大声喊道，"你给我等着，这次我一定饶不了你！"

李牧羊的眼睛变得血红，声音里带着一股子难以抑制的戾气，他恶狠狠地说道："我会上西风大学，也会追上、也会追上崔小心。"

第15章
恶人砸店

作为富饶之城江南城的城主，燕伯来每天都很忙。

但是，即便是在这样的情况下，他仍然决定找儿子燕相马谈一谈。

他看了一眼站在墙角欣赏着帝国名师秦快语的《虎啸群山图》的燕相马，端起桌子上的茶杯抿了一口热茶，说道："古人讲究龙虎精神，龙被屠尽，倒是猛虎仍然啸傲山林。秦快语不愧是帝国名师，寥寥几笔就将虎王的威严给表现得淋漓尽致。每次观赏此画，都能让人心胸开阔。"

燕相马知道父亲手头上的文件暂时处理完了，转身朝着父亲走去，笑着说道："父亲就是这江南城的虎王，怒吼一声，江南城群雄沉默，宵小顿首。"

"马屁精。"燕伯来云淡风轻地道。比这更夸张的奉承话他听得多了，从自己儿子嘴里说出来的马屁话更是数不胜数。

"乌鸦是你杀的？"

"是的，父亲。"燕相马笑着说道，"那个乌鸦自寻死路，竟然敢袭击小心表妹。最近城主府的宪兵全被派出去搜寻乌鸦的下落，我也想要为父亲分忧，为表妹报仇，于是就派了自己的心腹下属四处搜寻，没想到还真被他们找到了一些踪迹。我们顺藤摸瓜，然后布下天罗地网，将其一举击杀。"

"你们是在哪里将其击杀的？"

"李牧羊家里。"

"小心的那个同学？"

"是的，父亲。"

燕伯来仰头沉思，视线没有任何焦点，过了一会儿，他声音低沉地道："两次袭击都和那个李牧羊有关系，那个李牧羊的身份清白吗？"

"父亲，我找人查过，李牧羊的身份绝对清白。他绝对不会是宋家或者陆家安插在江南城的棋子。"

燕伯来的神色变得严厉起来,他沉声喝道:"是谁告诉你这次的刺杀和宋家或者陆家有关系的?"

"父亲,这种事情还用别人告诉我吗?除了宋、陆两家……"

"闭嘴!这样没有根据的话,以后休得再提。"

"我也不是乱说,就是在你面前才这么随口一说,现在这个房间里只有我们父子俩。"

"在我面前也不许胡乱猜测,攀扯别人。记住,这是大忌。"

"是。"燕相马微微鞠躬,接受了父亲的教导。

燕伯来的脸色这才缓和了一些,他看着自己的儿子说道:"乌鸦是帝国杀手榜排名前二十的杀手,实力不弱。你仅仅处于高山境界中品,如何能以一己之力杀掉乌鸦?"

"也不是只有我一个人,还有李大路他们帮忙。你也知道,李大路他们实力很不错,就是人蠢了点儿而已。"

"既然你的人找到了乌鸦的下落,你为何不及时通报城主府?又为何不和我商量就跳出去揭了通缉令?"燕伯来若有所思地看着燕相马,说道,"你到底在隐瞒什么?"

燕相马表情微僵,瞬间又恢复自然,笑呵呵地说道:"我哪里要隐瞒什么?我又有什么好隐瞒的?我之所以没有让人及时通报城主府,那是因为时间来不及啊。你也知道乌鸦的本事,他来无影去无踪的,作案速度又超级快。我碰到他之后连个喘息的机会都没有,更不用说分神派人去求援了。再说了,悬赏乌鸦是城主府公布出去的消息,告示是父亲亲自盖了印的,我杀了乌鸦后自然要去领取赏金,不然的话,父亲高风亮节惯了,肯定是不愿意我去拿那三千枚金币的。"

"你知不知道,你领下这份功劳,以后那幕后的黑手就会盯着你,你就要遭受他们层出不穷的报复?"

"父亲,我是谁?"

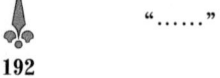

"……"

"我是燕相马,是江南城城主燕伯来的儿子。我父亲威名赫赫,镇守一方,我自然也要顶天立地,无所畏惧。那些只敢躲在背后下黑手的小人,我会把他们放在眼里?他们有本事就跳出来和我真刀真枪地打一架,看我不捏碎他们!"

"胡闹!"燕伯来一巴掌拍在桌子上,"你以为这是儿戏?"

燕相马看着自己的父亲,认真地说道:"我没有觉得这是儿戏,但是,这是我应该承担的责任。"

燕伯来盯着儿子看了好一阵子,然后摆了摆手,说道:"你出去吧。"

"是,父亲。"

燕相马张嘴还想说些什么,终究是什么话也没有说出来,转身走了出去。

"咔——"

房间里响起机关启动的声音。

那幅巨大的《虎啸群山图》从中间一分为二,墙壁的中间出现一个巨大的黑洞。一个身穿灰袍的老人从黑洞里面走了出来。

他走到燕伯来的面前,看着燕伯来说道:"城主,此事少爷牵扯过深,恐怕会有后患。"

燕伯来推开椅子站了起来,有些烦躁地在书房里走来走去,说道:"此事崔家都没有给出一个结论,他却在中间搅弄风云,着实让人气愤。看来是我平时对他太疏于管教了。"

"接下来我们要怎么办?"

燕伯来看着窗外的月色,沉吟良久后说道:"第一,务必派人保护相马的安全。他有一些自保能力,但是这还远远不够。"

"是。"

"第二,要保护小心的安全。小心这两天不出去了是好事。文试结束了,过几天崔家就会来人,小心也要被接回天都了。天都风起云涌,局势难测。我们静观其变。"

"是。"

"第三,再去查一查李牧羊,如果有必要,你不妨亲自出手试探。"

"城主是怀疑李牧羊是帝都之人的棋子？"灰袍老人沉声问道，"少爷查过，我也找人查过。他的所有资料都很正常，找不到任何破绽。"

"找不到任何破绽说不定就是最大的破绽。"燕伯来神色冷峻，说道，"能击杀乌鸦的高手，又岂是人们口中的废物？"

"是。"灰袍老人沉声说道。

燕伯来轻轻叹息，说道："相马整日游手好闲终究不是正途，此次小心回天都，就让他也去那里谋一份差事吧。"

李牧羊因为把张晨丢到荷花池这件事，再一次成为复兴高中的话题人物。

李思念每天从学校回来时，都会亢奋地向他讲述这场风波的后续。

"哥，你知道吗？现在学校里有好多男生崇拜你。

"有人怀疑这事情是假的，因为以前张晨那么厉害而你那么不出色，嘿，结果好多人站出来说这事是他们亲眼所见，那些怀疑者都被打脸了。

"哥，我们班的女生给你写了一封情书。以前你没有收到过情书吧？来，你摸摸，情书就是这个样子的。华娟可是我的死党，你要不要考虑一下？"

李牧羊倒是心态平和，无论李思念讲得多么起劲，他都只是淡淡地笑着，偶尔觉得小姑娘有趣，也会跟着调侃一下自己。

李牧羊把张晨丢进荷花池后，没和任何人打招呼就离开了学校。因为他知道，自己如果还留在那里，只会和张晨发生更大的冲突。

他不想妥协，更不会道歉。

当然，张晨也肯定不会。

他听人说过张晨的父亲是一个很厉害的人物，可是，那又怎么样？张晨的父亲有乌鸦厉害吗？

李牧羊这几天一直在反思。

以前他也时常会受到嘲讽或者欺凌，很多时候他遇到的事比现在遇到的要过分很多。那个时候的他心态平和，只要那些人不影响自己睡觉，他都不会反击，只想让他们赶紧欺负完，自己好睡觉。他从来没有像现在这般容易暴怒过，更不会因为三言两语和同学大打出手。

李牧羊知道自己的身体发生了巨大的变化。

譬如他一拳打飞了张晨，譬如他一拳轰飞了乌鸦，再譬如他能够轻易地掰断青金石桌的桌面。

他心中戾气太盛，体内热血沸腾。

李牧羊现在知道了，自己的身体里面住着一只怪兽。

这正如乌鸦死前的询问：你到底是什么怪物？

自己的身体里面到底住着一只什么样的怪兽呢？李牧羊一直在思考这个问题。总是有断断续续的画面在睡梦中出现，他梦见自己被巨龙撕裂身体，梦见巨龙被斩成数段，也梦见两团光影在天空中追逐，那是自己的宿敌。

还有那不学而知的知识，那各种各样他仿佛见过却又感到陌生的解题方法……

他身上的变化太大了，大到他觉得自己已经不是李牧羊了。

更难过的是，他不知道自己的变化可以向何人诉说，他找不到能够为自己解惑之人。

他就在这种既惊奇欣喜又小心翼翼的状态下等待着，等待着自己的真身出现，等待着那遥远的天都向自己发出邀请。

"西风大学，"李牧羊喃喃地念出这个大学名字，"拜托了。"

最近李牧羊在练字，以前他很少写字，所以字写得不怎么样，当他觉得自己的字不怎么样时，那就更加没有了练字的动力。

人性便是如此！

可是，这一段时间他发现自己写的字大有长进，架构笔力都有大幅度的提高，写出来的字很有一点儿落笔如云烟的感觉。

李牧羊见之大喜。

他听人说过，一个人写出来的字就是他的第二张脸，他第一张脸没长好，所以就很想在第二张脸上找一些存在感。只要没事，他就伏案练字。他没有刻意模仿名家的字，就那么随意地书写。他越写越好，也越写越流畅，就像他原本就应该会写这种字体。

"又是原本，又是应该。"李牧羊轻轻叹息。

李牧羊写了两个小时的毛笔字后，站起来到院子里活动身体。

上次的乌鸦事件，让他感觉到了身体的重要性。所以，只要没事，他就按照《破气术》里面的法诀行走。多走几圈后，他就能明显感觉到疲劳被一扫而光，大脑也清醒了许多。

李牧羊正在行走时，院门被人"嘭嘭嘭"地敲响。声音急促，让人感觉来人有什么重要的事情。他快步走过去开门，隔壁赵婶站在门口，看到他后赶忙问道："牧羊，你爸在家吗？"

"不在，赵婶有事吗？"

"牧羊，快去找你爸，你们家的糕点铺出事了！"赵婶急得不行，说话的时候脚还跺个不停。

李牧羊急了，说道："店里出什么事了？我妈没事吧？"

"我从你家糕点铺的门口经过的时候，看到有一群流氓在你们家店里闹事，现在你妈倒是没事，就怕晚些时候要吃亏。快去找你爸回来！"

李牧羊带上院门，朝着糕点铺跑去。

"快去找你爸回来，你去没用！"赵婶在后面嘱咐道。街坊邻居的，谁不知道李牧羊是一个病秧子啊。

罗琦站在思念糕点铺门前，笑呵呵地说道："天意大哥，我不是不给你面子，主要是我们这是小本经营，辛苦一天也赚不到几个钱。月前我们才交的费用，这才月中呢，你怎么又要收费了？照你这么个收法，我们实在承担不起啊。一个月下去，我们不仅没有赚头，反而还要往里面贴钱。"

水柳街最大的恶霸，五短身材、脑袋浑圆的张天意皮笑肉不笑地盯着罗琦，说道："罗老板，你这话说给别人听还行，说给我们这些老街坊听可就没什么意思了。你这思念糕点铺每天生意如何，我张天意可全看在眼里。思念糕点铺有多少人进出，我都让手下的小兄弟帮忙记着呢。你罗老板是一个能人，你们的思念糕点铺在咱们江南城也是小有名气。怎么着？你不愿意交管理费是吧？"

张天意扫了一眼身后的众小弟，笑着说道："你要是不愿意让我们管理也行，要是有人跑到你们店里打架斗殴什么的……"

张天意想"光说不做假把式"，于是进铺里，从架子上面取了一盘刚刚做好的莲花糕，猛地朝地上摔去。

"哐当——"

铁皮托盘砸在花岗岩地板上面后弹起，散发着莲花香味的糕点四处翻滚。

"天意大哥，何必把人逼到绝路？我不是不愿意交管理费，只是我月前已经交过管理费，一个月你收一次，我们还能够勉强承担。一个月你收两次，我们实在承担不起啊。"

"这么说，你还是不愿意给是吧？"张天意笑呵呵地问道。

"你能不能等到下个月再来？"罗琦为难地说道。

"两个孩子要上学，家里也要开销，每个月的生活就靠糕点铺里的一点儿收入来维持，我们实在很困难。"

"天意哥，不要和她废话了，我们把她这店铺给砸了！"

"不愿意出小钱的人，一定会损失大钱。到时候连店都没有了，我看你还怎么养家糊口！"

"天意哥找上你，那就是天意！你还敢逆天而行？"

"哟，豹子哥这马屁拍得好，威武霸气！"

张天意看着罗琦风韵犹存的脸，心里有了别的心思，笑呵呵地说道："考虑好了吗？你如果不愿意交钱，也不是没有别的解决办法。"

"什么办法？"罗琦警惕地问道。她是从大户人家里面走出来的，对人性很了解。她才不相信张天意会有那样的好心免除他们的费用呢。

"你陪我去喝一杯，怎么样？咱们兄妹俩坐在一起喝喝酒聊聊天，说不定就会想到其他解决办法，对不对？在你斜对面开饭馆的那位，你去打听打听，我什么时候收过她的管理费？"

"啪——"

张天意的脸上挨了一巴掌。

罗琦脸上的笑容消失，眼神冷厉，她盯着张天意，说道："你休想！"

"啧啧啧，"张天意伸手摸了摸被罗琦抽过的脸颊，然后用舌头舔了舔掌心，笑呵呵地说道，"香，真香！你的手带着一股奶味。"

张天意大手一挥，吼道："兄弟们，砸店！"

"哐当——"

一个货架被推倒。

"砰——"

炉台被砸出了一个大窟窿。

"不要砸我们的店！"糕点铺的小姑娘冲上去想阻拦，却被一个大块头给一把搂在怀里，大块头狠狠地在她粉嫩的脸上亲了一口。

"住手！你们都给我住手！"罗琦大吼道，扑上去想把小姑娘从大块头的怀里救出来。

张天意上前一步，用自己壮硕的身体一拦，不怀好意地看着罗琦，笑着说道："罗老板，考虑得怎么样了？你再不答应的话，这思念糕点铺可就真的什么都没有了。"

"你休想！我就是死也不可能答应你这种要求！"罗琦声音尖厉地喊道。

"你看看，你看看，你就是没有对面那位聪明。原本是一件小事，一件很容易解决掉的事情，你为什么一定要搞得这么复杂呢？"张天意遗憾不已。

他环视了一遍看不出原样的店铺，笑着说道："我叫张天意，我来找你，那是天意使然。你不愿意顺应天意，天意也不会让你继续在这条街上刨食吃。别的地方我管不着，但是在这水柳街，我说什么就是什么。"

他高高举起手臂，然后用力向下挥去，大声喊道："砸！给我使劲儿砸！我要让她这店里没有一样可以立得起来的东西！"

"哐当、哐当……"

糕点铺里面的货架被推倒，炉具也被砸得稀烂。

"救命！救命！琦姐救我！"小姑娘拼命挣扎，伸手推开大块头的胖脸，想逃脱那个大块头的魔掌。可是，她的力道太小，无论她怎么努力，那个大块头臭烘烘的嘴巴还是在她的脸上、脖子上拱来拱去。

两个糕点师傅提着擀面杖冲了过来，还没来得及做出任何反击动作就被那些混混给打倒在地。他们做糕点是行家，但是打起架来根本就不是这些混混的对手。

"小婷——"罗琦目眦尽裂，朝着那个小姑娘扑过去。那是一个无父无母的可怜孩子，无论如何，罗琦都不能让她被这些混混毁了清白。

张天意只是往前跨了一步，就恰好把罗琦给挡在了外围。

"张天意，我和你拼了！"罗琦伸手要去抓张天意的脸，却被张天意一把抓住了手腕。

"拼了？"张天意笑得眼睛都眯成了一条缝，"在这里拼，你怕是占不到什么便宜。但是如果在其他地方拼，你倒是会有两三分胜算。"

"张天意——"

"对，保持这泼辣的劲头。我就喜欢这一口。"

"哐当——"

糕点铺的木门被人重重地撞开，李牧羊气喘吁吁地站在门口。

"牧羊——"罗琦对李牧羊的事情极其敏感，看到他突然跑到铺里来，生怕他碰着伤着，尖叫道，"牧羊，快跑！快去找你爸回来！"

"哟，这就是你家那个小野种？嘿嘿，让他看看也好，年轻人嘛，就应该早点儿接触社会。"张天意用眼角的余光扫了李牧羊一眼，兴致更加高涨。

"张天意，你这个禽兽！牧羊，你快跑！"

"他跑不掉了。"张天意说话的时候，几个混混已经朝着李牧羊围了过去。

"张天意，放过我儿子，放过我儿子，我给你钱，按照你的要求交管理费，你要多少钱我都给你。你们知道他是谁吗？你们要是敢伤害他，我不仅要你们死无葬身之地，而且要让你们全家老小陪葬！"罗琦歇斯底里地喊着，拼命地朝着李牧羊冲过去，一副和人不死不休的架势。

"你要是早些答应我的要求，不就没有这些事情了吗？好，你想保护自己的儿子是吧？也不是不可以，我还是那句话，你陪我去喝一杯，咱们俩好好聊聊天，你说什么问题解决不了。"

李牧羊看着眼前发生的这一切，漆黑的眼睛瞬间变红了。

那是鲜血的颜色，就像是一双墨珠被浸泡在血池里面。他神色冰冷，握成拳头的双手咯咯作响，他就像是要把自己的骨头给捏碎一般。在他的右手手背，那块突然出现的鳞片越发漆黑，就像是一块墨石镶嵌在他的皮肉上。

因为那鳞片太黑，倒显得他的皮肤很白。

李牧羊喘着粗气，站在那里一动不动，等着那几个混混向自己扑来。

"小子，你这是自寻死路，怪不得别人！"为首的一个麻子脸冷笑着说道，然后伸手去抓李牧羊的肩膀。

"你们不该招惹我。"李牧羊声音嘶哑地说道。那声音冰冷又沧桑，让人很难相信那是从一个少年的嘴里说出来的。

"哟，小家伙还挺有脾气。"麻子脸对着自己身边的伙伴哈哈大笑，说道，"我们招惹你又怎么着？你还能把我们杀了不成？"

"自寻死路！"

"轰——"

李牧羊一拳轰出。

有狂风呼啸，有雷声轰鸣，有数不清的白色电光在空中闪烁。突然，一道闪电在这店铺内炸裂开来。

"呼——"

劲气狂飙，把那些推倒在地的货架和糕点全给卷起，朝着四周的墙壁撞击过去。撞击声不绝于耳。

思念糕点铺里的人就像是纸糊的一样，已经被那狂霸无匹的劲气吹走了。

其中最惨的是直接承受了李牧羊那一拳的麻子脸，他是整个胸腔都被打得变了形后，才迅疾如风地倒飞了出去，鲜血流了一路。

"嚓——"

麻子脸的身体撞碎了木头隔板，直接飞进了后厨，然后里面再无动静，他怕是难以承受这一拳之威。

"砰——"

和麻子脸一起遭殃的三个黑衣混混撞到了墙上面，发出"咔嚓咔嚓"的骨头断裂声，接着重重地摔在地上，猛地吐出一大口鲜血。

那个搂着小婷不肯放手的大块头这一次倒是救了小婷，因为在劲气如龙卷风一般席卷四周时，他的身体也朝着柜子飞了过去，然后重重地撞在红木制成的柜子上面，把老柜子给压得嘎吱作响。

小婷被他给搂在怀里，有肉垫缓冲，反而保住了一条小命。

罗琦比较轻，被劲气吹飞后落在做糕点的面板上面，被那些面粉糊了一身。

倒是张天意会几手功夫，感觉到情况不妙的时候，立即使出了"铁马渡河"的下沉功夫。他的双脚往地上一踩，花岗岩地面竟然传来"嚓嚓嚓"的响声，他的双脚深陷在石头里面，就像是和那巨大的花岗岩融合在了一起。

李牧羊就像是降临人世的天神，一出手就带来了这样一场巨大的风暴。

一拳之威，可惊天地。

狂风吹过后，店铺里又恢复如常。

不，店铺恢复不了正常了。

李牧羊到来之前，思念糕点铺也不过是被几个混混打砸了几个柜子和炉具。

李牧羊到来之后，思念糕点铺就像是经历了一场龙卷风，没有一件完好无损的东西。

"沙、沙、沙……"

一张包糕点的油纸在空中飞扬，轻飘飘地朝着地面落去。

糕点铺里所有还活着的人的目光都越过空中的油纸，落在了李牧羊身上。

罗琦从面粉堆里抬起头来，白色的面粉还在不停地从她的头上掉落。

她满脸惊诧，瞪大眼睛，看着李牧羊，露出不可思议的神情。

这个，是自己的儿子吗？

那些口吐鲜血的混混瞪大双眼，有那么一瞬间，他们觉得自己已经死了。

他们觉得自己遇到了死神。因为除了死神，没有人能让他们体会到那种全身无法动弹的绝望。

张天意虽然顶住了李牧羊的拳风，但是用血肉之躯硬拼的后果就是他身上的衣服就像是被无数的刀子给划过一般。

强风过后，他衣衫褴褛，和大街上那些以乞讨为生的乞丐没有什么两样。

张天意张开双臂，就像是抱着一个大球。

虽然刚刚吹过一阵冷风，但是张天意的额头上大汗淋漓。汗珠不停地冒出，滑过他油腻的脸，然后顺着他肥胖的脖颈流下。

他脸上的肌肉不停地抽搐着，就像被大火煮着一般。他的小短腿也抖个不停，这一次他真真切切地感觉到了害怕。

那种死神的镰刀从脖颈边划过的感觉，让他骨子里也渗出了寒意。

"噗——"

他再也坚持不住，弯腰喷出了一大口鲜血。

李牧羊一步一步地朝着他走过来。

"咚——"

"咚——"

"咚——"

李牧羊穿的是平底布鞋，踩在地板上面并不会发出太大的声音，但是他的脚步声听在张天意的耳里，仿佛是惊天地泣鬼神的雷鸣。

李牧羊在张天意的身前站定，血红的眼睛里没有任何人类的感情，他不停地打量着重伤吐血的张天意。

"大哥，大哥，放过我这一次。这次是我错了，我再也不敢来了。我向你保证，我以后绝对不会再来收取管理费。"张天意看着李牧羊的眼睛哀求道。

他发现自己好像掉进了一个深潭，潭水深不见底。

他害怕这种溺水的感觉，身体一直在向下沉，他拼命扑腾却找不到任何可以借力的东西。

"我罪该万死，我愿意向罗琦，不，向罗老板道歉。我愿意赔偿铺里的一切损失，只要你愿意放过我这回，我什么要求都答应你。你开一个价，要多少钱都行。

"大哥，你说一句话，我、我再也不敢做这种事情了，再也不在这条街上收管理费了，我愿意向你交管理费，从今天开始你就是我张天意的大哥，我唯你马首是瞻，你让我做什么我就做什么，杀人放火在所不辞。"

"你跪下。"李牧羊威严地说道。

"什么？大哥，你别这样。罗老板，你快帮我说一句话啊。你儿子要杀人了，他要杀人了啊，你快阻止他！"

张天意想跑，但是小腿发抖，根本就挪不动。

罗琦的嘴巴里塞满了面粉，所以有些干巴巴的。她张嘴欲言，却什么话也说不出来。

现在的李牧羊让她感到陌生和心慌。

"跪下！"李牧羊再次说道，声音里已经隐隐有了怒意。

"大哥！"

"跪下！"李牧羊怒声暴喝，瞳孔里血雾翻涌。

"扑通——"

张天意双膝一软，重重地跪倒在了李牧羊的面前。

第16章
抬手破局

烈日炎炎，骄阳炙烤着大地。

正当午时，街道上面的人稀稀落落的，愿意到思念糕点铺来买糕点的客人更是少见。

在这样闷热的天气里，在这样封闭的屋子里，每个人都是大汗淋漓。

这不单纯是天气的问题。

张天意是水柳街恶霸，在这里天不怕地不怕的，以手下兄弟最多、出手狠辣远近闻名。在他的阴影以水柳街为中心笼罩周围数条街的时候，几乎无人敢与其对抗。

曾经也有英雄少年浩南，起于洪星街，会集铁杆兄弟山鸡、皮包等众多铁血汉子挥刀操戈欲与张天意一较高下，最终不幸惨败，远走他乡。

张天意就是水柳街的王，他让人站着，别人就只能站着。他让人跪着，别人也就只能跪着；他让别人有生意做，别人才能在这条街上开店谋生。可是，今天他是踢到铁板了，他想让李家没生意做，就只能像现在这般跪在李牧羊的面前请罪求生。

以前都是张天意让别人下跪，这一次竟然是张天意向别人下跪，这样的事情传出去定会震惊水柳街，震动整个西城。

张天意原本就不高，当他跪下来的时候，就变成一个小肉墩了。

他想抬头看着李牧羊再说几句软话，结果脑袋才刚刚抬起来，李牧羊就沉声喝道："放肆！"

张天意赶紧低头，再也不敢随便动弹。

李牧羊居高临下地盯着张天意，眼睛仍然血红，他用利剑一般的目光注视着张天意的头顶，于是，张天意就觉得自己的脑袋已经被穿出两个血洞。

李牧羊身上散发出一股股的寒气，让人不得不避其锋芒，这是来自李牧羊的赤裸裸的武力威慑。

张天意的身体一直在抖，李牧羊发飙的时候他在抖，李牧羊沉默的时候他抖得更加厉害。因为他发现沉默的李牧羊比说话的李牧羊更加恐怖。

"以前一月几收？"李牧羊开口问道。

"什么？"张天意抬头问道。

"啪——"

李牧羊一巴掌拍过去，张天意就重重地磕在花岗岩地板上，顿时头破血流。

张天意知道自己错了，赶紧从地上爬了起来。他小心翼翼地跪着，低着头，缩着肩，不敢再乱动。

"我说的是管理费。"李牧羊沉声说道，"以前一月几收？"

"一月一收。"张天意赶紧回答，"按照规矩，管理费都是一月一收，每个月的月初收，我们收完之后就不会再去打扰店家。我错了，大哥，我真的错了。我以后再也不敢了。这一次是我混账，是我该死！"

"啪——"

李牧羊又一巴掌抽了过去，张天意的脑门再一次重重地磕在花岗岩地板上。因为李牧羊用力过猛，张天意的脑门立即肿了起来。

"我问什么你答什么。我不问的你别说，我没说的你也别求。你的命求不回来，只能靠你自己救回来。"

"是，是！"

"为什么改规矩？"李牧羊再次问道。

"因为我贪财，最近手头紧，在赌场输得太多，所以就想着再找这些店家收一次管理费，缓解一下自己的困境。"

"其他家你都收了？"

"才刚刚收了两家。"

"他们交了？"

"交了。"

"哪两家？"

"斜对面那家的饭店和隔壁的茶馆。"

李牧羊想了想，说道："如果我没有猜错，那两家都和你有密切关系。你难道向自己的人收管理费？"

"没有，没有……"

李牧羊的声音变得越发冰冷，他说道："看来你是不想救自己的命了。"

"砰、砰、砰……"

张天意的脑袋重重地砸在地板上面，一次又一次，一次比一次用力。

张天意实在是被吓怕了，哭喊着求饶，说道："大哥，我错了，我向你坦白，我是受人指使才来你们家收第二次管理费的。他们给了我十枚金币，说如果这个月我能够在你们家再收一次管理费，他们就再给我一百枚金币。我没想到世上还有这样的好事，反正闲着也是闲着，就带着兄弟冲到你们家店里来了。

"我知道思念糕点铺这边是你妈负责的，以为一个女人比较好欺负，如果我强硬一些，她也只能乖乖地把钱给我，那样的话，我不仅能够多拿一个月的管理费，还能够再拿到一百枚金币。我没想到、没想到你妈的脾气这么倔，她不愿意给我金币，所以我就砸店威胁……"

"恐怕事情没有这么简单吧？"李牧羊了解自己母亲的性格。罗琦外柔内刚，不轻易妥协。但是，她又极其懂得审时度势，懂得变通。她在发现自己的亲友遇到重大危险时，绝对不会在乎那一点钱，因为她每月捐助给贫困人家的钱就不少，就连店里的小婷也是她从街头带回来的。在她的眼里，命比钱重要多了。

可是，在情况这么糟糕的时候，母亲仍然不愿意妥协，那就证明事情并不是张天意所解释的这般简单。

"我、我还有一些其他企图，我一时鬼迷心窍，想着……想着……""我要她陪我一晚"这样的话张天意实在说不出来。

现在，在他跪在这个少年面前，在他亲眼见识了这个少年的一拳之威时，他实在没有那样的勇气。

那实在是拿着生命冒险啊！

"我明白了。"李牧羊的脸色变得更加难看。

他冷冷地盯着张天意，说道："很遗憾，你没救回你这条命。"

"大哥，大哥……罗琦，罗老板，你快救救我，你儿子要杀人了，他可是要杀人了啊！"

"牧羊。"罗琦开口唤道。

李牧羊转身看过去，眼里的血色变淡，脸上露出一抹温和的笑容。他眼神慈爱，是的，罗琦看到他的眼神时就是有这样的感觉。

他不像是自己的儿子，更像是一个怜惜自己的长辈。

"不碍事的。"李牧羊轻声说道。

李牧羊一拳轰出。

"噗——"

爆炸的声音传来，然后张天意的身体就消失在店铺中了。

他就像从来都没有存在过。

街道角落，一个烤红薯的摊位前，正在吃红薯的灰袍老人听到这边的动静，剥红薯皮的动作停顿，不由得低呼出声："无上金身诀。此子竟然能够毁灭肉身，焚化血液，不留半点痕迹！"

思考片刻后，他又轻轻摇头。

"不，不像，不是无上金身诀。无上金身诀是道家至宝，道家的功夫里都有一股无欲无为的真意。此子的这一拳里，狂霸之力雄浑，血腥味也实在过于浓郁了一些，这看起来更像是魔道神功。仅仅依靠一股子蛮力就能够发挥出无上金身诀的威势，此子到底是什么来头？"

"看来，事情是越来越有趣了。"灰袍老人把几个铜板丢在桌子上，躬着腰背走在寂寥空荡的大街上。

燕伯来正埋首工作，桌子上的圣女果盆栽突然微微地摇晃起来，一颗小果子掉落在桌子上，朝着他正在书写的稿纸上滚去。

燕伯来拾起小果子看了一眼，把它丢进花盆，然后轻轻按了一下笔筒上铜兽的眼睛。

"哗——"

《虎啸群山图》向两边分开，墙壁中间出现了一个漆黑大洞。

一个身穿灰袍的老人走了过来，他站在燕伯来的书桌前面，恭敬地说道："我找人试探过了，此子隐藏极深，出手不同凡响，一拳轰出，竟然有风云变色的架势。最后的那一拳更是奇妙，有道家无上金身诀毁灭肉身的威力。"

燕伯来搁下手里的毛笔，端着茶杯抿了一口，皱着眉问道："他和相马相比如何？"

"少爷恐怕略有不如。"灰袍老人沉声说道。

下人说"略有不如"，那就是"相差甚远"。燕伯来懂得这些场面话。

燕伯来眉头微皱，问道："你看出他的来历了没有？"

"没有。"灰袍老人遗憾地说道，"我近距离地看过，他的招式简单直接，没有任何花哨，看不出出自哪个教派宗门。他仅仅是凭借体内的一股子蛮力来伤人杀敌。"

"这倒奇怪。"燕伯来露出一抹淡淡的笑容，说道，"仅仅凭借一股子蛮力伤人，他竟然也能够得到你如此评价？就连高山境中品的相马都'略有不如'，他到底是什么人？"

"属下不知。"

"如果说他有意隐藏身份，那么他怎么会在遭遇小小挫折时就暴露实力？如果说他没有隐藏身份，他废物的名声又是怎么传遍江南的？难道说，他仅仅是天生神力，其他不足为虑？"

灰袍老人不答，主人心中自有答案。

"这小子虽然天生神力，但是智商堪忧。"燕伯来语带嘲讽地说道，"相马刚刚帮他隐藏好身份，把他藏在一个安全的地方，恐怕想不到你扔出去几条杂鱼，他就迫不及待地再次跳了出来。他这一跳可跳得甚妙，相马的一番苦心完全白费了。"

"主人说得是。李牧羊这么一发威，恐怕隐藏在乌鸦背后的黑手会再一次将视线投放在李牧羊的身上。他们会认为少爷是为了出风头,才以权势相逼抢了李牧羊的功劳和赏金,当时少爷还特意找人送了一千五百枚金币给李牧羊,这也算是一个明证。李牧羊将再次卷进云谲波诡的局势之中。"

"我总要把相马拉出来才行。"燕伯来轻轻叹息,"这小子不知轻重,不知此事是如何凶险,竟然为了一个无亲无故的人挺身而出把自己当成靶子。那些人一旦出手,必然不死不休。相马就那么点儿修为,遭遇强敌如何自保?"

"主人抬手破局,让人钦佩。那个李牧羊……"

"既然你已经把他丢到阳光下暴晒,那么幕后黑手迟早会注意到他,到时他的身体里面到底藏着什么魑魅魍魉,恐怕那些人比我们更想知道吧?我一个人看不明白,就让其他人一起看看吧。"

庭院幽深,蓝花楹铺天盖地,堆满枝头,一团团一朵朵的,看起来热闹非凡,犹如国师所画的唯美画卷。

身穿白裙的少女坐在蓝色花树下面,身旁放着一壶清茶、一本古卷,享受这悠闲美好的假期时光。

《天都传》是一代史学大家司马浅先生撰写的史书,上面的记载涉及西风帝国首府天都的方方面面。其中包括政治变迁、经济发展、奇闻逸事,甚至还有一些对古老手艺的介绍,譬如王二麻子的剪刀、李小东的打铁铺、三碗不过岗的烈酒,以及品香楼的红烧肉。

《天都传》因为涉及范围较广,内容颇杂,所以流传极广。有人看其新,有人看其奇,有人把它当作一本美食地图、吃货游记,更有人详究其权谋之道、成败隐意。

崔小心倒是不在乎这些,她只是看,单纯地看。对于看书人来说,不用追究过去,不用思考未来,只是单纯地感受这字里行间所表达的意思或者所陈述的故事,那就是最轻松惬意的事情。

"小心,吃点儿水果。"身穿藕白色旗袍的崔新瓷端着一盆水果走了过来。

本是北方人的崔新瓷竟然爱上了江南城贵妇的这种衣着打扮,她特别喜欢旗袍，旗袍穿在她身上有着别样的风韵和美感。

"谢谢小姑。"崔小心起身迎接。

"坐下，坐下。"崔新瓷轻声责备，"小心，不是我要说你，这后院就咱姑侄俩，又没有外人，你何必多礼？再说，就算外人瞧见了又怎么着？咱们都是崔家的人，身体里面可是流着同样的血呢，你怎么总是和小姑这么客气？这样显得生分，我可不喜欢。"

崔小心轻笑出声，说道："那好，以后小姑再给我送吃的喝的，我就不理不睬，更不站起来迎接，拿起来就吃，端起来就喝，把你当作老丫鬟使唤。"

"你要是这样，我心里还高兴呢。燕相马就是这么对我的，我也没把他当作别人家的儿子看待……"崔新瓷款款地在崔小心的对面落座，说道，"小心，又在看书呢？"

"《天都传》。"崔小心把书放在桌子上，说道，"我想了解一下天都的风土人情。离开数年，我感觉那座城市都有些陌生了。不过仔细想想，就算是以前在天都的时候，我又对那座城市有什么了解呢？我总是以为既然生活在那座城市里，就随时都可以游览一番。可是，越是身边的风景，人们就越是没有去真正地熟悉观赏过。说实话，我对天都一无所知。"

崔新瓷有些忧伤，说道："小心，再过几天，你就要回天都了。小姑心里真是舍不得啊。如果有可能，我真希望你留在江南，留在小姑这里。天都虽大，是崔家人的根，但是终究没有这里轻松惬意。那里就像是一个巨大的旋涡，每天都会卷进去太多太多的人，小姑生怕你也被卷进去。"

"小姑，"崔小心握紧崔新瓷的手，说道，"我也愿意留在江南，我也想留在小姑身边。在江南生活的这几年，是我这辈子最开心也最轻松的日子。可是，你比我更了解天都，也比我更了解崔家，我能留得下来吗？"

"唉，我们生在富贵人家，总是有各种各样的责任需要承担。这次小姑没办法随你去天都，你可一定要照顾好自己。昨天你姑父还说让相马跟你一起去天都，让大哥帮忙安排一份差事，说相马总是在这江南城游手好闲也不是正途。你性子好，安静沉稳，不惹是非。可是相马就让人头痛了，他去了天都，谁知道会闹出多大的乱子来！"

崔小心拍拍崔新瓷的手背，说道："小姑，好男儿志在四方，姑父这么做也是望子成龙。表哥不出去打磨打磨，一直在你们身边受你们庇护，又怎么能担当大任？姑父当年不也是从战场上厮杀出来的将军？最后才受帝国重用领了这江南城城主要职？

"再说，表哥可不是愚蠢之人。他的心机胆识我也是非常钦佩的。

"江南城是富饶之地、帝国财库，表哥身为江南城城主之子，本就来头不小，再加上有崔家和燕家的人照料，想来即使是在天都也没有什么人能够欺负得了。你认真想想，一直以来只有他欺负别人的份，他什么时候被人欺负过？"

"儿行千里母担忧。我总归是放心不下啊。"

"你要是真放心不下，那就等到了春节回去看看。说起来，你也有几年没有回天都了吧？"

"是啊。那就这么说好了，今年春节我就回天都过节，不管燕伯来答不答应，我都要回去。"崔新瓷坚定地说道。

"那好。我在天都等着小姑。"崔小心笑着说道。

"对了，相马又去哪里了？怎么今天我都没有在家里看到他？"

"我也没看到呢。他一大早就出去了，说是去拜访朋友。"

"你表哥不会又去找那个李牧羊了吧？我就奇怪了，那个李牧羊到底有什么好？前些天把你迷得神魂颠倒的，每天都跑去他那里。现在好了，你正常了，你表哥又不正常了。他到底长什么样啊？不是都说他奇丑无比吗？"

崔小心的嘴角微微扬起，脸上露出微笑。

"奇丑无比倒是太夸张了，他只不过是因为小时候得过一场重病，皮肤有些黑而已，五官还是很端正的。"

"是这样吗？那他可配不上我们家小心。"崔新瓷似笑非笑地说道，"我觉得还是宋家美玉好一些，他还小的时候我就听说过他的美名，后来我跟着你姑父到了这江南，还时常听见他的消息，他倒是越发出众了呢。"

崔小心脸上的笑容渐渐收敛，她说道："小姑，在这件事情上怕是没有人在乎我的意愿了吧？"

"你不愿意？"

"我更希望有人问我'你愿意吗？'这样的问题。"

"小心，"崔新瓷用力握紧崔小心的手，说道，"我们这样的家庭不同于寻常人家，这你是清楚的。不过，你要是当真不愿意，就一定要说出来。无论如何，小姑都是支持你的。"

"我的坚持、小姑的支持会改变我的命运吗？"

"……"

崔新瓷或许是觉得话题过于沉重，笑着说道："我们不说这个了，反正事情还早着呢。你还要读大学，得花好几年的时间。我们小心那么优秀，总是能够觅得良配的。"

崔小心轻笑不语，其实这样的话小姑自己说起来都会心虚吧？当年她又何尝不优秀？她喜欢的银枪少年又何尝没有对她托付真心？可是，她最终不还是嫁给了现在的江南城城主燕伯来？

她最好是认命。就像现在的小姑，虽然没有嫁给自己喜欢的那个人，不也照样生活得幸福安乐？

崔新瓷看到崔小心的笑容，就知道崔小心已经看穿了自己的心事，在这个少女面前，她突然有些慌乱起来。

"你先看书吧，小姑就不打扰你了。"崔新瓷说着，起身朝前院走去。

崔小心仰头看着头顶的蓝色花海，无比遗憾地说道："天都没有蓝花楹，可惜我不能把你们带了去。"

"小姐要是喜欢，我就让人挖几株带回去。"宁心海从墙角走了过来，就像是一直在那边守候着。

"我听说南方的柑橘到了北方就不甜了，这蓝花楹移植到北方，怕是也开不出这么漂亮的花了吧？既然是爱花之人，又何苦这般为难它们呢？"

微风吹拂，落英缤纷。崔小心伸出手掌，一片细小的花瓣恰好落在她的掌心。她的头发上、衣服上都落了许多蓝色的小精灵，花瓣散发出沁人心脾的幽香，像是在诉说着对她的不舍。

"宁叔这个时候过来，是不是外面又出什么事了？"

"小姐这些天没有出门，却让我去暗中保护李牧羊。前些天李牧羊倒也安然无恙，自从乌鸦袭击事件发生后，李牧羊每日都闭门读书，很少出门。"

崔小心远赴江南读书，身边只有宁心海这一个高手保护。这也是她唯一可以完全信任的人。

她这些天不离开城主府，为的就是让宁心海空出时间暗中保护李牧羊。她心里明白，乌鸦的事件只是一个引子，谁也不知道以后会发生什么样的事情。

倘若再有一次乌鸦袭击事件，或者幕后黑手派比乌鸦更加强大的杀手过来刺杀，李牧羊是否还能安全躲过？李牧羊家人的性命又能否保全？崔小心不得不考虑这些问题。

"李牧羊省心，我却不敢大意，没想到今天就出了事，一群混混闯进李牧羊家的糕点铺，说要收这个月的管理费。这样的事情时常发生，我也没有太过在意。后来李牧羊赶了过去，在糕点铺里面大开杀戒。直到这个时候，我才察觉情况不对，怕是有人故意给李牧羊下圈套吧？"

崔小心脸色阴郁，稍一沉吟，便明白了事情的真相，冷笑道："我这位姑父还真是小气得紧呢。"

宁心海听到小姐直接说出幕后主使，立即凝神戒备，放出神识。四周有一点风吹草动、鸟语虫鸣他都能感应到。

"小姐，慎言。"宁心海低声劝阻。

如果这番话被燕家的人听到，特别是被燕家那个看起来干瘦无肉、一阵风就能够吹倒，实际上连宁心海都没有信心对付的老管家听到，事情就麻烦了，别的不说，崔、燕两家的关系或多或少会受到影响。

"实话而已，说说何妨？"崔小心倒是毫不在意，笑着说道，"姑父爱子心切，轻易便把我的一番布置推翻重置。他怀疑李牧羊，但是又没有确切的证据来证明李牧羊的身份，索性让李牧羊自己暴露出来，让所有人都将视线放在李牧羊的身上。盯着李牧羊的人多了，李牧羊不就无所遁形了吗？"

"可是，他想过我的感受没有？李牧羊是我的救命恩人，之所以被乌鸦找上门追杀，是因为被我牵连。原本是有恩于我之人，却像是杂草一样被他抛弃在路边，任人践踏，随时都有可能遇到生命危险，这对李牧羊是不是太不公平了？"

"小姐，你早就应该明白。"宁心海沉声劝慰，"在一些人的眼里，没有公平公正，只有利益往来。舍弃一个毫不相关的人来保全自己的儿子，这对他们来说是再正常不过的事情，甚至连伪装犹豫一下都不需要。"

"是啊。就因为身边有很多这样的人，所以我才很感激李牧羊在那样危险的情况下扑了过来，用自己瘦弱的身体挡下乌鸦手里的利刃。"

"现在的李牧羊可不瘦弱。"宁心海不无担忧地说道，"小姐，你一直不愿意让我查清李牧羊的真实身份，可是你应该清楚，他隐藏的实力确实让人震惊，他连续两次挡下乌鸦的袭击，后来甚至依靠一己之力将其击杀。这一次城主确实有心想把他丢到阳光下，可是，如果他没有那样的实力，如果他表现得不堪一击，城主怕是也很难得逞吧？"

"李牧羊没有询问过我隐藏的身份。"崔小心说道。

"可是他并不知道小姐对身份有所隐瞒。"

"你真当李牧羊是白痴吗？他不是。至少他这段时间的表现让我知道，他不仅不是一个白痴，而且相当聪明。我有你这样的高手保护，每日我去见他的时候都有侍卫接送，我和江南城城主是亲戚，城主之子是我的表哥，你觉得这样还不够让一个人怀疑我的身份吗？可是他从来都没有问过。"

"因为他没有问小姐的身份，所以小姐也不允许我们去调查他的身份？"

"做人要公平。"崔小心说道，"他了解我多少，我就了解他多少。知道太多对我又有何益？只是自寻烦恼而已。"

"事情发展到这一步，小姐有何打算？"

"崔家面临的危险，总不能让一个外人来承担。"崔小心沉声说道。

"小姐，"宁心海急忙劝阻，说道，"万万不可和城主大人对抗，只要你一出招，他便知道你的意图。我们就要回天都了，何必惹他不快呢？"

"是啊。我们要回去了，所以就把所有的风险都丢给一个原本和这些事情一点儿关系也没有的人？这样的事情我做不来。"

"小姐！"

"表哥呢？"

"我回来的时候，看到相马少爷的车队正朝着李牧羊家的方向赶去。"

崔小心沉吟片刻，说道："看来我们什么事情都不用做了。姑父虽然智慧如海，却不能让每个人都对他言听计从。"

"小姐说的是相马少爷？"

"他是最好的人选。"崔小心轻轻叹息，"虽然我这么做对他很不公平，但是，他毕竟是燕家和崔家的男人，他是我的表哥，保护我理所当然。如果有机会，这份恩情我自然会加倍奉还，姑父何必把一个外人拉扯进来呢？"

"我明白了。"宁心海低声说道。

"保护表哥的安全。"崔小心说道，"天都的动荡都影响到江南城了，回天都之后，我怕是更能够真切地感受其肃杀的氛围吧？"

"是，小姐。"宁心海悄无声息地离开，正如他悄无声息地到来。

崔小心在花丛中走来走去，眉心藏着深深的忧虑。乌鸦被李牧羊除掉后，她姑父就开始在后面推波助澜，怕是也有自己的"良苦用心"吧。他想要什么呢？难道这繁华之地一城之主的位子已经满足不了他的胃口了吗？

这次让相马表哥也去天都，其中也有深意吧。

燕相马确实是要去找李牧羊，因为找到了李牧羊，他才能够看一眼李思念。

燕相马喜欢李思念。

他从来没有见过这样的女孩子，不仅对自己爱理不理，还敢出言嘲讽，看自己就像是看大便，她和以前那些知道自己身份或者看到自己英俊的外表就蜂拥过来的女孩子大不相同。最关键的是，她还如此可爱。她拥有一双充满灵性的眼睛，举手投足间青春气息十足，让人见到她就心生欢喜，烦恼尽去。

燕相马很生气，他来拜访李牧羊，李家竟然大门紧闭，无人在家。

"少爷，要不我们明天再来？"李大路跟在燕相马的身边，小声劝慰道。

"明天再来？那我今天不是白来了？"燕相马"啪啪啪"地摇动着扇子，很是气愤地说道。

"那我们在门口等等？"

"等等？我是谁？我是城主之子，是江南城最有名气的大少爷，你让我等？我什么时候等过别人？"

"那少爷的意思是？"

"你去找，把他们给我找回来。"

"是，少爷。我让人在周边打听打听。"李大路一挥手，身边的小弟们就散开忙活起来。

"少爷，你先去车里休息一会儿？"

"不去。衣服坐皱了怎么办？"

燕相马一大早就起床了，穿着自己最昂贵也最帅气的衣服赶过来，为的就是让李思念眼前一亮。结果燕相马现在很是失望。

很快，小弟就把打探到的消息汇报了过来。李牧羊家的糕点铺出事了，李牧羊赶去帮忙了。

燕相马一听大喜，李牧羊去铺里帮忙，那么等李思念回来之后自己就有机会和李思念独处，向李思念展示自己的潇洒不凡和渊博知识。可是，他转念一想，这样肯定不行。如果李思念知道她家的店铺出事自己却不闻不问，会怎么看待自己？那个时候自己在李思念心里怕是连狗屎都不如了吧？

于是，燕相马大手一挥，说道："朋友有难，我自当拔刀相助。出发！"

燕相马赶到的时候，还没来得及拔刀相助，来自混混的威胁就已经解除了，城主府宪兵队的人已经将糕点铺包围了起来。

身穿帝国制服的宪兵们将李牧羊团团围住，刀已出鞘，箭已搭弦。双方稍有不慎，一场惨烈的厮杀就不可避免。

燕相马心头微惊，这场灾难比他想象中的要更加严重一些。

他带着人马就朝糕点铺里面冲，外围的宪兵想拦截，他一扇子就抽在宪兵的脑袋上，说道："睁大你的狗眼，看看我是谁。"

李大路很嚣张地从怀里摸出一块令牌,等到每一个宪兵都看清楚之后才扬扬得意地收了回去。

宪兵们敬礼让路,燕相马带着一群狗腿子大摇大摆地走了进去。

"李牧羊——"燕相马看到满眼红光的李牧羊,心头一惊。这是要变身的征兆啊,如果李牧羊控制不当,怕是这一块就没有活口了。

"这是怎么回事?"燕相马转身,对着宪兵队队长出声喝道。

宪兵队队长认识这江南城有名的纨绔大少,赶紧跑了过来,恭敬地说道:"大少,这里发生了一起命案,那小子杀了人,我们需要把他缉拿归案。"

"杀了人?你哪只眼睛看到了?"

"大少,是有人向我们报案。"

"报案?谁报的案?"

"报案的人已经走了。"

"你们是怎么办案的?你们的眼睛都瞎了?这江南城还有没有王法了?讲不讲法律了?"燕相马指着宪兵队队长的鼻子破口大骂。

"大少,卑职、卑职错在哪里?"

"作为案件的当事人,我亲眼看到地上的那些流氓冲到店里砸东西勒索,还要我们掏出钱包,摆明了要抢劫。他们根本就是冲着我来的,是想杀了我啊!"

"大少,你不是刚刚挤进来的吗?"

"啪——"

燕相马一扇子抽了过去,骂道:"那是本少爷肚子不舒服,出去方便了一下。原本我可以一走了之的,但是我不能让忠义勇敢的人吃亏,被你们这些浑蛋冤枉,所以我绕道回来了。"

燕相马指着李牧羊,说道:"要不是他奋力反抗,舍命相救,我现在已经、已经……"燕相马眼眶泛红,拍着自己的胸口,"你们不知道当时的情况有多凶险,简直要吓死本少爷了。"

"……"

第17章
父子两难

"可是大少……"

燕相马用扇子敲打着宪兵队队长的脑袋，说道："可是什么？可是什么？你是想说本少爷的命不值钱是吗？"

"大少，卑职没有那个意思。"

"那你的意思是我在撒谎？"

"卑职不敢。"

"既然我没有撒谎，你又没有觉得我的命很不值钱，那你凭什么还要用这样的态度对待我的救命恩人？"

"我……卑职……"

"热血少年为保护店铺里客人的安全不计生死，舍命相搏，堪称英雄，是帝国榜样。这样的人物你们难道不应当向城主举荐，给予嘉奖，使其成为万千青年的榜样？现在你们却刀箭相向，欲以杀人之罪逮捕他，你们的良心被狗吃了？你们的正义感也被狗吃了？"

"大少……卑职……"

"把武器都收起来！"燕相马大声喝道。

宪兵队队长无奈，挥了挥手，"咔嚓"声接连响起。宪兵们收刀入鞘，放下弓箭，同时松了一口气。他们在和李牧羊的血红色眼睛对视时，没有任何的心理优势，反而有一种被野兽觊觎，随时都有生命危险的感觉。

他们有一种很清晰的感觉，他们倘若听从队长的指令扑上前去缉拿李牧羊，怕是一个活口也留不下，全会被他消灭。想到此，他们便格外感激跑进来搅局的城主之子燕相马。这货虽然做事风格相当二百五，但是这一次是实打实地救了他们的命。

燕相马走到李牧羊身边，小声问道："你没事吧？"

李牧羊眼里的血色渐淡，他摇头说道："我没事。"

"没事就好。你不要说话，这里交给我处理。"燕相马说道。

他走到宪兵队队长面前，指了指躺在地上无法动弹的黑衣人，说道："你们看仔细了，就是这些浑蛋想伤害本少爷，他们还说什么要把我给绑架了。这是一起有预谋的犯罪案件，我会向城主禀报此事。你们最好把他们锁进大牢严加审问，看看他们还有没有同党，一定要问出他们绑架我意欲何为，是为了劫财还是为了劫色。"

"大少爷，我们没有要绑架您！"一个黑衣人急忙喊道。他们已经知道这个衣着华丽的家伙来头不小，倘若那些宪兵听从他的命令，当真把他们给带到大牢严刑逼供，到时候往他们的头上安一个绑架的罪名，他们怕是小命难保。

那黑衣人话未说完，李大路就已经走到他的面前，"一不小心"就踩在了他的脖子上，也不知道李大路是怎么走路的，怎么就走到他的脖子上去了呢？

于是，那个黑衣人就像是一头哑驴，拼命嘶吼，却发不出任何声音。

燕相马对李大路的表现很满意，这傻子偶尔也有头脑灵光的时候，不枉自己多年教育熏陶。

"你看看他们，一个个长得凶神恶煞，看起来就是坏人。"燕相马指着那些黑衣人说道，"剩下的事情就交给你们了，你们不会让我失望吧？"

"大少……"

"友情提示，作为江南城有名的纨绔大少，我可是什么事情都能够做得出来的。"燕相马笑眯眯地提醒道。

"是，大少。"宪兵队队长脊梁挺得笔直，"卑职明白该怎么做了。"

"我就喜欢和聪明人打交道。你叫什么名字？"

"卑职贾强。"

"跟了本少爷，以后你就是真强了。"

"谢谢大少。"

燕相马摆了摆手，说道："快把那些恶人带走吧，我看到他们的恶相心里还挺怕的。"

"是。"贾强一挥手，那些宪兵就如狼似虎地扑了过去，把地上的那些黑衣人架起来抬走了。

贾强对着燕相马敬礼，说道："大少，卑职告退。"

"去吧去吧，你应该知道报告怎么写吧？需要我配合就及时吭声，不要跟我客气，铲除这些绑匪恶霸是我们江南城每一个人应尽的责任。"

"你就是江南城最大的恶霸。"宪兵队队长贾强腹诽道。当然，这样的话他就是有十个胆子，也是不敢当面说出来的。

"谢谢大少，要是江南城每一个人都有您这样的牺牲精神和主人翁意识，宪兵队何愁治安问题？"贾强挥了挥手，带着一班下属迅速离开，再奉承下去他怕是要当场吐出来了。

等到宪兵队的人全部离开，李牧羊这才放松了戒备。

燕相马拍拍李牧羊的肩膀，说道："牧羊没……你别用这样的眼神看我好不好？被你这么一看，我感觉自己像是一个坏人。"

李牧羊眼里的红光消失，他满脸歉意地说道："对不起，我太敏感了。"

李牧羊走到墙角，将倒在地上还站不起来的母亲搀扶起来，关心地问道："妈，你没事吧？"

"我没事，牧羊。"罗琦看着自己的儿子，总有一种不太真实的感觉。面前的这个年轻人当真是自己的儿子吗？自己的儿子什么时候变得这么厉害了？

还有，他红着眼睛伤人的时候，让罗琦感到陌生又害怕。

她的儿子平时就像一只温驯的羔羊，她从来都没有在儿子的眼中看到过那样冷酷的眼神。

"妈——"李牧羊声音干涩。他看到了母亲的迟疑和紧张，也感觉到了母亲的抗拒。在他伸手搀扶她的时候，她有一个细微的躲闪动作。这是他最亲近的人啊，是他最爱的家人，连她也这样畏惧自己，更何况别人呢？

李牧羊受到了伤害。

李牧羊很想解释一些什么，却又不知道应该如何解释。因为就连他自己也不知道自己身上到底发生了什么事情啊。

难道像乌鸦所说的那般，自己当真是一个怪物？

"牧羊，"罗琦伸手握住了李牧羊的手，坚定地说道，"不管怎么样，你都是李牧羊，是我的儿子。"

"妈，我永远都是你的儿子。"李牧羊红着眼眶说道。

"嗯，你一直是我的儿子，是我的好儿子。如果不是为了救我，你也不会那么着急地赶过来。"罗琦安慰道。

店里的糕点师被扶了起来，他们只是受了一些皮外伤，并无大碍。小婷也跑到罗琦的身边，说道："琦姐，你没事吧？"

小婷又崇拜地看向李牧羊，说道："牧羊真厉害。今天多亏你了，不然的话，我和琦姐就……"接下来的话她就说不下去了。如果不是李牧羊，自己和琦姐怕是当真就让张天意这等恶霸给毁了清白吧？

李牧羊明白小婷的意思，心想：幸好自己有这样的能力。倘若自己仍然和以前一样是一个手不能提肩不能扛的废物，看到这样的事情即便怒火中烧地冲上去，也只会被人给一脚踢开吧？

那样的话，母亲为了救自己说不定会做出更大的牺牲。

李牧羊想到这种可能性，心结一下子就消失不见了。他不在乎自己变成什么样的怪物，只希望自己有能力保护自己的家人不受到伤害。

罗琦走到燕相马面前，对着他深深地鞠了一躬，万分感激地说道："燕少爷，这次多亏你救了我们一家老小，再造之恩……"

"阿姨，你可别这么说。"燕相马急忙打断她的话，笑呵呵地说道，"可没有什么再造之恩。我什么都没有做，也什么都没有看见，我来之前李牧羊就已经把事情都解决了。"

"燕少爷，你救了牧羊啊。"罗琦无比认真地说道，"如果不是你帮忙说话，牧羊这次怕是要被宪兵带走了。如果牧羊被坐实了罪名，那对我们家来说是一场更大的灾难。他还是一个孩子，是刚刚参加完文试的学生。这次他要是出事，前途毁了不说，小命也是难保。这难道不是再造之恩吗？"

燕相马认真地想了想，说道："阿姨，既然你这么说，我还真没办法反驳。不过你也不用放在心上，这份人情让李牧羊和李思念记着就行了。以后让他们找机会还上。"

李牧羊看着燕相马，疑惑地问道："你怎么到了这里？"

"我去你们家找你商量一些事情，见你们家大门紧闭，就让李大路去打听了一番，结果听说你们家店铺出事了。我一听急了，你们家店铺出事那不就是我们家店铺出事吗？于是我就立马赶来了。"

"谢谢。"李牧羊感激地说道，"这次又麻烦你了。"

燕相马摆了摆手，说道："你也先别急着道谢，事有蹊跷，最后也不知道到底该是谁谢谁呢。"

李牧羊表情微僵，问道："你什么意思？"

"没什么意思，我就是说大家兄弟一场，不用总把'谢'字挂在嘴边。对了，你这边没什么事情的话，我就先回去了。"燕相马摆了摆手，"我就不帮忙收拾了，回见。"说完，燕相马就带着一群狗腿子朝外面走去。

李牧羊看着燕相马远去的背影，眼睛里有光芒闪动。

"牧羊，"罗琦唤道，她伸手整理着李牧羊凌乱的衣服，心痛地说道，"这次苦了你了。以后妈绝对不会再让你被人欺负。"

"妈——"李牧羊将母亲单薄的身体紧紧地搂在怀里，郑重地说道，"这句话应该由我来说。以后，我再也不会让你们被人欺负。保护你们的事就交给我这个做儿子的吧。"

李牧羊变聪明了，也变厉害了，这是福气。但是，福祸相依，随着李牧羊的改变，家里突然发生了太多太多的事情。这些事情一下子就打破了李家多年以来的平静生活。

李岩听说店铺出了事，一言不发，提着墙角的长枪就要出去报仇。

罗琦一把把他拽住，喊道："李岩，你要干什么去？"

"报仇！"李岩沉声喝道。

这个平素沉默寡言的汉子眼睛血红，心里的恨意无处发泄。以前他为了保一家平安，从不在水柳街表现出自己的与众不同，即使不怕那些混混，也还是愿意和其他商铺一样每月定时向张天意交管理费。这样，双方算是井水不犯河水，相安无事。

但是，现在张天意欺人太甚，竟然敢向他的老婆、儿子下手，他要和张天意刀剑相向，不死不休。

李岩出身天都陆家，是公孙瑜身边的心腹。也正是因为这层关系，他才有机会得到罗琦这个美人的爱慕，与她结为夫妻。

俗话说，宰相门前三品官，李岩的心里自然也有一股傲气。连这些流氓混混都敢欺负到他头上来，这让他实在忍无可忍。

"不用你去了。"罗琦出声阻拦，"事情都已经解决了。"

"事情怎么解决的？"李岩疑惑地问道。

罗琦沉吟片刻，说道："是牧羊的朋友燕相马出了一份力，他是城主的儿子，事情是他帮忙解决的。"

李岩没有怀疑，开口问道："你们没有受委屈吧？"

"我们都没事。"罗琦说道，"李岩，我想和你商量一件事情。"

"什么？"

"我想去一趟天都。"罗琦说道。

"为了牧羊？"

"为了牧羊。"罗琦的脑海里再次浮现出李牧羊双眼中红光闪烁，一拳将活人打消失的画面。她清楚，李牧羊变了，变得让她护不住了。

她不知道这样的变化是好是坏，最重要的是他们帮不了李牧羊。他们帮不了，那就要把他送到能够帮他的人身边去。只有那样，当他身上再发生这样的事情或者发生比这更严重的事情时，他才能安然无恙地渡过难关，事情也可以及时得到妥善的解决。

父母有自己的喜怒偏好，但是他们的喜怒偏好总是随着子女的喜怒偏好而发生改变。

古时候有一个母亲，为了让儿子成才，为其三迁其居。罗琦为了自己的儿子，也愿意放下多年的仇恨，和老死不相往来的陆家再次联系。

"你应该清楚，当年他们并不愿意要这个孩子。"李岩心里有些苦涩，说道，"当年他们神不知鬼不觉地把孩子换掉了，我们这个时候把牧羊带过去，他们会认？认了的话，那他们不是打了自己的脸？他们怎么向外面的人交代牧羊的身份？他们如何解释陆家和牧羊的关系？"

李岩明白妻子的一番苦心，误以为妻子经历了今天的事情后担心李家保护不了李牧羊的安全。

"如果陆家人不愿意认牧羊，对牧羊来说那不是更加伤人？既然这样，我们索性让他什么都不知道才好。这样的话，他反而能过得简单快乐一些。

"你放心吧，从明天开始，我就守在你们母子身边。倘若再有人敢上门欺负你们，我自然不会和他们善罢甘休。"

"李岩——"罗琦欲言又止。

"相信我，我能够做到。"李岩坚定地说道。他既然说出了这样的话，那么，在家人发生危险时就会和人以命相搏。

罗琦看着丈夫坚毅的表情，思绪混乱，反而不知道应该说些什么了。

"你不是已经让人给陆家带信了吗？"李岩看到妻子仍然愁眉不展，安慰道，"想必他们那边很快就会给你一个答复。"

"你说，"罗琦有些紧张地握紧丈夫的大手，说道，"他们愿意帮忙吗？"

李岩摇了摇头，说道："我不知道，但愿吧。血浓于水，他们总不能……"

李岩说不下去了。陆家的人如果在乎什么血浓于水，当年又怎么会做出那等冷酷无情之事？

夫妻两人相视无言，唯有叹息。

李牧羊回来之后，到李思念的房间坐了一会儿，陪她聊了一会儿天，看着她做完作业，然后回到自己的房间，躺在床上陷入了沉思。

燕相马回到家时，崔新瓷正在偏厅里面喝茶。

"妈，我爸回来了吗？"燕相马开口问道。

"你妈这个大活人坐在这儿呢，你一回来就问你爸在不在。"崔新瓷嗔怪地说道，"怎么？你脸色不太好，是不是又在外面惹了事，需要你爸出面解决？你欺负了谁家的公子？或者又把哪一位将军的女儿给祸害了？"

"妈——"

"行了行了，你去书房找他吧。他一回来就进了书房，也不陪我说几句话。唉，你们男人是一点儿也指望不得，还是小心和我贴心，可惜她又要回去了，我这以后的日子也不知道怎么过下去了。"

燕相马走过来抱了抱母亲，抓起桌子上的一个橘子递了过去，说道："妈，吃点儿水果。"

"你这个臭小子，想用水果堵住我的嘴是吧？"

燕相马走到父亲的书房门口，犹豫再三，终究没有伸手推门，颓然地朝着西边的厢房走了过去。

燕相马轻轻地叩响了深色门板，房门被人从里面拉开，崔小心穿着白色睡袍站在门口，虽然素面朝天，但仍然光彩夺目。她看着燕相马问道："表哥，这么晚了你有什么事吗？"

燕相马苦涩地笑了笑，平静地说道："我听说了父亲要我跟你一起去天都的事情。"

崔小心若有所思地看着燕相马，问道："表哥不愿意吗？"

"恰恰相反。"燕相马眼神坚定地说道，"我迫不及待。"

天都，陆府。

一个身穿绣着大片海棠的深紫色旗袍的女人坐在窗边的锦凳上面，眉目如画，看起来优雅温婉。她左手边的小几上放着一个棕色的牛皮袋，袋子里是侍女刚刚送过来的一些资料。

资料上面的每一个字她都认真看过，看完之后甚至还用手指细细抚摸，直到现在还深受震撼，难以言语。

她平复了一番心情，然后提着袋子朝前院走去。

院子里亭台水榭错落有致，一步一景，美不胜收。但是女人只是偶尔抬头，不曾有片刻的分心。

女人在一幢小楼前停了下来，楼前题有三个潇洒飘逸的大字——明德楼，落款是"楚先达"。

楚先达是西风帝国的现任君主。

小楼门口有两个身穿普通青衫但是面相威严的大汉把守，暗地里的护卫更是不计其数。

两个青衫大汉看到女人过来，同时鞠躬行礼。

"小将见过夫人。"

女人微微一笑，看着他们，问道："清明在吗？"

"总督在书房办公。"络腮胡大汉岳飞龙笑着答道，"要不要小将进去禀报一声？"

"还是不劳两位将军了。"女人轻声谢绝，笑容温和，却带着一种不容置疑的强硬，"我自己进去就好。"

岳飞龙还想阻拦，却被旁边的精瘦汉子一把拉住。

"怎么？我不能进去？"女人仍然在笑，语气里却有了不满。

李平安笑呵呵地打圆场，说道："飞龙也是怕总督在处理政务时受到惊扰。不过，既然是夫人要去见总督，那自然是随时都可以，我们俩可没胆子阻拦。"

女人点了点头，迈步朝着小楼内走去。

等到女人走远，岳飞龙才低声埋怨道："老李，你忘记总督的话了？他说他要专心处理公务，谁也不许进去打扰。"

"总督的话我怎么会不记得？但是老岳，你犯糊涂了。这次要进去的可是夫人，总督对夫人是什么感情你难道不清楚？人家夫妻俩想见个面，夫人想给总督一个惊喜，你在中间瞎凑什么热闹？"李平安笑着说道。

"老李，我总觉得总督的那个命令是针对夫人的，"岳飞龙扫视四周，小声说道，"他是希望我们把夫人给挡在外面。"

"这怎么可能？"李平安大惊，"你怎么会有这样的想法？难道总督他外面有人了？"

"李平安，你这个老军痞，再敢污总督清名，看我不拔剑和你拼命！总督的为人你还不知道？他怎么会做出对不起夫人的事情？"

"我就是心中疑惑，难道你没发现吗？总督最近白天一直在外面忙着应酬，晚上回来就立即拐进书房，我感觉总督是在躲着夫人。"

"好像还真是这么回事儿，昨天总督在外面早早就办完了事，却突然说想吃福来居的点心，然后带着我们跑到福来居打发了一下午的时间。以前哪次回到天都，他不急急地跑去后院？"

"你说，咱们总督是不是……才故意躲着不见夫人？"虽然李平安欲言又止，但是岳飞龙如何不知他话中之意？

"锵——"

岳飞龙拔出宝剑，怒声喝道："李平安，你这个泼皮，信不信我一剑斩了你的狗头？"

公孙瑜推门而入，面前是一幅繁忙景象图。桌子上摊开着好几本书，桌子底下是凌乱的被丢弃的稿纸。男人伏案疾书，漂亮的小楷一排排地在宣纸上面跳跃，看起来就像是一个个有了生命的精灵。

公孙瑜站在门口等了一会儿，发现自己的到来并没有惊动正忙于政务的丈夫，于是主动开口说道："清明在忙着呢？"

陆清明手腕微顿，抬头看了妻子一眼，说道："小瑜，你怎么来了？快回去休息吧。我手头上还有一点儿工作，处理完了就回去陪你。帝国正处于多事之秋，边疆之地力求平稳，我身为新任总督，更是不能有丝毫松懈，就算回到天都，也没办法放下行省那边的事情。杂事太多，倒是委屈你了。"

公孙瑜不仅没有离开，反而转身把书房门关上了，说道："清明，我想和你说几句话。"

"好。你想说多少句话都行。你先回去，过一会儿我就回房间陪你。"

"我想现在在你的书房说几句话。"公孙瑜眼神温柔地看着自己的丈夫，态度却很坚决。

陆清明只得把手里的毛笔搁下，俊朗的脸上带着笑意，西南的风沙吹皱了他的皮肤，却吹不散他的武者气魄。他推开椅子站了起来，笑着说道："好。你想和我说些什么？"

公孙瑜把手里的牛皮袋递了过去，说道："你先看看这个。"

"这是什么？"陆清明接过袋子，一边解上面的封线一边问道。

"是愧疚，也是悔恨。"公孙瑜平静地说道，眼眶却有些泛红，显然已经克制不住自己的情绪。

陆清明表情微僵，瞬间又恢复如常，假装没有看到妻子的异样，笑着说道："我倒是有些好奇了，到底是什么东西被你说得如此严重？"

陆清明解开袋子，从里面掏出了几张纸。

"嗯？"陆清明疑惑，看着公孙瑜说道，"这是试卷？"

"帝国今年的文试试卷。"公孙瑜平静地说道。

"有意思。难道我也需要考试吗？"陆清明说话的时候，开始阅览手头上的几张试卷。

陆清明很快就把这些试卷全部看完了。

他把试卷重新装进牛皮袋，说道："他如果认真检查过，应该可以得到更高的分数。丢分的都是一些不应该出错的题，那些高难度的题目他反而答得很好。他很有天赋，应该会读西风大学吧？或者读帝国其他名校？"

"你知道他是谁。"公孙瑜盯着陆清明说道，这句话的语气不是疑问，而是肯定。

"这什么意思？"陆清明再次拿出试卷看了看，笑着说道，"李牧羊，一个很陌生的名字。我怎么会知道他是谁呢？"

"我知道你知道他是谁。"公孙瑜眼睛一眨不眨地盯着自己的丈夫，说道，"十六年前你对我撒谎，现在你仍然要对我撒谎吗？陆清明，如果你再敢欺骗我，我这辈子都不会原谅你。"

陆清明眼神哀伤，脸上露出痛苦之色，他知道不能再装傻了，于是开诚布公地说道："小瑜，你要我怎么做？"

"我要他回来。"公孙瑜坚定地说道,"我要把他接回来。"

"这不可能。"陆清明摇头,"十六年前我们把他送了出去,现在就不可能再把他接回来。小瑜,你知道的,这根本就不可能。我们以什么样的理由把他接回来?我们怎么解释他的存在?"

"陆清明,他是我的儿子,是我们的儿子啊!当年你们觉得他被雷劈残了,是一个废物,担心他活不下来,担心他成为一个畸形儿,担心他让你们陆家丢脸,担心他每多活一天,你们陆家人就会多成为天都人的笑柄一天!"

公孙瑜拼命地握紧自己的拳头,努力不让自己流出眼泪,咬牙说道:"可是,你现在看到了,他不是身体有缺陷者,不是废物,不是畸形儿!相反,他比很多人都聪明,比很多人都努力。他应该受到更好的教育,应该得到他应得的一切。他应该回到陆家,回到父母的身边!我会好好地向他解释,让他不要恨我们,不要恨陆家。然后我们用后半生去为我们对他犯下的过错赎罪。"

公孙瑜看着陆清明,一字一板地说道:"所以,我要他回来。"

陆清明的额头青筋直跳,眼睛里有浓得化不开的痛苦,说道:"小瑜,这些天我一直躲着你,就是担心你会和我摊牌,担心你把所有的事情都捅到明面上来,让我给你一个结果。我承认,我知道他是谁,我比任何人更加关注他的存在!这份试卷我早就看到了,我也知道你一定会看到的。

"我也想接他回来,我和你一样,也想立即把他接回来。我不需要你向他解释,我会亲自向他解释,我想向他赎罪,不管他原不原谅,我都想立即站在他的面前告诉他这一切。我想让他知道,那个晚上到底发生了什么样的事情。我想让他知道,他原本应该有不一样的人生。

"可是,我不能那么做。正如你刚才说的那般,当年我们把他送出去,是因为担心他活不下来,担心他即使活下来也会成为一个畸形儿,我们担心那样会被人耻笑,会被政敌攻讦。现在我们如果把他接回来,怎么向外界解释他的存在?怎么解释陆家和他的关系?怎么解释他以前去了哪里?十六年前发生的丑事,经过十六年的发酵已经变得臭不可闻。如果我们现在向外界宣告,他是我们陆家送出去的弃子,陆家还有何颜面在天都立足?还有何颜面在朝廷立足?

"更何况现在天都情况复杂，父亲正在争夺左相的位子，陆家身处旋涡之中，无数人在盯着我们，我们陆家的每一个人都小心翼翼，生怕在这个节骨眼儿上出问题。小瑜，我们如果在这个时候把他接回来，那不是给政敌找了一个攻讦父亲的理由吗？"

"这就是你拒绝的理由？"公孙瑜对自己的丈夫失望至极，说道，"正如你们十六年前把他丢出去一样，实在是荒谬至极！"

"小瑜，你再给我一点时间。我们现在知道他过得很好，而且很有可能要来天都读书，到时候他就在我们的眼皮子底下，我们可以好好地照看他，等到机会合适的时候，我们就把他接回来和他相认，这样好不好？"

"陆清明——"

"小瑜——"

"我一天都不想等了。"

"小瑜——"

"我要让他去西风大学。"公孙瑜说道。

"好。"陆清明立即答应，说道，"我看过他的试卷，如果不出什么意外，他本来就可以去西风大学。"

"我要确保他能去西风大学。"公孙瑜严肃地说道。

"好。"陆清明点头说道，"我保证，牧羊一定可以进西风大学。如果他们不让牧羊进西风大学，我就去把西风大学的大门给拆了当柴火烧。"

"陆清明，我希望这一次你不要再令我失望了。"公孙瑜深深地看了丈夫一眼，转身朝外面走去。

陆清明无比烦躁，在书房里面走来走去。

"来人！"陆清明大声喝道。

亲卫李平安推门而入，问道："将军，有什么吩咐？"

陆清明以前是上阵杀敌的将军，李平安和岳飞龙这些人都是陆清明的亲卫队队员。虽然后来陆清明转为文职，成为行省总督，但是他身边的这些亲卫仍然喜欢称呼他为"将军"。

"父亲在不在府内？"陆清明问道。

"这个我去问问？"李平安小声说道，心想：老爷子在不在府内我们不知道，也不敢知道啊。

"不用了。"陆清明摆了摆手，说道，"你下去吧。"

"是，将军。"李平安出门后，对岳飞龙使了一个眼色，说道，"将军的表现肯定没能让夫人满意，夫人生气，将军失意。"

"李平安——"岳飞龙又要拔刀了。

两人还没来得及动手，陆清明就提着一个文件袋走了出来。

两人正要跟上，陆清明却吩咐道："你们不用跟来。"

陆清明来到左侧的院子，向前来迎接的老管家问道："父亲在吗？"

"老爷在书房会客。"老管家笑着说道，"少爷要不晚些时候再来？"

"我坐下等等。"陆清明看了老管家一眼，说道。

"少爷去茶室喝杯茶吧。"老管家对陆清明说道。

"谢谢。"

陆清明在茶室等了一个小时，老管家才进来请他去书房。

陆清明走了进去，看着坐在那里岿然不动的父亲，沉声说道："父亲，我想接牧羊回来。"

第18章
放养搏狼

陆家家主陆行空，面相威严，权倾朝野，有"政界沙鹰"之称。

沙鹰是大漠的稀有物种，贪婪凶狠，攻击性强，以腐肉为食，也时不时捕猎活物改善口味。独狼、野兔，甚至车队都是它们的攻击目标。一旦它们盯上了猎物，双方就是不死不休的局面。

或者猎物将它们杀死，或者它们俯冲而下将猎物捕获。

将一个政界人物比喻成沙鹰，绝对不是对这个人的夸奖和肯定。下属惧怕，上层提防，此人每踏一步都艰险万分。

这个称号要是从普通人嘴里说出来，恐怕他的尸首很快就能够在天都的护城河里面找到。可是，这称号是从宋家那位有"星空之眼"之称的老人嘴里说出来，陆行空纵使再蛮横霸道也无可奈何。

帝国左相之位空缺，西风帝国皇室一直对此事缄默不语。各个家族都在奋力争斗，而论起威望资历，陆行空是最有力的竞争者，现在朝野上下都在观望他的"夺相之路"。

倘若陆行空成功，陆家将会从"将"门一举跨入"相"门。千百年来的武将家族的家主变成文官之首，这是一个质的飞跃。

出将入相，这才是一个家族天大的荣耀，也是一个家族屹立百世不倒的保障。不然的话，哪怕陆行空做到了国尉这武官之首，倘若家中精英儿郎全部战死沙场，这陆家还如何延续？这泼天的富贵又如何保全？

这对陆行空来说是一道坎，对陆家来说更是一道坎。所以，包括陆行空在内，陆家上下都在为他夺取相位全力以赴。这也是陆清明近来从行省回天都，四处奔走游说的原因。

陆清明事务繁忙，陆行空更是片刻不得闲，每天不停地见同僚、见下属。

现在是站队或者假装站队的时候，每一个人都被千百双眼睛盯着，谁也不敢松懈大意。

"父亲，我想接牧羊回来。"陆清明站在父亲的面前，坚定地说道。

陆行空事务繁忙，背负着大山一般的压力，但是仍然精神抖擞，脸色红润，看起来就像是三十几岁的人。

陆清明知道，这是因为父亲的修为已经进入枯荣境上品。

草生草灭，岁岁枯荣，这就是枯荣境中"枯荣"的由来。

武者步入枯荣境后，一念生，一念死。

陆行空正处于重焕生机的状态，现在是他精力最盛的时期。

这相位，他志在必得。

"嗯？"陆行空低头看着手里的一份文件，问道，"牧羊是谁？"

"父亲——"

"牧羊是谁？"陆行空再次问道，声音沉闷，好像根本就不知道那个名字代表什么意义。可是陆清明很清楚，父亲知道，他比他们知道得更多一些。

"父亲，他是我的儿子，是十六年前我们送走的陆家骨肉。"陆清明把那个棕色牛皮袋放到陆行空的面前，说道，"父亲，我们犯了一个错。"

陆行空扫了牛皮袋一眼，根本就没有要打开的意思。

陆行空提起牛皮袋丢进了旁边的火炉，那火炉是用来煮茶和焚烧各种文件的，在陆行空的书房里长年累月地燃烧着。

"嗖——"

牛皮袋被火点燃，然后"呼呼"地燃烧起来。牛皮袋上都是炽烈的火苗，炉子上的水壶"呜呜呜"地鸣叫起来。

等到牛皮袋烧完，水壶里面的水也就烧开了。

陆行空提起水壶开始泡茶，慢条斯理地说道："陆家既然把他送出去了，又何来接回一说？"

"父亲，我们不能一错再错。"

"啪——"

陆行空一巴掌拍在茶几上面，千年檀木制成的茶几被拍得一阵颤动。

"你是要打我的老脸吗？"陆行空怒喝道。

"……"

"在小瑜那边，你也费了不少口舌吧？"陆行空的脸色缓和了一些，他指了指对面的蒲团，说道，"坐下喝杯茶润润喉吧。"

陆清明依言坐下，挺直脊梁看着自己的父亲，说道："当年看到那样的情况，我们都以为他活不下来，就算能够活下来，也会成为一个畸形儿。我们陆家几代单传，所以我们担心陆家这唯一的长孙会影响外界对陆家的看法，但是现在情况和我们想象的不一样。他不是一个废物，相反，他做到了很多孩子做不到的事情。

"我看过他的文试试卷，我相信父亲也看过了，几乎没有什么问题能够难得倒他。由此可以看出，他是一个多么聪慧又多么勤奋的少年。放眼天都，那些官宦子弟纵酒狎妓，又有几人真正地在苦练武技勤做学问？我们陆家有这样的子孙，难道父亲不为他感到骄傲吗？"

"所以，"陆行空把一杯茶水放到陆清明的面前，说道，"既然他如此优秀，陆家为什么一定要把他接回来呢？"

"父亲！"

"倘若他留在陆家，会不会也和那些纨绔子弟一般纵酒狎妓，无所事事，最终成为一个被时世抛弃的废物？"

"可是他长大了，他已经十六岁了，很快就要到天都来读书。难道我们还要任由他在外面漂泊不管吗？"

"在外面是漂泊，在家里是什么？被圈养？"

"父亲，小瑜也……"

"妇人之见。"

"……"

"于情理来讲，我们十六年前担心他是一个废物而将其抛弃，十六年后我们发现他不是一个废物，所以又想着把他接回来。他的心性如何你了解吗？倘若是你，你心里会怎么想？你会接受我们的安排回来吗？

"于时局来看，现在正是我们陆家争夺相位的关键时刻，这个时候我们把他接回来，如何解释陆家和他的关系？这个世界上的有心人太多，聪明人也太多，只要有蛛丝马迹，他们就能够推断出事情的真相。十六年前的那件事要是被公之于众，你觉得我还有脸立于朝堂之上？西风帝国以礼立国，最是注重伦理，我们的所作所为严重违背国之精神。那个时候，不用政敌攻击，我们就会惨败退出。不说相位，就是这国尉之位也难保。那时陆家何去何从？你可曾想过？"

"……"

陆行空看到儿子垂头丧气的模样，轻轻叹息，最后说道："你的痛苦我感同身受，但是，现在你仍然要以大局为重。既然那孩子叫作牧羊，那就让他在外面好好地生活吧。被圈养的羊只不过是桌子上的一块肉，放养的羊却能够和恶狼搏斗。"陆行空说完，不再多言。

"是的，父亲，我明白了。"陆清明无奈，沉声答道，"小瑜希望他能就读西风大学。"

"哈哈，好啊。"陆行空笑着点头，"此等小事，你来决定就好。"

"是，父亲。"陆清明起身告辞，"父亲也早些休息吧。"

等到陆清明离开，老管家推门走了进来。

"老爷，是不是瑜小姐那边知道些什么了？"老管家恭敬地问道。

"小瑜是一个聪明的孩子，这样的事情瞒得住一时，怎么可能瞒得了一世？"陆行空起身朝着院子里面走去。帝国的天都樱开得正旺盛，那些艳红的花朵挂满枝头，散发出淡淡的幽香，让人的心情也跟着舒畅起来。

"乌鸦的事情查得怎么样了？乌鸦是哪一家放出去的？"

"乌鸦死了，线索也断了。"老管家脸上的每一道皱纹里仿佛都藏着智慧。

"不过，跑到江南对一个女孩子下手，乌鸦这手段也实在下作了一些。宋家那星空强者就要陨灭了，再加上已经夺取了更加重要的右相之位，所以不可能再对左相之位有什么想法，那么争夺最凶的就是咱们陆家和崔家。崔家小丫头遇刺，那盆脏水自然就扣到咱们陆家头上来了。

"也幸好崔家小丫头没事儿，不然的话，事情闹大，风言风语传遍天都，咱们陆家的声誉定会受到一些影响，即便他们没有什么证据，我们也洗脱不了嫌疑，这明显是幕后主使为了这相位设的圈套。人言可畏啊！其他时候我们可以不管不顾，但是在这个时候还是谨慎些好。"

陆行空咧开嘴巴笑了起来，略带得意地说道："谁也没有想到，我十六年前下的一着蠢棋，竟然在十六年后帮我们陆家拔了一颗钉子。你说说，这是不是天佑我陆家？"

"是啊，老爷是有大福气之人，左相之位必然是老爷的囊中之物。"老管家看到主子高兴，也跟着乐呵起来。

"但是我们自己清楚，乌鸦不是我们放出去的棋子。有人想往我们陆家头上泼粪，那陆家就要把他的脑袋给割了丢进粪池！"陆行空阴狠地说道。

这百战不败的将军，从尸山血海里杀出来的军界第一人，一旦动怒，仿若雷霆降世。

"是，老爷。我会派更多的线人去江南。"老管家恭敬地道，对于陆行空的吩咐不敢有丝毫松懈。

"那个孩子，确实可惜啊。"陆行空看着那院子里竞相开放的天都樱，若有所思。

"清明少爷不是说，那孩子要就读西风大学吗？到时候他来了天都，老爷自然可以时时照料。有陆家照拂，他的前程还能够差到哪里去？"老管家在旁边说着一些宽心的话。

"不，让他去星空学院。"陆行空脸色冷峻地说道。

"老爷——"

"你去安排吧。"陆行空不容置疑地说道。

很多不思进取的人都曾有过这样的梦想：出生于地主家，做一个纨绔少爷，整天无所事事，带着一帮狗奴才上街游荡。

高丘上辈子不知道做了多少好事，他的梦想竟然都一一实现了。

高丘身为天都府少尹家的小儿子，身份背景可比地主家的少爷强了许多倍。所以，高丘从来都不会浪费自己在这方面拥有的资源，有事没事就带着一群狗奴才到街上寻找让他动心的漂亮姑娘。

天都是帝国首府，东市大街是主要的经商贸易街道之一，每天都是人潮涌动，车水马龙，一派盛世景象。

高丘带着几个奴才在街上转来转去，在这个摊位上抓几个果子，在那个摊位上顺走几块糕点，抓到什么东西就往嘴里塞，合胃口就吃下，不合胃口就把东西往卖货老板的脸上砸，骂一些"货物不好，赶紧滚蛋！不要再让我看到，否则我见一次打一次"之类的话。

这不，高丘刚刚吃了一口梨子，觉得梨子酸涩难以下咽，就把剩下的梨子朝着水果铺老板的脑袋砸去，破口大骂道："你这个狗东西，卖的是什么梨子？这是梨吗？你赶紧给我滚，滚出东市，滚出天都，再也不要让我看到你！我看到一次打你一次！"

他对每个不合意的商家都是这么讲的。

高丘说话的时候，挽起袖子就要去砸人家的铺子。

"少爷，少爷，"在高丘旁边跟着的狗腿子高富贵赶紧劝阻，低声说道，"老爷说了，让你不要再在外面惹是生非，不然的话，他非要打断我们几个的狗腿不可！少爷，你行行好，看在我们几个可怜兄弟的分上，饶了那老东西一回，行不行？"

"我这是惹是生非？我这是替天行道！你尝尝，你尝尝，他卖的那梨能不能吃？能不能吃？这样的劣质水果也有人敢拿到大街上卖，全部应该抓到天都大牢里关起来！"高丘一边说话，一边又抓起一个梨子朝着高富贵的嘴里塞过去。

高富贵不敢反抗，一边大口吃着梨子一边指着前面一个窈窕身影，说道："少爷，目标出现！快看前面，是你喜欢的小家碧玉！"

高丘抬头一看，发现前面果然有一个身穿淡红色长裙的窈窕女子。

他顿时眼睛放光，脸色涨红，他把手上的东西往地上一丢，大声喊道："弟兄们，给我开工！"

三分钟后，高丘已经把那个模样清秀的小姑娘给拦了下来。

"卿本佳人，奈何做贼？"高丘手里摇着折扇，假如他不是一个脑满肠肥的胖子，还真有点浊世佳公子的模样。

他看着那个姑娘，摇头叹息道："如果你缺钱花，可以和我说嘛。你不说我怎么会知道你缺钱花呢？但是你偷东西就不好了。好好的姑娘，学人家做贼，这样的人官府就应该抓到大牢里关押起来好好教育！"

"我没有。"姑娘脸色苍白，拼命地摇着自己的脑袋，无力地辩解着，"我没有偷。我什么都没有做，是你的钱袋自己跑到我篮子里的。"

"哈哈哈，"高丘提高嗓门大笑几声，说道，"你在开玩笑吧？我的钱袋好端端地怎么会跑到你的篮子里去呢？这说不过去嘛。"

高丘还很是不忿地朝着四周围观的人拱了拱手，说道："诸位老爷少爷都来给我评评理，你们说说有没有这种事情，我的钱袋被她给偷走了，她却说是我的钱袋自己跑过去的。难道钱袋还长腿了不成？"

"呸！"人群后面有人骂道，"高家的浑小子又想祸害小姑娘了。"

"就是，以前他也没少干这样的事情！"

"他自己把钱袋丢进别人的篮子，却诬蔑别人是小偷，然后光明正大地把人家带到天都府为所欲为！"

"谁？"高丘尖着嗓子骂道，"哪个在背后说话？站到前面来，站到前面来和我对质！"

自然没有人敢站到前面来和他对质，谁敢得罪天都府少尹家的公子啊？

高丘为难地看着姑娘，说道："我有怜香惜玉的心思，但是也不能纵容罪犯。姑娘，你跟我去天都府走一趟，让本少爷好生开导开导你，希望你和我共度一晚后能够改邪归正，莫再走上歧路。"

"我不去。"姑娘瘦弱的身体向后退缩，哭喊道，"我不去，我知道你是什么人！救命啊，救命啊——"

高丘生气了，愤怒了，觉得自己的人品受到了侮辱和质疑。他用扇子点了点那姑娘，喝道："敬酒不吃吃罚酒！把她给我带走！"

高丘话音刚落，他身后那几个狗腿子就冲了上来，要把这个"偷钱"的姑娘给绑走。

"啪——"

一条鞭子甩了过来。

高丘只觉得眼前一黑，然后脸颊便火辣辣地痛了起来。他感觉自己的右脸都快要变成两半了。

"谁？"高丘尖叫，"谁敢打我？"

高丘的那些奴才听到他的喊叫声，吓了一跳，立即停下了手上的动作，一起围过来保护他。

"谁？"高富贵相当讲义气地挡在高丘的前面，大声喊道，"谁敢袭击我们家少爷？有本事冲着我高富贵……"

"啪——"

高富贵的嘴巴挨了一鞭子，顿时皮开肉绽，鲜血淋漓。他捂着嘴巴呜呜乱叫，接下来的狠话也没办法说出来了。

高丘的眼睛四处打量，然后瞄准了袭击他的人。

那是一个姑娘，是一个漂亮姑娘，是他高丘高衙内寻芳多年见过的最漂亮的姑娘。

要是能够娶到这样的女人做老婆，他就改邪归正吃斋念佛，再也不干这种偷鸡摸狗的事情了。

白璧无瑕，美人如画。

千言万语，都难以描述其美貌的万分之一。

那姑娘扎了一个马尾辫，紫色的长发高高束起，穿着一身白色华服，骑在一匹黑色骏马上面，居高临下地打量着向她看过来的高丘。

不，她好像谁都没有看。好像这川流不息的长街上，这聚拢而来的人群中，没有一个人值得她多看一眼。

高丘是一个心思细腻的男人，在他察觉到那个姑娘根本就没有把他放在眼里时，他不由得气愤起来。

"在下还未请教姑娘芳名？"高丘拱了拱手，满脸笑意地看着那黑马上的白衣姑娘问道。

"啪——"

白衣姑娘手腕一抖，手里的那条黑色马鞭便朝着高丘的脸上抽了过去。

高丘躲闪不及，左边脸颊又挨了一鞭子。这下他左右两边的脸上各有一道红色的口子了，看起来十分滑稽。

"姑娘，有话好好说，不要动手动脚的。大家都是斯文人，你对我有什么不满可以直接开口告诉我。"

"啪——"

白衣姑娘一抬手，又是一鞭子。

"喂，我的话你听到没有？你是聋子还是哑巴？"

"啪——"

"你知道我爸是谁吗？居然敢和我动手！"

"啪——"

高丘的脸上又挨了一鞭子。

高丘哭了。

他是真哭了，既伤心又难堪。

他的脸好痛啊，跟有人拿着刀子一刀一刀地割似的。

高丘泪流满面，仰头看着白衣姑娘，号叫道："别以为你长得漂亮就可以为所欲为，我告诉你，我捧着你时你说什么那就是什么，我厌烦你时你以为你算什么东西？你打我也就罢了，还不愿意告诉我你的名字，还讲不讲道理了？"

"啪——"

高丘的脸上又挨了一鞭子。

高丘身体一歪，"扑通"一声摔倒在地。

"你敢欺负我们家少爷！"高富贵嘴巴还在流血，说话都不利索了，他从腰间拔出长刀，大声喊道，"兄弟们，给我操家伙上！"

白衣姑娘朝他看了一眼，他前冲的步伐就放慢了许多，然后小心翼翼地在她的马头前面拐了一个弯又绕回来了。

他指着白衣姑娘喊道："你是谁？留下你的名号，等着我们上门拿人！"

"陆契机。"白衣姑娘一夹马肚，黑色骏马便"嗒嗒嗒"地穿过人群朝着前面走去。

高富贵高兴坏了，跑过去把高丘从地上搀扶起来，邀功道："少爷，少爷，我帮你问出那姑娘的名字了，她说她叫陆契机！"

"啪——"

高丘一巴掌抽在高富贵的脸上，然后一拳又一拳地打了过去，吼道："你这个狗奴才，杀千刀的东西，谁让你问她是谁了？你问她是谁干什么？"

"少爷，少爷……"高富贵捂着脑袋拼命求饶。

白衣姑娘身后还跟着几个同样骑着马衣着华丽的少男少女，他们年纪相仿，家庭背景相当，鲜衣怒马，傲然行走于人群之中，路人纷纷驻足观看。

"高少尹的儿子越来越不像话了，跟一个泼皮无赖似的。"一个身穿黑色武士服的剑眉少年轻笑道，"契机抽他也不怕脏了自己的鞭子。"

"不抽就会脏了自己的眼睛。"白衣姑娘冷傲地说道。

阳光明媚，青春飞扬。这些骄傲的年轻人骑着高头大马并排走在街道中间，街市的人群像水流一般向两边分开。

他们很神气，就像是这个世界的中心，是最受神明眷顾的人。

他们很张扬，但是这张扬不遭人讨厌，人们只会忍不住心生羡慕，期盼着成为他们中的一员。

说话的剑眉少年叫作楚浔，是西风帝国皇室的成员。他的父亲是赋闲在家的闲散王爷，虽然没权，但是闲散的王爷也仍然是王爷。所以，在一行人中他的身份最为尊贵。

"就是，那个高丘太讨厌了，契机姐姐不抽他，我都想去抽他了。"一个模样可爱的鹅蛋脸女孩儿笑呵呵地说道，"不过，我抽起来肯定没有契机姐姐抽起来这么威武霸气。契机姐姐一句话都不搭理他，看他不顺眼就挥鞭子抽他，直到把他给抽哭了，跪地求饶。"

"小新，这就是气质的差别。契机是帝国三明月之一，你是帝国三宠物之一，你们能抽出一样的效果吗？"一个身穿青衫的粗壮少年笑呵呵地打趣道，看起来他对这个小新姑娘很是喜欢，说话的时候看向她的眼神里充满了怜爱。

"刘隆，你才是宠物呢，你就是一匹大黑马，一头大笨牛，讨厌死了。"小新很是不满地说道，她很不喜欢别人叫她宠物。

楚浔虽然听了一耳朵这些人的话，但是心思全部放在了身边的白衣姑娘陆契机身上。

他目不斜视，一只手持着缰绳，另外一只手握着剑柄，小心戒备着四周。

"契机，这次陆爷爷争夺左相之位，怕是十拿九稳吧？"楚浔笑着问道。

周围其他人听到楚浔问出这个问题，全屏息静气等着陆契机的答案。要知道，在场的全是官宦之家的孩子，从小就耳濡目染，对时局多少都了解一些。现在陆行空争夺左相之位是整个天都，乃至整个西风帝国的上层都非常关注的事情。倘若陆行空以军界第一人的身份争夺左相之位成功，那么，掌握军政大权的陆家将会是何等权势滔天？

作为家族资源的享用者，他们如果能够为家族带回去一些重要的消息，何尝不是大功一件？

"要是韩王愿意站出来为陆家力荐，这事自然是十拿九稳。"陆契机面无表情地说道。

楚浔苦笑，说道："家父自然愿意支持陆爷爷，只是家父在这件事上说不上什么话啊。陆爷爷想要相位，崔家自然是百般阻拦。最关键的其实还是宋家那位老爷爷的态度，也不知道怎么回事儿，宋家那位老爷爷一直不喜欢陆爷爷，甚至还给陆爷爷取了'沙鹰'那样一个不雅的称号。很多人都说那位老爷爷可能坚持不了太久，但是他的态度皇室还是很重视的。皇室有所重视，那么就会有所偏倚。家父一个人势单力薄，并不能影响帝王的圣裁啊。"

"崔家阻拦，宋家厌恶，皇室不喜，你既然知道这些，怎么还说我爷爷争夺相位十拿九稳？楚浔，你到底安的什么心？"陆契机言辞犀利，鄙夷地说道。

楚浔愣了一下，很是无奈地耸耸肩膀，说道："你们看看，我又被契机给抓住把柄狠狠地刺了一刀。你们和契机说话时可千万要注意，硬刀子我们不怕，就怕软刀子杀人啊。"

众人哈哈大笑起来，楚浔的尴尬顿时化解。

"算了算了，我们不提国事。虽然这种事情对我们也有些影响，但是我们年轻力弱，没有破局之力。我们还是谈谈学校吧，文试成绩快下来了，契机，你是去西风大学吧？"

"这个世界上哪有确定的事情？"陆契机想了想，说道，"崔家的那位要回来了吧？"

"我听说崔小心报的是西风大学，以崔小心的成绩，这自然是没有问题的。算算时间，崔小心怕是在这个月内就能够回来吧？等到她回来了，咱们天都可就更热闹了。"一个锦衣玉带的少年脸色潮红地说道。

"我早就听说万喜暗恋崔小心，现在一看此事果然不假。你看看这事把他给激动的。现在崔小心还没有回来呢，要是等到她回来，你还能不能说出话来啊？"刘隆调侃地说道。

"就是。崔小心回来了，咱们天都就热闹了，崔小心到底是一个人还是一个团队啊？她一个人就能够顶得上咱们半城人？"小新很是不满地说道，她非常崇拜陆契机。帝国三明月之中，她最喜欢的就是又冷又酷的陆契机，其他两人她根本就没放在眼里。

"你要是喜欢，以后就跟她玩去吧。"

万喜哭丧着脸，说道："我就是说说而已，话头不是你们挑起来的吗？"

楚浔笑笑，看着陆契机说道："你去哪里，我自然也去哪里。"

以他父亲韩王的身份地位，帝国名校任他挑选。再说，他本就是能力卓越之辈，无论是文学知识还是武修水准，他都是天都年轻一辈中的佼佼者。他想去哪所学校，哪所学校自然会百般欢迎。

楚浔说出这话，和对陆契机表白没有什么两样。

你去哪里我就跟到哪里，反正我就是要和你在一起。

"你随意。"陆契机转过身子，马尾辫也跟着晃动，她扫了一眼身后，说道,"你们也要一起来?"

"好啊好啊。"最没有心机的小新连连点头。她自然是要和偶像在一起的,就算陆契机不愿意,她也要拼命争取。

其他人则是尴尬地笑着,并没有明确回答陆契机的话。

拜托,他们又不是傻子,陆契机拿他们做幌子来拒绝楚浔,虽然这话听起来十分委婉,可是,这跟"我不喜欢你""你是一个好人"有什么区别?

楚浔笑笑,主动对周围的同伴说道:"大家一起吧,人多热闹。"

气氛这才融洽起来,大家再次嘻嘻哈哈地说笑起来。

"咚、咚、咚——"

李牧羊轻轻地敲响隔壁邻居的院门。

"嘎吱——"

院门打开,赵婶站在院子里面看着门口的李牧羊,笑着问道:"牧羊,有什么事情吗?"

"赵婶,我妈让我来给你送一些点心,感谢你上次的帮忙。"李牧羊说话的时候,把手里的一盒糕点递了过去。

"上次要不是你及时到家里通知,店里还不知道会发生什么事情呢。我们一家人都记着这份恩情,也不知道要怎么感谢你,就把家里的点心提来一盒。你先吃着,喜欢的话我再多提一些过来。"

赵婶笑呵呵地接过,却客气地说道:"牧羊啊,何必那么见外呢?咱们都是邻居,我这么做只是举手之劳而已。要是我们家出个什么事,你不也得帮忙跑腿?呸呸呸,我这说的是什么话呢,大家都好好的,好好的。对了,你妈没什么事吧?"

"没事,我们都挺好的。"李牧羊笑着说道,"赵婶,上次让你来我家通知的那位大叔叫什么名字?我们家也想去谢谢人家。"

"我哪里知道人家叫……"赵婶猛地止住话头,慌张地说道,"哪里有什么大叔啊?我就是从门口经过看到了,才急忙跑到你们家通知一声。"

"赵婶，你不要着急，我没有恶意，是真的想感谢人家一下。要不是那位大叔帮忙，我们家不是要遭大难了吗？"李牧羊一副憨厚的模样，看起来确实没有任何的敌意。

"赵婶，都有人看到那位大叔了，你就告诉我吧。我们一家既然已经知道，哪有知恩不报的道理？"

赵婶一脸为难，伸头打量了一番四周，然后说道："牧羊，不是赵婶不愿意告诉你，是赵婶真的不知道他叫什么名字。我当时正在店里干活，结果一个穿着灰色衣服的老人走了进来，他给了我一枚金币，说你们家的店铺出事了，让我立即去你们家叫人过来解围。"

李牧羊笑着点头，说道："他让你来求援，你应该通知我父亲才对，你从水柳街跑到这里，中途会经过我父亲工作的地方。你为什么没有去找他呢？"

"我当时也想过。但是那个男人说让我到你们家来找你，是他让我一定要通知你的，我也没有多想，就赶紧跑过来了。"

"他还让你不要告诉别人是他吩咐你来我家求援的，对不对？"

"他是这么说过……"赵婶点头，说道，"牧羊，你怎么什么都知道啊？"

李牧羊指了指自己的脑袋，用一种宣告的语气说道："赵婶，我不傻了。"

第19章
不要担心

陆契机骑马回到陆府，一个七八岁的小屁孩儿跑了过来，接过陆契机的马缰，仰着胖脸小声说道："姐，你总算是回来了。"

"陆天语，你鬼鬼祟祟地干什么？"

"姐，父亲和母亲吵架了。"陆天语打量了一番四周，然后压低嗓门说道。

"嗯？你知道是因为什么事情吗？"陆契机开口问道。

父亲宽容，母亲贤惠，他们感情极佳，极少红脸，更不用说吵架了。这样的事情确实让她很好奇。

"我听说是母亲要接一个人回来，父亲不让。姐，母亲是要接谁回来啊？不就是一个人吗？父亲接回来不就是了？为什么父亲会不同意呢？哦，父亲还说了，是爷爷不同意。怎么这种事情连爷爷也知道了？他不是在争相位吗？还有闲心管这些小事？"

陆契机的黑瞳瞬间变成了紫色，再加上比眼眸更加妖艳的紫色头发，她看起来就像是美艳至极的花神下凡。

"陆天语，闭嘴。"陆契机冷冷地说道，"以后不许再说这样的话。"

"姐，姐，你怎么了？"陆天语紧张不已，他感觉自己的脊背发寒，小腿都开始颤抖起来，"你怎么生气了？这话也不是我说的，是父亲母亲说的。"

"不管这话是谁说的，以后你都不许再说，更不许乱传。"陆契机眼里紫光一闪，瞳孔变回黑色，声音变得平和了许多，她沉声说道，"如果我再从你口中听到，定会用鞭子抽你。"

陆天语天不怕地不怕，就怕自己这个冷酷又美丽的姐姐。

他看了看陆契机的表情，她是严肃的。

他又看了看陆契机手里的鞭子，那是冰冷的。

于是，他连连点头，说道："姐，我知道了，我再也不会乱说了。姐，你去剑馆练习了一天肯定累了吧？我帮你牵马，你快回屋休息。"

陆契机把马鞭丢给陆天语，翻身下马，朝着自己居住的小院走去。

小胖子陆天语看到陆契机走远，提着马鞭一鞭子抽在黑马的屁股上，骂道："你的主子欺负我，我就要欺负你。"

黑马神勇，屁股受痛之后，后蹄自然做出自卫的动作。

"砰——"

陆天语猝不及防之下，被那马腿踢中，摔了个狗吃屎。

陆契机听到声响转身回来，问道："刚才出了什么事？"

陆天语趴在地上，肉乎乎的胖脸艰难地挤出一丝笑容，说道："姐，你看我像不像是一只青蛙？"

他说话的同时，还学着青蛙鸣叫："呱、呱——"

"白痴。"陆契机转身离开。

陆契机回到自己的小院，关上院门，黑色的瞳孔再次变成了紫色。

她伸手一招，一块形似小山的大石头就朝着她飞了过来。

她摊开右手手掌托住石头，紫色的光芒在她手心环绕了几周后，那大石头便被焚成了一把灰尘，被风一吹，消失得无影无踪。

"李牧羊——"陆契机冷冷地说出这个名字，"欢迎来到天都。"

"咚、咚、咚——"

门口传来敲门声。

"小姐，夫人请你过去。"门口传来丫鬟的声音。

陆契机眼里紫光一闪，瞳孔瞬间变成和正常人一样的黑色。

"我知道了。"陆契机轻声说道，"告诉母亲，我就过去。"

"是，小姐。"丫鬟在门外说道。

李牧羊推开院门的时候，李思念已经在院子里面等候了。

"哥，你打听得怎么样了？"李思念笑嘻嘻地问道。

"打听什么？"李牧羊故作迷茫地问道。

"别装了。"李思念翻了一个白眼，鄙夷地说道，"我都说了，你屁股还没有撅起来我就知道你要拉屎。"

"李思念——"

李牧羊脸色一红，总被妹妹这样揭短还真是让人尴尬啊。他现在已经是一个小麦色皮肤的英俊少年了，不管事实如何，至少他自己是这么想的。

两人都这么大了，李思念总提当年撅屁股拉屎的事情实在是有辱斯文。

"哟哟哟，李牧羊脸红了！哥，说实话，我还是第一次看到你脸红。"李思念盯着李牧羊的脸笑呵呵地说道，"奇怪，为什么是第一次呢？哦，我明白了，以前你也不是没有脸红过，但是那个时候你太黑了，就算脸红了我也没办法看出来。现在我竟然可以看到了，那就证明你确实变白了。哟，你真的变白了许多啊——"

"李思念——"李牧羊对自己这个宝贝妹妹是完全没有办法，他总是被她给吃得死死的。

"好吧，我们说点儿正经的。"李思念不再调侃李牧羊，又问道，"说，你为什么要去给赵婶送糕点？有什么企图？"

"上次我们不是承了人家的情吗？所以我就想送一盒糕点过去感谢一下她。这不过就是一个礼节。"李牧羊笑着说道。

"李牧羊，你看着我的眼睛——"李思念摆正李牧羊的脑袋，让他的眼睛和自己的眼睛对视，"你看我傻不傻？"

"不傻。"李牧羊摇头。谁敢说李思念傻，那才是真正的傻瓜呢。

"可是为什么我的眼睛里还有一个白痴呢？"李思念问道。

"那个白痴——"李牧羊苦笑，说道，"你一个小孩子问那么多做什么？好好学习，天天向上。我们不是说好了吗？我先去西风大学给你探探路，然后你明年考进去。以你的成绩，考西风大学还不是小事一桩？"

"我是小孩子，你又比我大多少？你说不说？你不说我自己去问赵婶。你能够问出来的东西，我自己就问不出来？"

李牧羊叹了一口气,说道:"我感觉有人在针对我们。"

"针对我们?"李思念大惊,说道,"这个人是和那个杀手一伙的吗?"

"我暂时还不能确定。"李牧羊沉声说道,"不过,这人不安好心。"

"哥,那我们要怎么办?"

"我会想到办法的。"李牧羊宠溺地看着李思念,坚定地说道,"你放心吧,我们不会有事的。"

无论如何,他都要保护自己的家人,不让他们受到任何伤害。为此,他愿意付出任何代价。

"李牧羊——李牧羊,我知道你在家里,赶紧过来给本少爷开门!"有人在门口大声喊道。

李思念一听到这个声音就来气,说道:"那个白痴少爷又来了。"

李牧羊笑着打趣,说道:"他可是为你来的。"

"我看他是为你来的吧?牧羊相马,两个动物正好凑成一家。一黑一门,你们走出去谁敢说你们不是一伙,我当场和他们翻脸。"

"……"

"李牧羊,快开门啊!我有大事要和你商议。"

燕相马的声音再次传了过来。

"他终究是帮过我们的恩人。"李牧羊叹了一口气,走过去打开院门,笑着说道,"燕大少——"

"别别别,别来这些虚的。你叫我表哥,表哥——这样听起来亲切。我又不是一个特别爱摆架子的人,虽然我出身高贵,但是我平易近人。"

燕相马看到冷冷盯着他的李思念,笑得眼睛都眯成了一条缝。他摇着扇子,潇洒地走进院子,说道:"思念妹妹也在家呢。思念思念,这名字真是甜得让人心啊肝啊的全化掉了。"

"谁是你妹妹呢?"李思念很是戒备地盯着燕相马,说道,"崔小心才是你妹妹。"

"对对,小心是我妹妹,你也是我妹妹。你哥都叫我表哥,你不是我妹妹是什么？"燕相马用胳膊肘捅了捅李牧羊的手臂，说道，"我说的是不是，牧羊弟弟？"李牧羊想用衣袖捂脸，燕相马明明是身份尊贵的城主府大少爷，为什么自己和他站在一起时总有一种很丢脸的感觉？

"当时我那是鬼迷心窍。"李牧羊无奈地说道。

"我看你是色迷心窍吧？"燕相马意有所指地看了李牧羊一眼，说道，"有一件事情，本少爷也不知道当讲不当讲。"

"什么事情？"李牧羊问道。

"小心在落日湖湖畔等你。"燕相马说道。

"真的？"李牧羊大喜。

"千真万确。"燕相马笑着说道，"这样的事情我还能骗你？你去了不就知道了。"

李牧羊转身就要朝外面跑去，跑了两步又退了回来，说道："不行，我怕你骗我，你跟我一起去。"

"李牧羊——"燕相马真是被这货给气坏了。他抓着李牧羊的手臂把他拉到墙角，压低嗓门说道，"我都把我表妹送到你身边了，你就不能让我和你妹妹说两句话？你还有没有良心啊？你的良心被狗吃了？"

李牧羊一想，觉得此话有理啊，燕相马都把自己的表妹的行踪告诉他了，投桃报李，他也应该给燕相马和自己的妹妹留一点独处的空间嘛。

可是，这么做的话，他会很不爽啊。于是，他看着燕相马说道："我宁愿把良心给狗吃，也不愿意让你单独和我妹妹在一起。"

李牧羊拉着燕相马的手臂，说道："走，你跟我一起去。"

"哥——"李思念开口喊道，"小心姐姐在落日湖等你，你快过去啊。至于这个白痴大少爷，让他留下来陪我吧。"

"思念——"李牧羊还有些不放心。

"你放心，他还能把我吃了？"李思念眨了眨眼睛，天真无邪地笑着，说道，"我正准备和他好好聊一聊呢。"

李牧羊点了点头，说道："好吧。那我去去就回。"

"我的笨蛋哥哥——"李思念气得跳脚，说道，"人家女生都不急着回去，你一个男生急什么？别啰唆了，快去吧。"

李牧羊点了点头，迅速朝着落日湖所在的方向跑过去。

等到李牧羊跑远，燕相马整理了一番衣衫后，对着李思念行了个礼，说道："思念妹妹，相马这厢……"

"别香马臭马了，你跟我出来。"李思念说着，大步朝着院子外面的街道上走去。

"哎，这小娘们——"燕相马觉得自己被侮辱了，已经无颜面见江东父老，"这暴脾气怎么就那么招人喜欢呢？"

燕相马小跑着跟在李思念的身后，笑得一脸甜蜜，说道："思念妹妹，我们这是去哪里？"

"逛街。"李思念一边快步走，一边没好气地回答道。

"嘿嘿，原来咱们这是约会啊！虽然这关系发展得实在是快了一些，但是非常之人行非常之事，你我非凡人，这速度正好，正好！就是你当街要和我牵手或者做什么别的，我也是可以接受的。"燕相马一副愿意为爱情赴汤蹈火的模样。

"牵手？你自己左手牵右手吧。我拉你出来逛街是因为街上人多，这样你就不敢对我动手动脚了。谁愿意和你单独待在院子里啊？你以为我真傻啊？"

燕相马愕然，露出一个被雷劈了的表情，道："你、你竟然怀疑我的人品？你竟然敢侮辱本少爷？"

"我压根就和你不熟，怎么就不能怀疑你的人品了？我要是相信你有人品那才是见鬼了。"

"李思念，我可告诉你，作为江南城有名的纨绔子弟，我可是什么事情都做得出来的。你这般羞辱我，就不怕我报复吗？"

"你想怎么样？"李思念警惕地盯着燕相马，心想：倘若这个浑蛋敢乱来，自己就一拳打过去，然后捂着胸口大喊非礼。

燕相马凶恶地盯着李思念，吞咽了好几口口水，在李思念都担心他会不会被自己的口水给撑死的时候，他终于恶声恶气地说道："李思念，我严重警告你，下不为例。"

"白痴。"

"思念——"燕相马再次觍着他那张俊脸跟了上来，笑着说道，"其实我这次过来是想……"

"崔小心到底是什么人？"李思念打断燕相马的话，问道。

"什么？"燕相马一愣。他还在想怎么表达自己的感情呢，话题转变得有点儿快，他有点儿反应不过来。

"我是想问你，小心姐姐到底是什么样的人？"李思念再次问道，"她的来头很不简单，是不是？"

"是吧。"燕相马点头说道。

崔小心的来头当然不简单了，崔家在帝国政界很有地位，除了有"西风文库，宰辅之家"之称的宋家可以压制之外，就是帝国将门陆家也难以抗衡。崔小心作为崔家嫡系，又是崔家最优秀的女性之一，她的来头又怎么会小呢？哪怕是自己这个表哥也比她低了一头，父亲在和她交谈时也要将其视为平辈，而不是将其当作崔家的晚辈。

"她是什么来头？"李思念停下脚步，眨着大眼睛天真可爱地看着燕相马，八卦地问道。

"我为什么要告诉你这个？"燕相马反问道，"这是我们的家族机密，是不可以随便告诉别人的。你把我燕相马当成什么人了？你以为使出美人计我就会说了吗？你有本事试试，看看我燕相马是不是软骨头。"

"相马哥哥，人家求求你了，你就告诉人家嘛！"李思念轻轻跺脚，娇滴滴地哀求道。

"我都说了我不能说。"燕相马再次吞咽了一口口水，说道，"其实我不说你也能够猜到才对啊。小心表妹来自天都崔家。"

"崔鸿雁？"李思念说出一个响彻帝国的名字。

"是小心的太爷爷。"

"……"

李思念脸色发苦，表情哀愁，就像是听到了什么噩耗一般。

"思念，你怎么了？"燕相马不解地问道。

"我哥哥一点儿机会也没有，对不对？"李思念开口问道。

燕相马轻轻叹息，说道："其实站在我个人的立场，我是支持牧羊和小心表妹在一起的。牧羊虽然人长得黑了点儿，丑了点儿，但是他心肠好啊，而且又对小心表妹一往情深。"

"你才丑呢，我哥比你英俊一百倍。"李思念很是不满地打断燕相马的话，说道，"回答我的问题。我哥和小心姐姐是不是完全没有希望？"

"没有。"燕相马毫不犹豫地说道。

"一点点的希望都没有？"

"思念，你应该清楚，如果当真有那么一天，牧羊有了一点点的希望，那牧羊反而会更加危险。"燕相马严肃地说道，"为什么现在你哥是安全的，没有人找上门来？就是因为所有人都知道他们不可能，他们没有任何希望。倘若牧羊的存在让人感觉到了危险，你觉得现在他还能够活蹦乱跳吗？"

"……"

李思念心中十分苦涩，为自己的哥哥感到委屈。可是，这是她难以改变的事实。普通人家的孩子怎么可能有机会和崔鸿雁那等纵横大陆的强者的后人结为夫妻呢？李思念想明白了这个问题，转身就朝着来路走去。

"哎，"燕相马在李思念身后喊道，"李思念，你去哪儿？"

"回家。"

"街就这么逛完了？我们不是才出来吗？我还有话没有说呢！喂，李思念！"燕相马抓狂了。

"那你下次再说。"李思念头也不回，很是敷衍地对着燕相马挥了挥手。

"下次再说？"燕相马苦笑，看着李思念远去的背影，他低声说道，"傻丫头，我就怕下次没有机会说了啊。"

燕相马只说崔小心在落日湖湖畔等待，却没有说崔小心在落日湖湖畔什么位置等待。

落日湖蜿蜒数百里，接入太渊湖。李牧羊在这么大的地方找一个女孩子，那不是大海捞针吗？

幸好李牧羊现在不傻了，他径直朝着上次春游的位置找过去，果然看到了坐在柳树下面的崔小心。

"崔小心。"李牧羊大声喊道。

崔小心转头看了过来，对着李牧羊展颜微笑。

崔小心只是弯了弯嘴角，李牧羊却觉得自己全身的每一块肌肉和每一根毛发都开心欢畅起来。

正如帝国有名的郭姓吟游诗人所写的那般：看到你哭，我难过了好几天；看到你笑，我高兴了好几年。

李牧羊觉得这句话真是说到自己的心坎里面去了，那诗人怎么就那么懂得人心呢？

喜欢一个人，就愿意承担她的所有伤痛，陪她抬头仰望星空。喜欢一个人，就会情不自禁地把她的欢喜放大无数倍。她的笑意还停留在眉梢，你就已经乐得直不起腰。

李牧羊加快步伐走到崔小心的身边坐下，笑着说道："这是我们第一次相会的地方。"

李牧羊担心"相会"这个词语会让崔小心不悦，又补充道："虽然我们很久以前就认识了，但是那一天我们才算是真正相识吧？"

"是啊。这是我们第一次相识的地方。"崔小心看着碧绿的湖水，也想起了那天的事，她说道，"如果不是那次聊天，我都不知道班里竟然有思维如此清晰、说话如此犀利的男生。"

"其实我以前也不是这样的。"李牧羊咧嘴笑了起来，露出两排洁白整齐的牙齿，说道，"他们骂得对，那个时候的我确实是一个废物。"

"我看出来了。"崔小心说道，"那个时候的你和现在的你很不一样。"

她转过身来看着李牧羊的眼睛，说道："那个时候你的眼睛是呆滞的，看什么东西都没有焦点。你的眼里只有茫然不解，没有现在的灵气和自信。这一段时间你变化太大了。如果不是一直在你的身边，我很难把现在的你和以前的你联系在一起。甚至，就连你的容貌都变得……变得不一样了。"她把"俊朗"两个字咽了回去，看着李牧羊清澈的眼睛，竟然有些出神。

"所以我真的很感激。"李牧羊看着崔小心说道，"是你让我重新拥有了学习的动力，是你帮我补习，告诉我任何时候都不要放弃。"

"和你的救命之恩相比，这些又算得了什么呢？"崔小心感叹道。

"我们不说这个了。"李牧羊准备转移话题。

这是妹妹李思念教给他的绝招，在你和女孩子之间的对话越来越无趣或者越来越沉重时，你要迅速转移话题，重新寻找女孩子感兴趣的话题。

"我们有一段时间没见了，你最近过得好吗？"

"很好。"崔小心点头说道，"看看书，喝喝茶，在蓝花楹下面散步，想一些以前的事，也想想以后的事，我过得挺充实的。"

"这样真好。"李牧羊无限向往。倘若崔小心看书的时候自己能够陪伴在她身边，在她喝茶的时候，自己能够及时为她续杯，她在蓝花楹下面散步时自己能够与她并肩而行，那该多么美好啊。

崔小心转过脸去，不再看李牧羊如星河一般璀璨的眼睛。她道："我要回天都了，这两天就走。"

"好。我回去收拾收拾，跟你一起走。"李牧羊笑道。

"……"

凉风清爽，绿草如茵。湖面上荡漾着一圈又一圈的涟漪，泥土散发着一种特别的芳香。少男少女并肩坐在湖边，看起来就像是偷偷翘课跑出来游玩的热恋情侣。可是，这是一场离别，女孩子要向男孩子告别。

女孩子要去远方，去很遥远的地方。

以后再见……其实更多的是没有以后。

崔小心听到李牧羊的话，被逗乐了，微微扬起嘴角，说道："我在很认真地向你告别呢。"

"我知道啊。"李牧羊笑道，"我也在很认真地和你开玩笑呢。"

"你真的变了很多，"崔小心看了李牧羊一眼，说道，"变得和燕相马一样了。哦，我想起来了，那天你攻击张晨时，说的话可是比燕相马的要犀利许多。或者说，你们天生就是一类人？"

"这就是所谓的近墨者黑吧。相马每天跑去找我，我也多少沾染上了他身上的一些习性。"

"那你也要变成一个纨绔大少爷了。"

"这个应该是先天优势，我后天再努力也很难做到。"李牧羊笑道，"毕竟，我再怎么努力，也没办法成为城主的儿子是不是？"

崔小心笑笑，说道："但是你可以让你的儿子成为城主的儿子。"

"借你吉言，我会努力的。"

李牧羊从草地里拔了一根甘蔗草，放在自己的嘴巴里咀嚼着，这也不知道是他什么时候养成的习惯，或许是一个人发呆的时候。

"不过，我们不是已经约好了吗？我们要在西风大学的落雁湖湖畔看夕阳，我应该很快就能够去天都了吧？"

"你到了天都——"崔小心欲言又止，良久，才低声说道，"那个时候学习紧张，我们也不知道有没有时间去看夕阳呢。"

李牧羊愣了一下，很快又笑着说道："没关系，反正我们要在学校里面待上好几年，这种事情不需要着急。等到你什么时候有空，我们再一起去落雁湖湖畔看看好了。"

"这样的话，我们也不知道要等多久。"崔小心有些无奈，她说道，"希望有那么一天吧。"

崔小心觉得自己应该说一些更决绝的话，那样就可以让原本就不在同一个世界的两个人的关系断得更加彻底。但是在看到李牧羊的眼神时，那样的话她怎么也说不出来。

李牧羊沉默不语，崔小心也不再说话。

少男少女坐在湖边，忧愁着他们这个年龄不应该有的忧愁。良久，李牧羊轻声问道："崔小心，你在担心什么？"

"什么？"

"我知道我配不上你，我只是想和你做普通朋友而已。"李牧羊坦然地看着崔小心，语气无比平静，仿佛在说一件与他无关的事情。

他说道："我承认，那样的事情我以前奢望过，但是很快我就清醒了。我喜欢你的时候没有告诉你，我决定不喜欢你的时候也没有告诉你。我之所以不说，是因为我知道你肯定不愿意听到这些。

"在我眼里你不仅漂亮，而且善良又独立。我确实想过，你要是能够成为我的妻子那该多好啊，我们会像其他情侣一样相处。那个时候，我一定是西风帝国最威风最让人羡慕的男人吧。

"我从来都没有问过你的出身来历，虽然我已经猜到你的家世一定很不简单。燕相马是你的表哥，那么你家一定和他们家差不多。我知道我们是两个世界的人，我也知道你不可能喜欢上我这样一个不够优秀的男生。我只是想，大家做朋友也好。就算是不能和我在一起，你也应该是一个很不错的朋友。其实，你不仅是我仰慕的人，也是我第一个真正意义上的朋友。除了思念，你是学校里唯一一个愿意和我接触的同龄人。

"可是，你突然消失了，再也不愿意到我家去了。我想去找你却发现根本不知道你住在哪里，你在用力把我推开，想让我们的关系恢复到最初的状态。这些我都能够感觉到。就连最普通的朋友关系，你也不愿意维持了，是吗？"

"李牧羊。"

"崔小心，你不要担心。"李牧羊咧开嘴巴笑了起来，说道，"就算我还会继续喜欢你，我也不会追你的啊。就算到了西风大学，我也不会追你的啊。"

"……"

崔小心离开了。

她离开了落日湖，也将要离开江南。

李牧羊独自坐在落日湖湖畔，嘴里的甘蔗草已经挤不出甘甜的汁液，但是他仍然咀嚼着。

李牧羊是一个很重感情的人，因为他缺少感情。

李牧羊是一个很念旧的人，因为除了这个他也没有什么好念的。

李牧羊想起那天残阳似血、万鲤飞跃的情景，心想：自己以后也许会成为一个很了不起的人呢。

那个时候，就会有很多人愿意和我做朋友了吧？李牧羊在心里这样想着。

崔小心走到河堤边的时候，燕相马已经在那里等候了。

燕相马朝着远处看了过去，根本没办法看到李牧羊。他咧开嘴巴笑了起来，说道："你们告别了？"

"告别了。"崔小心面无表情地说道。

"说清楚了？"

"闭嘴。"

"那就是没说清楚了。"燕相马轻轻摇头，说道，"情之一字，最是伤人。不过，你这么做也是为了李牧羊好。李牧羊考试前乌鸦去他家袭击他，虽然我及时赶到给他们解除了危险，但是他也耽搁了不少的答题时间。我想他是没希望考进西风大学的，他能不能去天都都是一个未知数。那个时候，你们俩自然而然就分开了。"

"我有预感。"崔小心坚定地说道，"他一定会去天都，而且还将掀起惊天的波澜。"

"你会算命？"

"你没看到他的眼睛。"崔小心有些伤感，说道，"你没看到他是多么不甘和执着，他就像隐于喧嚣闹市的隐士，身上有一种凌云气势。"

崔小心走了，李牧羊没有去送别。

李思念去了，回来后李思念只是简单地说了一句："小心姐姐走了，白痴少爷也走了。"至于送别的具体情况如何，李牧羊没有多问，李思念也没有多说。

崔小心仿佛是他们人生中的过客，过去就过去了，和闹市上很多擦肩而过的人一般，他们偶尔想起，甚至怀念，但是再也回不了头。

李牧羊每天练字，读书，然后跟着妹妹学习破气术。

李牧羊空有一身蛮力,却不知道如何使用,他的拳头挥出去,不是软弱无力毫无回响,就是摧枯拉朽毁灭一切。

这是两个极端,不是正途。

李牧羊求名师而不得,只能向先他一步习武练气的李思念请教。

李思念懂得不多,但是对自己的哥哥自然是倾囊相授。因为李牧羊有极其强的学习能力,李思念发现自己很快就被掏空。天性好强的她不愿意轻易认输,于是每天温习完功课之后都会苦练破气术。

在这个过程中,李思念的身手倒是更厉害了。

李牧羊还从李思念那里借来了《破气术》原本研读。

《破气术》是道家关于练气的宝典,破气术入门简单,练后可以强身健体,但是破气术入门之后十分难练,李思念坚持不懈地修炼十几年后,能够使出破拳来,已经算是天赋过人了。

《破气术》上面说,将破气术练到极致的人,可以手握日月,破碎虚空。李牧羊难辨真假,不知道破气术是确实有此奇效,还是这本书的作者在给本书作序的时候吹了牛。

李牧羊看得欣喜不已,经常会有一种茅塞顿开的感觉。

李牧羊以前对武道一窍不通,现在终于有了一个系统认知和学习的机会。《破气术》由浅入深地讲解练气,正好适合毫无基础的李牧羊。最让李牧羊感到惊奇的是,他读到后面竟然有一种非常熟悉的感觉。

大道三千,万法争锋,不管是道还是法,其实都是殊途同归。

李牧羊感觉《破气术》里面的很多知识点和他记忆中的一样,虽然他敢以燕相马的人格担保在此之前他从来没有看过这本书。

不过近来的奇事太多,李牧羊已经不觉得这有什么值得探究的了,他就算有心寻找也难以得到答案。

他就像是一个在沙漠中遇见绿洲的旅人,拼命地吸收着《破气术》里面的知识,以求突破。

他先记下《破气术》里的知识点,然后再将它们和自己记忆里面的知识点相对照、印证，最后根据自己的身体状况制订出一份系统的练气计划。

　　李牧羊真的变聪明了许多。

　　时光荏苒，如白驹过隙。

　　八月即将过去，只余一点尾巴。

　　这时，帝国各所大学的录取结果终于出来了。

第20章
英雄榜

"太阳照样升起,谁走了都没有关系。"李牧羊这样对自己说道。

李牧羊仍然和以前一样早起,因为心有所思,甚至比以前起得更早一些,在天空还未泛起鱼肚白的时候他就醒过来了。

或许是以前睡得太多的缘故,李牧羊现在睡得越来越少,但是精力越来越充沛,不会像以前那般就算是睡足十个小时仍然昏昏欲睡,打不起精神,没有一点年轻人的朝气。

李牧羊起床之后,按照他整理过的《破气术》开始第一阶段的修炼。

因为没有名师指导,李牧羊只能自己思考、回忆,然后将书上的知识和自己的情况结合,李牧羊甚至都不知道自己的总结是不是正确的。

所以,他仍然相当谨慎地按照黄袍道士传授给李思念的法诀修炼。

"走"为第一步骤,也是破气术的根基。先走硬骨头,走通经脉,走顺气海,最后一气呵成,一拳破体。

当然,这走可不是乱走、瞎走,而是按照《破气术》中的法诀有序行走。

心境、呼吸、神思,以及法诀缺一不可。

李牧羊想到李思念每次迷迷糊糊地行走,好几次碰到桌角或者踢到门板,一副没睡醒的模样,就替这千年绝学叫屈不已,李思念实在是太糟蹋这门绝学了。

就算这样,李思念都能够通过日积月累练出"破拳",这给了李牧羊巨大的信心。李思念都能够做到,自己总要比她强上三五千倍吧。

李牧羊在行走的过程中,牢记《破气术》中第一句"聚气丹田,崩于瞬间",开始有规律地将全身的真气聚于丹田。

这一聚便把李牧羊吓了一跳,包括每一根毛发、每 块肌肉、每一根骨头在内,他全身的每一处都有源源不断的气流往丹田里面涌,丹田几乎要被真气给撑炸了。

他的身体里怎么隐藏了这么大的力量？

李牧羊大吃一惊，赶紧停止了这种危险的行为。然而就算停止了行走，李牧羊仍然感觉丹田火辣辣地痛，就像是被烧红的焦炭灼烤过一般。

李牧羊额头上都是汗水，面红耳赤，心跳加速。

他赶紧跑过去躺在床上，休息了好一会儿才觉得舒服了许多，那种不适的感觉逐渐消失了。

天色尚早，李牧羊不敢再走，于是便决定练一会儿毛笔字。

李牧羊如今的毛笔字写得好，所以他很乐意让它好上加好。

这就好比一个人的侧脸很好看，他每次和人说话时都喜欢歪着脖子一样。

李牧羊正趴在桌子上练字的时候，房门"哐"的一声被人撞开了。

李牧羊连头都不用回就知道是李思念来了，别人开门都是用手，只有李思念开门是用脚或者用胳膊，她就不觉得痛吗？

李思念看到自己这么轰轰烈烈的出场都没能吸引李牧羊的注意，于是开口喊道："李牧羊，你快点儿，今天可是学校张榜的日子。"

李牧羊只得停下手上的动作，把毛笔放在砚池边，起身舒展了下筋骨后，看着脸蛋红扑扑的李思念问道："你急什么？现在不还早着吗？"

"现在哪里早了？"李思念急得直跺脚，"还有两个小时学校就张榜，到时候英雄榜前面挤满了人，我们就是想挤都挤不进去了。"

李牧羊咧嘴笑了起来，说道："那些看完成绩的自然会散开，难道他们还能一辈子守在榜单前面不成？我们就等到他们看完之后再看。"

"你这人，"李思念恨不得冲上去狠狠地给自己的哥哥几拳，说道，"你这人怎么一点儿也不上心啊？谁不希望能够第一时间看到自己的成绩啊？我听说排在榜单前三名的人，学校还会给很大的奖励呢。"

"我又没想过排进榜单前三名。"李牧羊摇头说道，"我只是想去西风大学而已。"

李思念都要被自己这个哥哥给气坏了，她无奈地说道："我的好哥哥啊，你如果不能够进前三名，怎么可能去得了西风大学？西风大学是帝国最好的学府，也是所有模范生的首选。进了西风大学，就会有一个大好前程。去年西风大学在咱们学校招录了几个人？两个！今年西风大学就算多招录一个，那你也得进入前三才行啊。"

"这样啊？"李牧羊听到李思念这么一说，当真有点儿紧张起来，说道，"那我们吃完早餐就去看看吧。"

"……"

李牧羊洗漱一番，坐在餐桌前刚刚吃了一个馒头，都没来得及喝上两口烫得吓人的小米粥，就被旁边等得不耐烦的李思念给拉起来朝着学校跑去。

"你们多吃一点儿！"罗琦在两人身后喊道。

"不吃了。"李思念大声喊道，"我们回来就庆祝哥哥考上了大学，到时我要吃肉。"

罗琦摇头叹息，说道："这孩子，哪有一点儿女孩子的样子？"

李岩大口大口地喝粥，说道，"至少长得还是挺像一个女孩子的。"

"你就会护着她。"罗琦没好气地说道，"你说，陆家会帮忙吗？"

李岩突然就没了食欲，放下碗发了一会呆，说道："以我们对陆家那位的了解，陆家大抵是不会帮忙的吧。"

"那牧羊不是……"罗琦眼眶红了，说道，"一点儿希望也没有了？"

"也许，牧羊自己能够考出好成绩。"李岩越说越心虚，最后自己也说不下去了。儿子平时的成绩怎么样，他比谁都清楚。就算最后一个月牧羊很努力，崔小心和思念都说牧羊有了很大进步，可是，这样牧羊就能够考上西风大学吗？

"我偷偷向思念打听过，小心姑娘已经回了天都，据说她去西风大学是板上钉钉的事。如果牧羊去不了那里，他们俩可就彻底没戏了。多好的姑娘啊，牧羊错过了就太可惜了。还有，牧羊一直念着要去西风大学，如果这次落榜，他一定很受打击。我怕他承受不住。"

"不会的。"李岩坚定地说道，"他比我们想象中的更加坚强勇敢。你忘记了？有一天深夜他突然发病，全身滚烫，就像是要烧熟了一样，我们俩都吓坏了，以为他那次一定坚持不下去了，没想到他迷迷糊糊地醒来，睁开眼睛看着我们，伸手拉着你说：'妈，你快给我吃药吧，我不想死，我想活着。'"

罗琦听李岩提起这件事情，眼泪流淌得更急了，她说道："我就是想着，这孩子从小受了这么多的苦，现在长大了总得享一享福。上天不能总是这么折磨他啊！"李岩伸手搂住她，暗恨自己的无能为力。

果然如李思念所说，学校门口人山人海，通往英雄台的路水泄不通。

英雄台是学校门口的一个高台，有八级台阶让人攀登，寓意学子步步高升。

高台后面有一堵黑墙，学校每年都会在那里张贴各所大学的录取名单。那份名单也被学子们称为"英雄榜"，能够上榜的就是"超级英雄"。

"同学，麻烦让一让，让一让！"李牧羊心疼李思念，拉着她的手在前面"冲锋陷阵"。

"我说你有病吧，我凭什么要让你？"前面被挤到的同学很是不满地说道，"你想到前面去，难道我就不想啊？有本事你飞过去啊！"

"……"

李思念走到了李牧羊面前，她伸手拍了拍那同学的肩膀，笑容可爱，声音甜甜地说道："同学，能不能让一让？我想去看看我的成绩。"

"我说你啊——姑娘，你想去前面是吧？前面太挤了，你可要注意安全啊。刚才还有一个傻蛋想让我让路，被我给顶回去了。来，你站我前面，我帮你挡着后面的色狼。"

李思念靠着自己的颜值一路攻城拔寨，攻无不克，战无不胜。很快，她就拉着李牧羊的手站在了英雄台的最前排。

"哥，我的妆有没有花？"李思念轻拂自己的头发，把李牧羊的眼瞳当镜子使，然后仔细打量了李牧羊一番，生气地踢了他一脚，说道，"拜托，你没事美白做什么？你现在越来越白，五官越来越鲜明，走上俊美公子路线了，真让人有点无法适应。"

"……"

"哟，这不是李牧羊同学吗？你也是来看榜单的？"一道熟悉的声音传来。

李牧羊之所以熟悉这声音，是因为那声音的主人让李牧羊记忆深刻。

吴漫，是李牧羊隔壁班的学生。

以前有一次，在李牧羊从他和他朋友身边经过的时候，他们硬是逼着当时瘦弱无力的李牧羊当羊，按着李牧羊的背挨个从李牧羊的头顶跳过，然后指着李牧羊的背影哈哈大笑说："你们看，他像不像傻子？"

面对那群恃强凌弱之辈，李牧羊握紧了拳头，咬紧牙关，却并没有冲上去和他们打架。

因为他知道自己打不过他们中的任何一人。

最后还是李思念出马，把他们拦下狠狠地揍了一顿。

"我是。"李牧羊看着吴漫有些浮肿的脸，开口回道。

"我说，前面的位置紧张，可容不下一个废物，你何必跑到这里来自取其辱呢？我要是你，就站在人群的最后面，或者干脆躲在家里不出门！难道你还觉得自己可以上英雄榜不成？"吴漫指着李牧羊大笑着说道，就像是看到了一件非常荒谬的事情。

"吴漫大哥，话可不能这么说。说不定李牧羊当真就上了英雄榜呢，大家说对不对？"

"就是，那个时候李牧羊一飞冲天可就亮瞎了我们的眼睛。"

"喂喂，你们怎么能这么欺负李牧羊同学呢？让他上英雄榜，那不是比让母猪上树还要困难吗？李牧羊，你别听他们的，我是相信你一定上不了榜的。"

李思念挡在李牧羊的身前，恶狠狠地盯着吴漫，说道："浑蛋，你是不是又想挨揍了？"

吴漫还真是有些怕李思念，上次他们欺负了李牧羊后，在放学回家的路上，李思念就把他们一群男生给拦了下来。他们欢天喜地，得意扬扬，有一种小白兔主动投怀送抱，跳到大灰狼嘴边的感觉。

结果一群大灰狼被一只小白兔给揍得鼻青脸肿，他们好些时日不敢出现在李牧羊的面前。

"李思念，我可告诉你，这里是学校，你要是敢动手，学校是不会放过你的！"吴漫盯着李思念说道。

他又将视线转到李牧羊的脸上，说道："李牧羊，你打算一辈子都靠个女人保护吗？"

李思念又想伸手打人，却被李牧羊给拦住了。

李牧羊看着吴漫，说道："她是我的妹妹，维护我是理所当然的。"

吴漫哈哈大笑起来，说道："李牧羊，这么无耻的话你也说得出来？"

"她被人欺负的时候，我也会做同样的事情。"李牧羊看了李思念一眼，笑着说道。李思念回以一个娇滴滴的笑。

"这句话更好笑。李牧羊，你连你自己都保护不了，还有资格说保护别人？"吴漫鄙夷地说道。

"我现在变得很厉害了。"李牧羊认真地说道。

"白痴。"吴漫觉得自己看到了一个疯子，哪会有人自己说自己变得很厉害的？"你有本事打我一拳试试？"

"砰——"

李牧羊一拳打在吴漫的鼻子上。

吴漫瞬间满脸是血。

吴漫傻了，吴漫身边的朋友也全傻了。他们没想到李牧羊当真敢动手，要知道，上次他们把他按在地上当羊骑的时候他也没有和他们动手啊。

"李牧羊！"吴漫终于反应过来，伸手捂着鼻子，手指缝间鲜血直流，他怒喝道，"你敢打我？"

李牧羊耸耸肩膀，看着吴漫说道："是你让我打的。"

"我让你打你就打？"

"虽然你欺负过我，但我也不能太不给你面子。"

"兄弟们，给我揍他！"

李思念抢先一步，迅速挡在李牧羊前面，喝道："谁敢动手？"

于是所有人都后退一步，警惕地盯着随时都有可能动手的李思念。

"大家有话好好说。"一个家伙说道。

"就是，你怎么能随随便便就动手打人呢？"另外一个家伙补充道。

"这里可是学校门口，你太粗鲁了，真是有辱斯文！"第三个家伙很是鄙夷这种动手行为。

"白痴。"李思念发出一声冷笑。

正在这时，人群突然变得喧嚣起来。

在学校护卫的保护下，学校校长林正因大步朝着英雄台走来。

所有人都知道，学校这是要开始张贴英雄榜了。

"我知道你们都很期待，我和你们一样期待。你们不仅仅是你们父母的骄傲，也是我的骄傲，是学校的骄傲。"林正因站在高台上大声喊道，"我由衷地希望每个考生都能够学有所成，金榜题名。"

现场气氛更加热烈，无数的考生和考生家长鼓掌叫好，神情亢奋地等待着林正因公布榜单。

林正因挥了挥手，喊道："张榜！"

十几米长的巨型红绸被人展开，然后朝着那堵黑色人墙上挂去。

等到英雄榜固定好，所有人都朝着榜单的顶端看去。

排在首位的就是西风大学的录取名单，上面只有三个名字——崔小心、李浩明、张碧。

崔小心一直是学校里面的优等生，在年级考试中从来就没有获得过年级第一名之外的成绩，雄霸榜单多年，无人可以撼动。

李牧羊看到崔小心的名字高居榜首，由衷地为她高兴。虽然所有人都知道她应该在这样的位置，虽然她也不止一次说自己一定会去西风大学，可是，英雄榜将这一切给定格下来，也仍然是一件很让人高兴的事情。

李浩明一直是年级的第二名，他能够被西风大学录取也在大家的意料之中。

张碧这个名字看起来有些陌生，不过李牧羊知道那是一个相当低调的女生，以前从来没有进入过年级前十。她取得这样的成绩令人有些惊讶，应该是考试的时候超常发挥，才一鸣惊人，算是一匹黑马了。

"天啊，我考上了西风大学！我考上了西风大学！"

"啊，我在江南大学。"

"我在石岭学院。"

吴漫双眼放光，在英雄榜单上面寻找自己的名字。当他在榜单的中间找到自己的名字时，顾不得鼻子正在流血，挥舞着手臂大喊大叫起来："我考上了东南学院，我考上了东南学院！"

东南学院也算一所不错的学院，看来吴漫在文试中发挥得也相当不错。

周围的尖叫声此起彼伏，有人为自己考上了理想中的学校而高兴，也有人为自己此次的落榜而伤心。

李牧羊的眼睛一直盯着榜首，他想去西风大学，但是西风大学的录取名单上面没有他的名字。

也就是说，他去不了天都，去不了西风大学。

李牧羊的精神恍惚，脸色也越发苍白。

"我要失约了。"李牧羊喃喃说道。

"哥，你别着急。"李思念满脸焦急，一边安慰着李牧羊，一边飞快地在巨大的榜单上面寻找李牧羊的名字。

李思念道："没关系的，你就算去不了西风大学，也可以去其他学校啊。你那么努力，一定会考上一所很不错的学校的，一样可以去天都，一样可以去找小心姐姐。"

李牧羊轻轻摇头，说道："算了，这样的结果我也想到过。"

李牧羊知道自己不能伤心，因为他如果伤心，他的妹妹和父母会更伤心。

他用手指头揉了揉鼻子，做出一副很不在意的模样，笑道："这次没考上大学也没关系，反正我现在有了学习能力，大不了再考一次。你不是说过吗？我最好复习一年，明年和你一起考西风大学。我们明年一起考西风大学好不好？"

"好。"李思念眼眶红了，眼泪大颗大颗地流淌出来。她知道哥哥虽然嘴上这么说，但心里一定难过得不行。

他总是这样，从小到大就是这样，他总是担心自己会成为家人的负担，很不愿意给家人添麻烦。

他被同学欺负了，从来不在家里吱一声。

他被人打得头破血流，也只说是自己不小心撞到了墙壁。

他觉得自己生下来就是一个累赘，所以尽可能地让家人少为自己担心。

他为了考上西风大学那么拼命那么努力，结果却铩羽而归。

更糟糕的是，李思念找遍了整个英雄榜单，竟然都没有找到李牧羊的名字。

也就是说，李牧羊没有被帝国任何一所大学录取。

英雄榜上，不见英雄！

有人得意，有人失意。

一张普通的红绸榜单，它在出现的一瞬间简单粗暴地将那些原本在同一所学校学习生活的学生分成了两种人。

吴漫正在和小伙伴们庆祝自己考上大学的时候，无意间看到了泪流满面的李思念和一脸笑意耐心劝慰的李牧羊，他愣了一下，瞬间便明白了情况。

李牧羊落榜了！

李牧羊根本就没有资格上英雄榜！

吴漫实在是太高兴了，他指着李牧羊对自己身边的小伙伴们说道："你们看看，你们看看，我们好心提醒他，让他不要往前面挤，最好躲在家里不要出门，结果呢？他自己不识趣，非要厚着脸皮冲到最前面。站在前面是看得清楚一些，但是一旦他落榜了，打击是不是也重一些？狗咬吕洞宾，不识好人心，他竟然动手打人！结果呢？现在被我们说中了吧，真是活该落榜。"

"吴漫大哥，我们一会儿要到哪里庆祝呢？桂花坊如何？今天我请客！"

"桂花坊不如状元巷，从今天开始，咱们就都是名校生了，要庆祝，自然要找一个应景的地方。今天晚上状元巷，吃喝全算我的！"

李思念原本就满腔怒火，现在正哭得伤心，听到他们的话更是暴跳如雷，她厉声喝道："你骂谁是狗呢？你才是狗，你们这些狗东西！"

李牧羊一把拉住握紧了拳头就要冲过去的李思念，说道："走吧，我们回去。爸妈还在家里等着呢，我们回去晚了他们会担心。"

"哥，他们骂你！"李思念气不过，仍然想冲过去动手。

"我知道。"李牧羊点了点头，平静地说道，"所以我刚才在他的鼻梁上打了一拳。"

"这些浑蛋！"李思念咬紧银牙，恶狠狠地盯着吴漫等人，说道，"别再让我看到你们，见一次我打一次。"

"哈哈哈，李思念，你放心吧，除了你那个废物哥哥，没有人再会让你见到！我们很快就要离开江南，去别的地方读书。只有你那个废物哥哥死守着江南不肯离开，也离开不了！"

李思念眼睛血红，从英雄台的台阶上面捡起一块石头，就要朝着吴漫的脑袋砸过去。

吴漫赶紧逃跑，他可领教过李思念的厉害。

李思念哪肯轻易罢休，看到吴漫想跑，一扬手就把石头朝着吴漫的脑袋丢了过去。

"啪——"

"啊——"吴漫惨叫一声，然后捂着脑袋扑倒在地。

他的脑袋被石头给砸了个正着，后脑勺破了一道口子，黑色的头发迅速染上了鲜血。

"救命啊！要杀人了！救命啊！"吴漫趴在地上大喊大叫。

这边动静闹得太大了，自然惊动了其他学生和还没有走远的校长林正因。

"你们快去看看，那里发生了什么事情？"林正因眉头微皱，对着身边的护卫们喊道。

学校每年张贴英雄榜的那天都是既神圣又喜庆的，还从来没有发生过有人在英雄台前打架斗殴的事情。

校长有令，护卫们莫敢不从。他们分开人群，将趴在地上哭叫的吴漫给围在中间。

林正因快步走来，踢了地上的吴漫一脚，威严地喝道："英雄台前，你哭哭啼啼成何体统？给我起来说话！"

护卫们把吴漫给架了起来，一个护卫说道："校长问话，你赶紧回答。"

吴漫的脑袋流着血，鼻孔里面塞的布条不见了，鼻子也开始流血。

前面流血，后面也流血，吴漫看起来简直是惨不忍睹。

"校长，"吴漫指着李牧羊，说道，"他用石头砸我脑袋！"

吴漫倒也聪明，知道李思念是一个女孩子，就算他把罪责算到她头上，学校也不会把她怎么样。更何况她长得好看，学习也好，他听说学校里面的一些老师把她当宝贝一样捧着。自己出言不逊在先，她动手在后，学校能为自己做主？

所以，他索性把罪责全推到李牧羊的头上。

吴漫心里满是对李牧羊的恶意，暗想：李牧羊不是想重新复习一年再考吗？对不起了，我今天就把你的后路给堵上。你回去种地卖烤红薯吧，一辈子窝在田地里抬不起头来，这才是你应有的人生。

林正因将视线转移到了李牧羊的脸上，沉声问道："你用石头砸他？"

"校长，他冤枉我哥。"李思念气得脸色发红，指着吴漫说道，"用石头砸你的人是我，你瞎了啊？"

"校长，他们都可以替我做证。"吴漫指着身边的朋友们说道。

"对，我亲眼所见，就是李牧羊拿石头砸的吴漫！"

"李牧羊因为落榜，所以心生妒忌。"

"校长，这样的落榜生还是不是学校的学生？这样的学生就可以无法无天，什么事情都可以做吗？"

吴漫一只手捂着鼻子，另外一只手捂着脑袋。

后来他自己也察觉这个姿势太滑稽，就只用一只手捂着鼻子，后面的伤口就不管了。

"校长，你要替我做主啊！我的鼻子是他打的，我的脑袋也是他打的！"吴漫哭喊道。

"放肆！"林正因怒了，脸色阴沉地盯着李牧羊，说道，"你以为文试过后，我就治不了你了？你这次落榜，难道你以后就不准备再考了？你信不信我一份通告下去，永远剥夺你文试的资格！"

"校长，不是我哥打的，是我打的，是我！"李思念的眼眶更红了。她难过得不行，这些人怎么总是欺负自己的哥哥，总是和自己的哥哥过不去啊？

为什么？难道仅仅是因为哥哥身体孱弱？因为哥哥没有力气反抗？所以他们变本加厉？所以他们肆无忌惮？

"校长，"李牧羊平静地看着林正因，神色淡然，他说道，"我承认，他确实是被我所伤。"

"哥，你疯了！"李思念拉着李牧羊的手臂阻拦，"不是你打的他，明明是我好不好？明明是我打的好不好？是我打破了他的鼻子，是我用石头砸了他的脑袋，谁让他骂你！"

李牧羊用自己的身体把李思念挡在身后，此刻的他背脊挺直，目光如炬，镇定从容，仿佛一棵挺拔的松树，蕴含着巨大的力量。

"但是，事出有因。他们以前就经常欺负我、骂我。这些事情，学校里很多同学都知道，校长稍加打听就能够了解。今天他们一而再再而三地侮辱我，说我不应该出现在英雄台，说我应该躲家里不要出来，免得落榜之后承受不住打击。"李牧羊看着吴漫，说道，"最重要的是，是他要求我打他的。"

"这怎么可能？"吴漫大叫，"我怎么可能会让他打我？世界上哪有这样的事情？你当我是白痴吗？"

"就是，世界上怎么会出现这样的事情？"张晨穿过人群走了过来，看着林正因说道，"校长，我一直站在旁边，看到了事情的全过程。我没有听到吴漫同学说过那样的话，只看到李牧羊同学一言不合就出手打人。我能够理解，他此次落榜心情可能不太好，但是这也不能成为他对自己的同学动手的理由。"

"你敢用你父母的人格和名誉起誓吗？"李牧羊看着张晨说道。

"我敢！我敢用我父母的人格和名誉起誓，吴漫没有说过让你打他的话。如果他说过那样的话，就让我父母不得善终！"

"……"李牧羊瞪大眼睛看着张晨。他没想到张晨能够像喝一杯凉水吃两块糕点一样轻松地说出这么恶毒的誓言。

那可是他的父母啊，他就这样诅咒他们不得善终？

誓言有时太不值钱，在某些人眼里只是脱罪的工具而已。

"还有,李牧羊之前就因为考试作弊被老师批评过。"张晨接着补刀。

"对,他是我们班的,当时老师说他作弊,他还不服气。"

"他翘了好长时间的课,我还以为他不来了呢!"

"原来他就是那个作弊的人啊,真是人不可貌相啊!"

众口铄金,言论呈一面倒的趋势。

因为有张晨和吴漫这两个学校风云人物领头,再加上他们身边有一群死党呼应,一股对李牧羊极其不利的浪潮在人群中掀了起来。

他们就是要把李牧羊给钉死在作弊、打人、整天睡觉的不良学生形象上,以影响校长林正因的判断。

他们要毁掉李牧羊!

"你还有何话可说?"林正因看向李牧羊的眼神充满失望,这样的学生,学校早就应该清出学生队伍了。

"事情不是这样的,不是这样的。"李思念痛哭流涕,指着周围的那些人喊道,"我哥没有作弊,我哥没有打人,你们不许说我哥,不许冤枉他!"

这些人都疯了!这样的话他们怎么说得出口?他们还有没有良知?心中还有没有哪怕一点点的正义感?

李思念伸手握拳,气聚丹田。

破拳蓄势待发!

她要冲过去,她要把那些用言语之刀箭伤害自己哥哥的人全部打倒,她要他们不能翻身!她和他们誓不两立!

"李思念!"李牧羊一把抓住了李思念的手臂。

李思念拼命挣扎,但是仍然没办法挣脱李牧羊的铁掌的束缚。

这个时候的李牧羊力大无比,根本不是李思念可以抗衡的。他的眼睛已经变成了血红色,手背上再次浮现了一块黑色的鳞片,那鳞片就像是黑墨一样漆黑,里面隐约有风雷响动。

"不要冲动。"李牧羊一字一板地对李思念说道。他的声音沙哑、沧桑,充满了威严。

李思念不能冲动，因为她还要读书，她要继续做学校里面的好学生。如果她当着这么多学生的面，当着校长的面打人，那么谁也没办法包庇她，她可能因此前途尽毁。

　　"哥，"李思念看到哥哥红色的眼睛，泪眼汪汪地说道，"哥，你不要生气，没事的，没事的，我们回家，我们回家。爸妈在家里等着，等久了他们会担心的。"

　　李牧羊不走，他扫视四周，就像是高傲的君王在俯视众生。

　　"欺人如欺天，天不饶之。"

第21章
鹤鸣九皋

有的时候，胜利总是站在人多势众或者财大气粗的那一方。

或许你也有这样的感受，很多时候不是谁说的话有道理，谁就是正确的，而是谁的声音大，谁的身份尊贵、地位高，谁才是正确的。

李思念天真烂漫、美丽、聪明，性子也有些骄纵，总以为同学之间打打闹闹你欺负我一场我再欺负你一场是平平常常的事情。

这不就是校园吗？这不就是青春吗？

别人欺负了她最爱的哥哥，所以她就要替自己的哥哥欺负回来，因为她担心自己的哥哥没有自保能力，担心自己的哥哥心里憋屈。

这是最简单也是最单纯的想法。

可是，她低估了人性之复杂，低估了世道之危险。

当她还在用孩子们的手法和别人玩复仇者游戏的时候，那些即将走入高等学府的学长就已经在用另外一种更加成熟也更加凶残的方式逼迫她成长。

他们以自己的影响力来操纵舆论，凝聚出一股摧枯拉朽让人难以抗衡的言语暴力。

三人成虎，在这人人都言李牧羊是差等生的时刻，李牧羊出手打人已经成了毋庸置疑的"事实"。

这样一来，处于风暴中心的李牧羊又当如何自救？处于舆论压力下的林正因校长又将做出怎样的判决？

李牧羊其实不想解释。落榜了就是落榜了，他即使解释一千句一万句，仍然会被那些看不起他的人看不起。

他现在的身体越来越好，学习能力越来越强。他只需要再复读一年，再努力拼搏一年，帝国名校，何处他去不得？

至于他和崔小心的那个约定，虽然他很在乎，但是崔小心在离开江南的时候已经提前向他毁约，那件事情反而是无关紧要的了，因为他就算是不经意想起，也只是徒增烦恼，惹来一阵心脏抽搐而已。

李牧羊想更加从容一些，更加镇定一些。赢要赢得光彩，输也要输得漂亮，正如他知道崔小心拒绝的态度后能够潇洒地挥手，对崔小心说"崔小心，你不要担心。就算我还会继续喜欢你，我也不会追你的啊。就算到了西风大学，我也不会追你的啊"那样。

可是，事情为什么会变成这样？

他们这是做什么？他们这是要将自己毁灭。

他们想毁掉自己的名声，毁掉自己的形象，毁掉自己的前程。

语言是可以杀人的武器，而杀人与否，在于煽动者有无良心！

李牧羊看到李思念哭喊着想拉他离开，想让他脱离这场风暴的可怜样子，心中的怒气汹涌翻滚，一股热血直往他头上涌。

那怒气在他身体里面流窜，那热血在他血管里面沸腾。

它们冲击着李牧羊的五脏，冲击着李牧羊的神经，它们想掀开他的天灵盖，或许那样它们才能够轻松自由，呼吸到一口新鲜空气。

李牧羊心底有一股毁灭一切的冲动，他不知道那股冲动从何而来，但是他没办法将其遏制。

手背上的那块鳞片漆黑如墨，他的眼睛再一次被红光包裹。

他将李思念挡在身后，然后迎向将他们团团围住的人群。

"大家快跑，他又要打人了！"吴漫大喝了一声。他实在是被打怕了，后退想跑，但是他身后有太多的人，他根本就退无可退。

"你们看，他眼睛都红了，这种人一看就很凶狠！"

"李牧羊，你想干什么？"张晨大声喊道，"你还想对校长动手不成？"

张晨这么一"提醒"，林正因身边的护卫们立即警觉起来。

这家伙竟然还敢伤害校长？他们立即冲向正大步向他们走来的李牧羊。

两个护卫一左一右地抓住李牧羊的胳膊，李牧羊根本就不管不顾，继续大步前行，李牧羊双手用力一拉，两个护卫的身体就摔飞了出去。

更多的护卫扑了过来，还有一些自恃身手不错的学生也想在校长面前表现一番，前来帮忙。

"让他过来！"林正因挺直腰背站在那里，厉声喝道。

"校长，你可不能让他近身。"张晨挡在林正因前面，"担忧"地说道，"我和他同学多年，他这个人什么事情都能够做出来。"

"让开！"林正因偏偏不信这个邪。

他眼神冷厉地盯着李牧羊，沉声喝道："李牧羊，你到底想干什么？你还是不是这所学校的学生？你还要不要复读？以后还要不要参加文试？还要不要自己的前程？"

李牧羊停下了脚步，眼里的红光散去，黑色的眼睛仿若一汪寒潭，紧紧地盯着林正因。

"一次失败并不可怕，可怕的是你因此气馁一蹶不振，甚至妒忌怪罪他人。成大将者，谁没刀锋入骨？成大事者，谁不经历磨难？宝剑锋从磨砺出，梅花香自苦寒来。我一次又一次地给你们讲这句话，还把这句话奉为校训，你是不是从来都没有放在心上过？从来都没有好好深思它里面蕴含的深意？"

"校长，别和这种人多说废话，他根本就听不进去。"张晨"友善"地提醒，希望林正因速战速决做出一个判断。

林正因并不领情，扫了张晨一眼，严厉地说道："他和你有何怨何仇，你要如此诋毁他？"

张晨大惊，急忙解释道："校长，我没有诋毁他，我和他虽然有一些小小的矛盾，但是我说的每一句话都是事实。你也看到了，他作弊的事情大家有目共睹，不是我一个人说的。"

"人有眼，不仅仅是让你看见东西，还是让你明辨是非。人有耳，不仅仅是让你听见声音，同样是让你兼听多闻。你看到他的眼睛了吗？他的眼睛里充满了悲愤，这是一个拿石头砸人的差等生应有的眼神吗？你听到他和妹妹说的话了吗？兄妹和睦，遇到危险和有可能到来的责罚时拼命地想把对方弄出去。这种对亲人如此呵护照顾的人，人品又能够差到哪里去？

"倒是你，轻易拿父母的健康安危起誓，动辄以父母高堂不得善终这样的毒誓来迷惑人，反而让人心生惧意。对父母尚且不尊不爱，对待外人你又是何其凉薄？"林正因说着，不禁露出失望痛心的神色。

"可是校长……"

"我刚刚听到你们说李牧羊人品败坏出手打人的时候，也信以为真，但是仔细一想，便发现事情越来越可疑。你们众口一词，想掀起风浪，形成风暴，让李牧羊有口难言，辩无可辩。话越说越清，理越辩越明。你们想堵住他的嘴，堵住那个小姑娘的嘴，就证明你们话中有虚，心中有鬼。这样的小伎俩，你们用来欺瞒一群孩子还行，难道连我也想蒙骗？"

"校长，你误会了，我们根本就没有想欺负他，我们只是、只是说了一些实话。"张晨心里发虚，这个老家伙怎么不按常理出牌呢？

林正因扫视全场学生，额头青筋直跳，他抬起手腕一扫，大声喝道："《国语》所言：吾闻之，唯厚德者能受多福，无德而服者众，必自伤也。你们小小年纪，心性便如此歹毒，德行何在？以何载物？你们在学校学习多年，礼、义、廉、耻，这四个字你们可曾学到了其中一个？

"还有你们，你们以为你们一句话不说，只是旁观看热闹就可以心安理得了？见贤而不思齐，见恶而不阻拦，你们同样让人失望，让人痛恨，是这些刽子手的帮凶。"

"……"

全场寂静无声，落针可闻。

张晨、吴漫等人脸色涨红，目光躲闪。更多的学生是羞愧难当，不敢和林正因的眼睛对视。

"这是我的罪过。"林正因看向李牧羊，双手作揖对李牧羊深深鞠躬，沉声说道，"俗话说，一日为师，终身为父。我身为大家的半个老师，一校之长，却没能把他们教育好。他们做出这等没有良心、不知廉耻的事情，是我这个校长没有做好，是我这个校长无能。此番事了，我就向教育部门辞去校长一职，以示对自己的惩戒。"

"校长，这不关你的事！"有人惊呼出声。

"校长，我要做证。"赵明珠从人群后面挤了过来，因为跑得太急而气喘吁吁，赵明珠站在林正因的身边，看着对面的李牧羊说道，"我曾经也对他心存偏见，怀疑他的好成绩是他靠作弊获得的。学校里之所以有他考试作弊的传闻，也是因为我的武断。所以，我要当众向他道歉。"

"李牧羊当着我的面将题目用不同的方法解答了一遍，全答对了，他当时没有作弊，确实是依靠自己的努力获得了那样的成绩。知不足而奋进，虽然他的名字此番没有出现在英雄榜单上面，但他仍然是我心目中的好学生。"

赵明珠看着李牧羊，真挚地说道："李牧羊同学，倘若你愿意继续留在我的班级，我必当全力以赴助你明年登上英雄榜。"

是的，人与人之间的相处应该是这样的，这就是李牧羊想要的认同，这就是他想要的尊重。这是他为之努力而求之不得的正视，不是特别的优待，也不是特别的关怀，而是像看待其他人那样看待自己。

李牧羊心中的怒气尽失，热血却仍然沸腾。他的拳头松开又握紧，握紧又松开。鼻腔发酸，他有一种想流泪的冲动。

"谢谢老师。"李牧羊深深地鞠躬，低下了他一直高昂的头颅。

传道授业解惑，方为人师。

品格高尚心性善良，也能为人师。

谢谢老师！

他感谢的是林正因，也是赵明珠，是全天下的好老师。

林正因不盲从，不武断，用自己的智慧来拆穿这场阴谋，为学生解困正名，让李牧羊心生感激，称其为老师。

赵明珠知错能改，在这种关键时刻放下长者脸面，当众道歉，也让人钦佩。

"你谢我们做什么？"林正因摆了摆手，说道，"倘若我们能够把学生教育好，让每个人知礼行善，友好互助，今天又怎么会发生这等荒谬的事情？"

那些低头不语的学生听到林正因的话，终于忍不住了。

"校长，我们没有看到李牧羊打人。"

"张晨在学校里经常欺负李牧羊。"

"吴漫还逼着李牧羊给他当羊骑。"

学生们纷纷跳出来做证，指责张晨、吴漫等人平时的不良行径。

"你们这些浑蛋！"张晨气愤至极。但是场面已经不是他能控制的了，正如他刚才对李牧羊施出阴招后一样，承受不了良心的谴责的学生众口一词，根本就让他辩无可辩。

毕竟，大家说的全是事实。

林正因看着张晨、吴漫两人，说道："你们现在已经从学校毕业，我作为这所学校的校长，能够给予的惩罚有限，但是我会将你们的所作所为写成报告放进你们的档案，到时候这份报告会随着你们的其他资料一起送到你们将要进入的更高学府。我想，那个时候他们看到这些，会对此做出一个公正的裁决吧。"

"校长，千万不要！"张晨惊骇至极，哀求道，"校长，你不能这样毁掉我们。十年寒窗，我们好不容易才考上大学，你这样会彻底葬送我们的前途！"

"校长，我错了。我愿意向李牧羊道歉，我愿意向李思念道歉！"吴漫更急，泪花都出来了，他急忙说道，"校长，我承认，平时是我欺负了李牧羊，刚才是我故意挑衅侮辱李牧羊，我还用石头砸了自己的脑袋打破了自己的鼻子，我身上的这些伤都和李牧羊没有关系！"

林正因不予理会，张晨和吴漫又跑到了李牧羊的面前。

"李牧羊，大家同学一场，这件事情就这么过去了吧？好不好？我愿意向你道歉。"张晨讨好地看着李牧羊，一脸笑意地说道。这是他头一回用这样的语气和李牧羊说话。

"是啊，李牧羊，你快帮我们说句话吧！你也知道，因为你人缘好，所以大家平时都喜欢和你开玩笑，并不是要欺负你。李牧羊，你一直很善良，这次也不会怪我们的对不对？"吴漫也跟着跑了过来，抓着李牧羊的衣袖说道。

"我不会替你们说话。"李牧羊看着张晨和吴漫说道，"你们不是在和我开玩笑，以前不是，今天也不是。我看得很清楚，你们诬蔑我的时候，是真的要毁掉我，毁掉我的一切。"

"李牧羊——"

"你们很生气吗？"李牧羊嘴角浮现一抹嘲讽，说道，"凭什么？你们有什么资格生气？你们欺负了我那么多年，今天更是想把我给彻底毁掉。如果当时我向你们求饶，你们会放过我吗？"

"……"张晨和吴漫哑口无言。

"你们不会，所以我也不会。"

"……"

林正因摆了摆手，说道："散了，散了，大家都散了吧。好端端一个大喜的日子，硬是给人搞得乌烟瘴气。"

赵明珠走到李牧羊面前，说道："李牧羊，这次落榜不要气馁，你只要愿意学，就一定会有机会。来年你争取登上英雄榜榜首，给学弟学妹们做一个浪子回头的表率。"

"好。"李牧羊笑道，"我一定会努力。"

李牧羊转身看着李思念，问道："你没事吧？"

李思念抹了一把眼泪，平静地说道："我没事，你没事我就没事。"

李牧羊伸手摸摸她的头发，笑道："走吧，我们回家。"

"嗯，我们回家。"李思念说道。

突然，一声清脆响亮的鸟鸣划破天际，从白云深处传了过来。

英雄台前一阵喧哗，所有人都抬头朝着高空看了过去。

天高云淡，视野开阔，却不见活物。

响亮的鸟鸣声又一次传了过来。

"鹤鸣于九皋，声闻于野。鹤鸣于九皋，声闻于天。"林正因表情凝重，说道，"是鹤，它正从遥远的地方飞来。"

"这时怎么会有鹤呢？"有人疑惑地问道。

没有人能够回答这个问题，所有人都仰头看去，想看看这声震九皋的鹤到底是何模样。

没有让大家等太久，一只白鹤就拍打着巨大的翅膀撕裂白云，疾飞而来。

白鹤羽毛如雪，大如巨鹏，俯冲而下，迅疾如电。

那只白鹤仿佛通灵一般，竟然朝着英雄台所在的方向飞了过来。

"天啊，好大的白鹤！"

"快看，那鹤上有人，鹤上有人！"

"快跪拜，是仙人降临！"

白鹤拍打着巨大的翅膀，划出一个优美的弧度落在了英雄台上面。

所有人都朝着英雄台上看去，看着那优雅高傲地昂着脑袋的白鹤，看着那衣饰上镶有流云图案的英俊少年。

"好漂亮的白鹤啊，我也想养一只。"

"那个少年好英俊，是我生平见过的最好看的男子。"

"这是神仙吧？"

学生们议论纷纷，小声地讨论着那只白鹤和白鹤的主人。

因为鹤声太过响亮，更多的人朝着英雄台蜂拥了过来。其中包括学校里面的学生，在外面等候的学生家长，还有一些喜欢看热闹的路人。

林正因拱了拱手，朗声说道："仙人骑鹤下江南，最终落在我校的英雄台上面，不知有何贵干？"

那个英俊少年并未做出什么动作，便已经轻飘飘地从鹤背上落了地。

他行了一个标准的贵族礼，然后爽朗地说道："在下急着赶路，惊扰了各位，实在抱歉。请问，哪位是李牧羊同学？"

李牧羊？这仙人竟然是来找李牧羊的？李牧羊和他又有何关系？

所有人的目光全聚集在了李牧羊的身上，他们不明白今天的"风云人物"怎么连仙人也给惊动了。

别人不清楚，李牧羊就更不清楚了。

你看看人家这长相，看看人家这衣着，再看看人家这坐骑和气势，他可没有这样一个远房表哥或者其他什么亲戚，要是有，他早就告诉全世界了。

"我是李牧羊。"李牧羊从人群中间走了出来。

李思念紧随其后，瞪着圆溜溜的眼睛看看骑鹤人，又看看白鹤，一副很好奇的模样。

骑鹤人抿嘴轻笑，看向李牧羊的眼神无比热情，他说道："恭喜牧羊学弟，被我校择优录取。"

仙人骑鹤下江南，竟然只是为了招李牧羊入学？

英雄台前所有的师生听到这个消息后，都震惊不已。

"李牧羊到底考进了什么学校？那学校为什么用这样的方式来报喜？"

"这是不是太夸张了？李牧羊连英雄榜都没有登上去，排在英雄榜第一的崔小心也没有这样的待遇吧？"

"那应该是一所很了不起的学校吧，那个骑鹤人形象气质极佳，看起来就让人心生仰慕。"

和小声议论的其他人一样，李牧羊这个当事人心中也有很多疑团未解。

他疑惑地看着骑鹤人，说道："谢谢师兄远道而来为我报喜，牧羊心里非常感激。可是我不明白的是，我到底被哪一所学校录取了？"

"星空学院。"骑鹤人站在英雄台上，做出一个微不可察的挺直脊梁的动作，他说出这句话的时候眼里有光芒闪烁。

任何人都能够看得出来，那是他的骄傲，是他万分仰慕的地方。

"星空学院？"李牧羊更加疑惑了，问道，"我从来都没有听说过这样一所学校，更没有报考过这样一所学校。为什么星空学院会招收我呢？"

"星空学院是什么学校？"林正因担心自己学校的学生被一些无良学校给骗了，仔细问道。

毕竟，现在社会风气不好，每当八九月份各大高校放榜的时候，一些野鸡大学也夹杂在其中给学生们发放录取通知书，有些平时成绩极烂的差等生竟然都能够同时收到五六份录取通知书！不过，就算这个星空学院是一所野鸡大学，这下的本钱也实在太大了吧？无论是他们眼前这只漂亮高傲的白鹤，还是这英姿勃发的骑鹤人，怕都不是野鸡大学三五十枚金币就能够请来的吧？

只是，林正因虽然从业多年，但确实没有听说过星空学院。

他送出去无数的毕业生，也从来没有任何一个学生说过自己考进了星空学院。那么，星空学院的来历就非常可疑了。

对于学生来说，文试是人生的一个重要转折点，选择什么样的学校更是影响一生前程的大事。如果能够进入名校，结识优秀的同学，学习更多的知识，那么便会人生道路光明，前程似锦。可是，如果不小心进入了一所野鸡大学，那么好好的人就会变成一只野鸡。

"星空学院自然是星空学院。"骑鹤人一脸笑意地说道。这个问题他没办法解释，也不愿意解释。星空学院就是星空学院，不需要他添加任何标签，也不需要他讲述它的光辉历史。它如骄阳，如明月，亘古存在，与天地同寿。

骑鹤人温文尔雅，每一个动作都恰到好处，自然流畅，他就像是下凡的仙人一般。也只有仙人才有这种缥缈出尘的气质吧？

"我的意思是说，"林正因皱起眉头，说道，"没有人知道星空学院。我们学校也从来没有任何一个学生进入星空学院深造过。"

"哦，那可能是他们还不够优秀吧。"骑鹤人仍然脸带笑意，明明说着不客气的话，却显得无比平静。

（本册完）

《逆鳞2》即将上市，敬请期待！

本书由柳下挥委托中南天使（湖南）文化传媒有限公司正式授权安徽文艺出版社，在中国大陆地区独家出版中文简体版本。未经书面同意，本书的任何部分不得以图表、电子、影印、缩拍、录音和其他任何手段进行复制和转载，违者必究。